LA CITÉ SANS SOMMEIL

DU MÊME AUTEUR
CHEZ LE MÊME ÉDITEUR

Lightning
Huit Chevaux noirs
Manhattan Blues
Poison
Quatre Petits Monstres
Downtown
Isola Blues
Vêpres rouges
Les Veuves
Kiss
Poissons d'avril
Romance
Nocturne

E d   M c B a i n

LA CITÉ SANS SOMMEIL

Traduction de Jacques Martinache

Roman

PRESSES DE LA CITÉ

Titre original : *The Big Bad City*

ISBN 2-258-05175-4

Ce livre est, une fois de plus, dédié à ma femme,
Dragica Dimitrijevic-Hunter

La ville décrite dans ces pages est imaginaire. Ses habitants, comme les lieux où ils évoluent, n'existent pas. Seules les méthodes utilisées par la police se fondent sur des techniques d'enquête réelles.

1

Les inspecteurs ne savaient même pas que les deux hommes se connaissaient. L'un d'eux se trouvait dans la cellule de détention parce qu'il avait inconsidérément tiré sur un petit épicier coréen qui s'opposait à ce qu'il vide le tiroir-caisse de sa boutique. L'autre, qu'on conduisait vers cette cellule, s'était fait prendre alors qu'il s'éloignait au pas de course d'un magasin de vins et spiritueux qui venait de se faire braquer, dans le secteur Culver et 12ᵉ.

Outre leur profession, les deux détenus n'avaient rien en commun. L'un était blanc, l'autre noir. L'un était grand, l'autre brévissime. L'un avait des yeux bleus, l'autre des yeux marron. L'un avait une musculature de culturiste, peut-être parce qu'il avait passé deux ans au trou pour un crime antérieur. Celui qu'on menait en cage était un peu enveloppé. Il faut parfois se méfier des rondouillards.

— Allez, entre, grouille, lui intima Andy Parker en le poussant à l'intérieur.

Plus tard, l'inspecteur raconterait à qui voudrait l'entendre qu'il avait supposé que les rigolos ayant procédé à l'agrafage avaient fouillé leur prisonnier sur place : « Comment je pouvais me douter qu'il avait une lame planquée dans la raie ? »

Il ne s'agissait en l'occurrence ni de poisson ni de coiffure. L'inspecteur Parker faisait référence à la fente séparant les amples fesses de l'intéressé, cachette dont il avait tiré un couteau dès l'instant où il avait découvert le roi de la gonflette avachi dans le coin le plus éloigné de la cellule. Dès l'instant où il avait vu le petit magicien grassouillet tirer un surin de ses fesses, Parker, lui, avait refermé la porte de la cellule en la claquant et donné un tour de clef. A ce moment précis, Steve Carella et Artie Brown faisaient entrer neuf joueurs de basket, menottes aux poignets, dans la salle de la brigade. Les deux inspecteurs flairèrent aussitôt le lourd parfum des emmerdes.

Non que le rase-bitume potelé qui jouait du couteau dans la cage constituât une menace quelconque pour les policiers, mais le souleveur de fonte était sous la garde de la police, et aussi sous sa protection, pouvait-on supposer, et chacun des flics présents dans la salle eut une fugitive mais forte vision des poursuites sans fin qui seraient intentées au Service pour avoir laissé un homme noir — *noir*, s'il vous plaît — se faire charcuter alors qu'il se trouvait dans une cellule fermée à clef — *fermée à clef*, s'il vous plaît — avec un Blanc replet qui, pour le moment, fendait l'air avec la lame en répétant « Ah, ouais ? Ah, ouais ? ».

Carella tira un coup de feu dans le plafond.

« Juste au moment où j'allais le faire », prétendrait plus tard Parker.

— Hé, toi ! cria Carella en se précipitant vers la cellule.

— Vous faites pas des idées, surtout.

Mise en garde de Brown aux neuf basketteurs qui, quoique n'étant pas juristes, brandissaient déjà les décisions éclairées de la Cour suprême en matière d'arrestation arbitraire, les droits de l'homme, etc. Au cas où l'un d'eux tenterait d'entraîner ses compagnons entravés dans le couloir, Brown dégaina son propre flingue et se tint, massif et menaçant, entre les sportifs et la barrière en lattes de bois séparant la salle de l'entrée.

« Ah, ouais ? » répétait l'homme au couteau, tailladant le vide. L'haltérophile continuait à reculer en dessinant des cercles devant lui avec ses mains. Il attendait le prochain coup de feu qui, espérait-il, détournerait l'attention du petit gros fêlé qui continuait d'avancer sur lui en gueulant « Ah, ouais ? » comme s'il était censé comprendre ce que ça voulait dire.

— Tu m'entends ? cria Carella, qui se trouvait maintenant près des barreaux. Lâche ce couteau ! Tout de suite !

— Pique-le, mec ! suggéra un des basketteurs.

— Ah, ouais ? grommela le grassouillet.

Il plongea de nouveau en avant et fit cette fois couler le sang.

Le body-builder recula vivement la main comme si une ligne de feu l'avait brûlée, ce qui était exactement l'impression produite par le coup de couteau. Il blêmit quand il tourna sa paume vers lui et découvrit l'entaille profonde courant du petit doigt au pouce. Excité par l'odeur du sang et de la peur, l'homme au couteau se rapprocha pour porter le coup de grâce.

Parker, qui se tenait devant la cellule, son arme à la main, Carella, qui se tenait à côté de lui, son arme à la main, devaient décider dans les trois secondes s'ils avaient le droit, selon le règlement, d'arrêter le type en lui tirant dessus. En tout cas, ils étaient sûrs qu'un homme maniant un couteau en détention constituait une raison suffisante de dégainer son arme et de lancer un avertissement. Avertissement qu'ils réitérèrent tous deux, « Lâche ce couteau ! » pour Carella, « Bouge plus ! » pour Parker, mais le petit homme dodu ne se figea pas plus qu'il ne lâcha son arme.

Il marchait sur le culturiste noir dont la main saignait

de manière inquiétante, agitant le couteau devant lui et marmonnant son « Ah, ouais ? Ah, ouais ? », à la manière d'un disque rayé.

— Hé, t'es *malade* ! couina le Noir.

Le surineur continuait à avancer comme un tank dans une rue, « Ah, ouais ? Ah, ouais ? ».

— Steve ? fit Parker.

— Tire, répondit Carella, qui tira en fait le premier.

Touché à la cuisse droite, l'homme tomba à genoux. Parker fit feu l'instant d'après, blessant le type à l'avant-bras droit, le forçant à lâcher le couteau. Quand l'arme tomba avec un claquement sur le sol de la cellule, le Noir plongea en avant pour s'en emparer.

— Fais pas ça, lui dit Carella d'un ton plein de douceur.

S'il n'y avait que *neuf* basketteurs dans la salle — au lieu des dix habituels, cinq dans chaque camp —, c'était parce que l'avant d'une des équipes s'était fait descendre alors qu'il attaquait le panier. Selon toute vraisemblance, l'un des neuf autres joueurs avait fait le coup puisqu'ils disputaient un match d'entraînement, sans spectateurs, sur un terrain désert, en ce vendredi soir étouffant du mois d'août.

Chaleur oppressante ou pas, les deux flics de la voiture Adam 4 savaient reconnaître un coup de feu quand ils en entendaient un. Deux, en l'occurrence. L'un immédiatement après l'autre, *bang, bang*, comme dans les bandes dessinées. Ils s'étaient garés devant le grillage juste à temps pour empêcher les neuf jeunes de se disperser rapidement, comme c'était généralement le cas dans le quartier quand la musique des flingues emplissait l'air.

Les jeunes, âgés de dix-sept à vingt-quatre, vingt-cinq

ans, estimèrent les agents présents, portaient tous des T-shirts et ce qu'un des deux flics d'Adam 4 qualifia de « shorts tombants », ce qui signifiait qu'ils descendaient en dessous du genou. L'équipe blanche portait des T-shirts blancs, l'équipe bleue des T-shirts bleus. L'ado étendu par terre avec deux balles dans la poitrine appartenait — avait appartenu — aux Blancs, même si son maillot était maintenant maculé de rouge vif.

Les policiers de la voiture Adam 4 trouvèrent un revolver Smith & Wesson calibre 32 dans les mauvaises herbes bordant le terrain défoncé. Aucun des neuf joueurs ne savait quoi que ce soit sur cette arme ni comment on avait tué Jabez Courtney avec elle. Tous — y compris, probablement, celui qui avait tué Jabez — se plaignaient d'avoir été arrêtés et emmenés comme du bétail à la boutique des keufs uniquement parce qu'ils étaient noirs, legs de ce bon O.J. Simpson.

A dix-neuf heures cinquante, Carella et Brown s'attelèrent à la paperasse. En août, le rythme de la ville ralentissait pour prendre ce que le lieutenant Byrnes avait un jour qualifié de « tempo estival », un pas de valse lente qui contrastait avec la cadence souvent frénétique du boulot de flic. Chaque journée se divisait en trois services de huit heures. Le service de jour, de huit heures à seize heures ; le service de nuit, de seize heures à minuit ; enfin, le service du matin, le moins apprécié, de minuit à huit heures. D'habitude, les équipes étaient relevées quinze minutes avant l'heure, mais pas au mois d'août. Un bon tiers de la brigade prenait ses vacances en août et beaucoup d'inspecteurs faisaient des heures sup' en doublant leur service. Ce qui expliquait peut-être pourquoi Carella et

Brown, qui avaient pointé à huit heures ce matin, se trouvaient encore là presque douze heures plus tard.

Il régnait à présent une sorte de tranquillité languissante dans la salle de la brigade. Malgré les vociférations des neuf joueurs et de leurs avocats qui venaient d'arriver, armés jusqu'aux dents d'arguments condamnant l'arrestation en masse de suspects, tous prêts à invoquer les spectres de l'holocauste et des camps de concentration pour Américains d'origine japonaise pendant la Seconde Guerre mondiale...

Malgré l'arrivée d'une équipe paramédicale dont les manières — hâte et zèle artistiquement mêlés — n'étaient pas sans rappeler la série *Urgences*, qui étendit le culturiste sur une civière, descendit précipitamment l'escalier aux marches métalliques en direction de l'ambulance, le blessé ne cessant pourtant de clamer qu'il pouvait *marcher*, bordel, qu'il n'avait rien aux *jambes*...

Malgré l'arrivée d'une seconde équipe, non moins douée pour plagier les séries télévisées, qui souleva avec célérité et efficacité le surineur petit et empâté, l'allongea sur une autre civière, saignant de l'avant-bras et de la cuisse, criant à ses sauveurs que l'homme qu'il avait tailladé lui avait volé sa femme, à quoi l'un des infirmiers répondit par ces paroles réconfortantes : « T'en fais pas, *amigo* »...

Malgré l'arrivée de deux flics de l'Inspection générale des services qui voulaient absolument savoir ce qui s'était passé, comment il se faisait, bon Dieu, qu'un homme en détention avait été blessé par un autre détenu, que des policiers avaient dégainé leur arme et tiré, autant de conneries auxquelles Parker et Carella — et même Brown, qui passait par là avec son troupeau de basketteurs — durent répondre avant de pouvoir décrocher...

Malgré l'arrivée d'un ouvrier et d'un apprenti de ce

qu'on appelait sans rire le Service maintenance et réparation de la police, venus bricoler le système de climatisation vétuste du bâtiment qui, bien entendu, avait choisi un jour où la température était montée à 92 ° Fahrenheit, 33 ° Celsius avec le change, pour lâcher la rampe...

Malgré tout cela, il régnait une sorte de sérénité familière.

Tandis que Carella, Parker et Brown récitaient les chapitres et les versets du règlement aux deux bœuf-carottes désireux de se faire bien voir du maire en lui apportant un nouveau cas d'usage excessif de la force par un trio de brutes assermentées...

Tandis que Carella et Brown tapaient de concert leur rapport en triple exemplaire sur les neuf basketteurs qui continuaient à protester de leur innocence, même si l'un d'eux était presque certainement un assassin et que Jabez Courtney était étendu mort sur une des tables d'acier de la morgue de St Mary Boniface...

Tandis que Parker braillait aux oreilles des bœuf-carottes, d'abord, puis de ses collègues inspecteurs, que ces connards de bleus d'Adam 4 auraient dû fouiller le petit enfoiré avant de lui passer les menottes et de le conduire au poste pour l'interroger...

Tandis que Meyer et Kling revenaient d'interroger un prêteur sur gages au sujet un cambrioleur qu'ils avaient surnommé Cookie Boy, la vie imitant l'art une fois de plus puisque dans tous les romans, feuilletons ou films policiers, le moindre petit voleur se retrouve affublé d'un sobriquet original par les journalistes ou par les flics, la fiction copiant en retour la réalité, le faux nourrissant le vrai dans un mouvement cyclique sans fin...

— Il laisse une assiette de cookies au chocolat près de la porte, expliqua Meyer à Brown.

— Ouais ? grogna l'inspecteur noir, pas du tout impressionné.

— C'est mieux que chier dans les pompes des gens, fit observer Parker.

— Comme beaucoup, ajouta Kling.

— Vous avez raté la rigolade, fit Carella.

— On dirait que tu rigoles *encore*, lui répondit Meyer.

Tandis que les téléphones sonnaient, que les voix se couvraient et s'entremêlaient, Carella prit conscience des bruits de l'été qui pénétraient par les fenêtres grillagées et ouvertes de la salle. Une partie de *stickball*[1] se déroulait à la lumière des réverbères de la rue latérale. De Grover Avenue montait le claquement des sabots de chevaux tirant un attelage en direction du parc. Soudain, il entendit cascader le rire d'une fille. Il ne savait plus à quelle époque de sa vie il avait lu ce roman, ni combien de fois une journée d'été le lui avait rappelé, mais en entendant le rire perlé de cette fille, il pensa de nouveau aux jeunes femmes d'Irwin Shaw en robe légère et sourit. Jaune. La fille qui riait quelque part dans la rue devait porter une robe jaune.

Toujours souriant, il se dirigea vers le tableau de service — système désuet, il fallait en convenir, en cet âge du courrier électronique et de l'informatique, mais toujours utile, et accessible d'un simple coup d'œil —, tendit le bras pour faire passer l'étiquette portant son nom de la colonne « Service » à la colonne « Repos » puisque enfin, sur les coups de vingt-deux heures, au terme d'une longue journée caniculaire, il s'apprêtait à rentrer chez lui.

La porte du bureau du lieutenant Byrnes s'ouvrit.

1. Variante du base-ball. *(N.d.T.)*

— Steve? Artie? appela-t-il. Une chance que je vous chope à temps...

La morte gisait au pied d'un banc de Grover Park, à moins de sept rues du poste, dans une allée de gravier située à quelques mètres seulement de l'avenue. Elle portait une blouse blanche, un pantalon de toile bleu clair et des Reebok éraflées. Des mouches bourdonnaient autour du cadavre. Il n'y avait de sang nulle part mais les bestioles suçotaient déjà l'humeur de ses yeux grands ouverts. Pas besoin d'un médecin légiste pour déclarer qu'elle avait été étranglée : les hématomes sur la gorge confirmaient l'hypothèse que les inspecteurs avaient immédiatement émise.

— Vous avez touché à quelque chose? demanda Carella.

— Non, *inspecteur*! répondit un des agents, l'air offensé.

— Vous l'avez trouvée comme ça? demanda Brown.

Il s'étonnait de ne voir de sac à main nulle part, et Carella de même. Les deux hommes se tenaient côte à côte dans la faible lumière projetée par un réverbère, à un ou deux mètres du banc dans l'allée sinueuse. Brown avait la couleur de son nom, il mesurait un mètre quatre-vingt-dix et était bâti comme un cuirassé. Carella était un Blanc d'un mètre quatre-vingts tout rond, quatre-vingt-dix kilos les bons jours. En été, avec toute la mauvaise bouffe qu'il ingurgitait, il poussait des pointes à quatre-vingt-quinze, cent. Ils travaillaient tous deux au 87e depuis longtemps, faisaient le plus souvent équipe. Ils en arrivaient presque à lire mutuellement dans leurs pensées.

Le médecin légiste adjoint débarqua cinq minutes plus tard en râlant contre les embouteillages, salua les inspecteurs, qu'il avait déjà rencontrés sur d'autres lieux de crime, et se mit au travail pendant que les simples flics déroulaient leurs rubans de plastique jaune et tenaient en lisière la foule en train de se former. Rien ne plaisait davantage aux habitants de cette ville qu'un bon spectacle de rue, surtout en été. Quand Brown demanda aux uniformes comment ils avaient découvert le corps, le plus jeune des deux flics répondit qu'une femme circulant à pied avait arrêté leur voiture pour signaler qu'une autre femme était allongée là-bas dans l'allée du parc, malade ou morte.

— Vous lui avez demandé de rester? dit Brown.

— Bien sûr. Elle attend là-bas.

— Vous l'avez interrogée? voulut savoir Carella.

— Juste quelques questions.

— Elle a vu quelqu'un?

— Non, inspecteur. Elle traversait le parc, elle est tombée sur la victime.

Carella et Brown jetèrent un coup d'œil à la femme qui se tenait dans le rond de lumière du réverbère.

— Comment elle s'appelle? s'enquit Carella.

— Susan... euh... une seconde, c'est un nom italien, dit l'agent, qui consulta son carnet.

Tout ce qui se terminait par une voyelle les désarçonnait. Carella attendit.

— Androtti, reprit le jeune flic. Avec deux T.

Carella le remercia, regarda de nouveau la femme. Proche de la cinquantaine, elle était grande, mince, et enserrait sa poitrine de ses bras comme pour retenir la chaleur de son corps alors que le mercure n'était pas encore redescendu en dessous de 25 °C. Les inspecteurs s'approchèrent d'elle.

— Miss Androtti? dit Carella.

— Oui? fit-elle, l'air hébété.

Elle avait un visage ingrat au départ, que le choc avait en plus dépouillé de toute expression. Ils avaient déjà vu ça : Susan Androtti dormirait mal cette nuit.

— Désolé, nous devons vous poser quelques questions, annonça Carella.

— Je vous en prie, fit-elle d'une voix basse, sans timbre.

— Vous pouvez nous dire à quelle heure vous avez trouvé le corps ?

— Il devait être vingt heures, à peu près. J'avais tellement chaud dans l'appartement que je suis descendue prendre l'air...

— Dans le parc, dit Brown.

— Oui.

— Et vous l'avez vue là-bas dans l'allée, c'est ça ?

— Oui. D'abord, je n'ai pas compris. J'ai cru que c'était... excusez-moi, un paquet de vêtements, quelque chose comme ça. Après, je me suis rendu compte que c'était une femme.

— Qu'est-ce que vous avez fait ?

— Je crois que j'ai crié.

— Hm-hm.

— Je suis sortie du parc en courant pour chercher une borne d'appel. Une borne d'appel de la police. Quand j'ai vu la voiture de ronde, j'ai fait signe pour l'arrêter, j'ai montré aux agents où... où était le corps...

— Miss Androtti, lorsque vous avez découvert cette femme, vous avez remarqué quelqu'un d'autre dans le coin ?

— Non. Il n'y avait qu'elle.

— Vous avez entendu quelque chose ?

— Non.

— Pas de bruit dans les broussailles...

— Non.

— Les pas de quelqu'un qui s'enfuit...

— Non. Rien.

— Par où avez-vous pénétré dans le parc?

— Par l'entrée de Larson.

— Vous avez croisé quelqu'un dans l'allée?

— Non.

— Vous avez vu quelqu'un *s'éloigner* dans l'autre sens?

— Personne.

— Vous avez marché combien de temps, de Larson à l'endroit où vous avez trouvé le corps?

— Cinq minutes. Un peu moins, peut-être.

— Vous n'avez vu personne pendant ces cinq minutes?

— Personne.

— Bien, merci, fit Carella.

— Nous savons que ça secoue, compatit Brown.

— Vous pouvez le dire.

— Les agents ont noté votre adresse, nous reprendrons contact avec vous si nous avons d'autres questions, reprit Carella. En attendant, essayez de ne plus y penser.

— J'essaierai, merci.

— Bonne nuit, lui souhaita Brown.

Elle ne bougea pas.

— Mademoiselle? dit Carella.

Elle ne bougeait toujours pas.

— Qu'est-ce qu'il y a?

— J'ai peur, avoua-t-elle.

Et il comprit qu'elle s'étreignait la poitrine pour s'empêcher de trembler.

— Je vais demander aux agents de vous raccompagner chez vous.

— Merci.

— Tiens, tiens, qu'est-ce qu'on a là? fit une voix.

En se retournant, ils virent Monoghan et Monroe s'approcher du banc en se dandinant.

Dans cette ville, la présence d'inspecteurs de la Brigade criminelle était obligatoire sur les lieux d'un crime ou d'un suicide. Bien que l'affaire revînt aux flics du district qui avaient reçu l'appel, les gars de la Crime faisaient toujours une apparition en qualité de conseillers. Ça ne se passait pas comme ça dans le temps, quand les flics de la Criminelle étaient considérés comme le gratin du Service, et les inspecteurs de district de simples généralistes dans un monde de spécialistes. Mais c'était autrefois, et aujourd'hui, à Flic-Land, l'arrivée de duettistes de la Crime était accueillie sans enthousiasme par les inspecteurs en charge de l'affaire. Le légiste avait glissé son stéthoscope sous la blouse de la morte et Monoghan avait l'air choqué. Monroe aussi.

— Elle a quoi ? Dix-huit ans ? supputa-t-il.

— Dix-neuf? fit Monoghan.

— Les barbares au pouvoir, soupira Monroe, qui jeta un coup d'œil au visage de la morte. Qu'est-ce que vous en pensez, doc ?

— A première vue, je dirais strangulation, répondit le médecin.

— Elle a été violée ?

— Peux pas vous dire ça avant qu'on la conduise à la morgue.

— Les mecs qui étranglent les jeunettes, ils les violent d'abord, en général, déclara Monroe. Salut, Carella.

— Salut.

Brown avait remarqué qu'aucun des deux inspecteurs de la Criminelle ne le saluait jamais, mais là, il se montrait peut-être trop sensible. D'aucuns diraient paranoïaque.

— C'est l'expérience que vous avez? dit-il. Les ados étranglées sont en général *également* victimes d'un viol?

— C'est mon expérience, oui, répondit Monroe. La plupart ont d'abord été violées.

— Violées, hein? Sur combien de cas d'ados étranglées vous avez enquêté?

Carella retint un sourire.

— Pas mal, mon gars, assura Monroe.

Monoghan vint au secours de son collègue :

— Dans les affaires de meurtre, rien n'est jamais simple. Mais on peut dire qu'en règle générale les adolescentes étranglées ont d'abord été violées.

— Ce serait intéressant à vérifier, murmura le médecin légiste, presque pour lui-même. En tout cas, celle-là me paraît plus âgée.

— Vous lui donnez quel âge? demanda Monoghan.

— Plus de vingt, facile.

Les deux flics de la Crime étaient en noir par cette chaude nuit d'été, le noir étant la couleur de la mort et donc leur couleur préférée. Il ne leur manquait que des lunettes noires pour ressembler aux Blues Brothers. Ou aux chasseurs d'extraterrestres de *Men in Black*. Sauf que, dans le film, l'un des deux était noir, et Brown n'avait jamais vu de Noir bossant à la Criminelle, excepté à la télé. Il se demanda quelle impression ça leur faisait, à ces mecs blancs comme neige habillés en noir, de toucher un salaire pour un boulot quasi inexistant. Conseillers, mon cul, pensa-t-il. Des inutiles surprotégés, oui. Le pire, c'était qu'ils gagnaient plus que Carella ou lui. Et ça lui restait quand même en travers de la gorge qu'ils ne lui disent jamais bonjour.

— Y a des témoins? s'enquit Monroe.

— Non, répondit Carella.

— Comment on a trouvé le corps, alors? demanda Monoghan.

— Une femme qui se promenait dans le parc.

— Tu l'as interrogée?

— Il y a cinq minutes. Elle n'a rien vu, rien entendu.

— T'as une idée sur son identité?

— Elle s'appelle Susan Androtti.

— La morte?

— Non, la femme qui...

— Je parlais de la fille.

— Non, on n'a rien trouvé qui permette de l'identifier. Vous avez quelque chose? demanda Carella au légiste.

— Du genre? fit le médecin en relevant la tête.

— Un collier, un bracelet...

— Non, rien.

— Mademoiselle X, lâcha Brown.

— *Madame,* rectifia Monroe. C'est une alliance, ça, non?

Tous baissèrent les yeux vers le mince anneau d'or ornant le quatrième doigt de la main gauche.

— La Petite Mariée, commenta Monroe.

— Une belle paire de nichons quand même, ne put s'empêcher de faire observer Monoghan.

— Bon, vous vous en occupez? conclut Monroe.

— On s'en occupe, confirma Carella.

— Tu nous envoies une copie du rapport...

— En trois exemplaires.

Brown se demanda s'ils allaient lui dire au revoir.

— Salut, Carella, fit Monroe.

Monoghan le suivit sans rien dire, deux costumes noirs se fondant dans le noir de la nuit. Le médecin légiste soupira, referma sa trousse, se leva.

— J'ai fini. Elle est à vous.

— Je peux retirer l'alliance? demanda Carella.

— Ce n'est pas une petite mariée, dit le médecin, comme s'il venait juste de comprendre la remarque de Monroe. Elle a peut-être vingt-deux, vingt-trois ans.

— Je peux? répéta l'inspecteur.

— Oui, allez-y.

— Dites aux infirmiers que j'en ai pour deux ou trois minutes.

— Prenez votre temps, dit le médecin, qui se dirigea vers un homme et une femme en blouse d'hôpital appuyés à l'ambulance.

Carella s'agenouilla auprès du cadavre. Les alliances sont souvent difficiles à enlever en été mais celle-là vint toute seule. Il la tint à la lumière, vit trois initiales gravées à l'intérieur de l'anneau.

— C'est une religieuse, dit-il, murmurant presque.

— Faut qu'tu le saches, disait Juju. Ce mec, il t'oubliera jamais.

— Mm.

— Je serais pas étonné que ça soit lui qui t'a fait tomber.

— Pour ce coup-ci, tu veux dire?

— Oui, là, maintenant : je veux dire que c'est à cause de lui que tu te retrouves au trou.

— C'est rien, ça, dit Sonny. Je sors dès que mon avocat paie la caution.

— Et t'y retournes aussi sec. Tant que t'auras ce mec sur le dos...

— J'crois pas qu'il a quelque chose à y voir ce coup-ci, Juje, vraiment. Ça s'est même pas passé dans son secteur. Elle est grande, c'te ville...

— D'accord, concéda Juju, mais ils ont des moyens.

— Quoi, des moyens?

— Des moyens de *flics*. Quand tu les as sur le dos, ils

savent où te trouver vingt-quatre heures sur vingt-quatre. Ce type est sur ton dos, Sonny.

— Ouais, bon.

— Il pense à toi tout le temps, je te dis. Même quand il *dort*, il pense à toi. T'as charclé son *papa*, il risque pas...

— Chhh.

— Il risque pas de l'oublier, reprit Juju, baissant la voix. Ni de *pardonner*.

Vu le boucan qu'il y avait dans les cellules, ce n'était pas vraiment la peine de chuchoter, personne ne les aurait entendus de toute façon. Il était vingt et une heures trente; les lumières s'éteindraient à vingt-deux heures mais tout le monde continuerait à brailler, à réclamer un avocat : rien ne ressemble plus à un zoo qu'une prison municipale. Sonny s'était fait arrêter quelques heures plus tôt pour avoir dérouillé une pute qui l'avait traité de sale négro, elle qui était noire comme l'égout. Le plus drôle, c'est qu'il avait braqué une épicerie deux jours avant, mais personne l'emmerdait avec ça parce que personne savait que c'était lui. Et il se retrouvait en taule pour une connerie d'inculpation de voies de fait, qui tiendrait même pas, espérait-il, quand il passerait au tribunal, dans trois, quatre mois. Ou qui serait peut-être même abandonnée avant : personne en avait rien à branler, des radasses noires toxico. Sinon, y avait dehors une frangine qui regretterait le jour de sa naissance. En attendant, il sortirait dès que son avocat s'amènerait avec l'argent de la caution.

— En plus, poursuivit Juju, il se contentera pas de te faire boucler, ton mec.

Juju était un des types qu'il avait rencontrés depuis son arrivée dans cette ville : c'est drôle comme on retombe toujours sur les mêmes en zonzon. Le monde est petit, vraiment, particulièrement dans ce qu'on appelle la Justice. Drôle de justice, quand une pouffe à deux thunes peut vous faire coffrer pour voies de fait. Il l'avait à peine touchée, cette garce. Il lui rendrait peut-être une petite visite même si l'affaire avait pas de suites, rien que pour lui apprendre qu'on déconne pas avec lui.

— Il aurait pu me buter, argua Sonny. Il en a eu l'occasion.

— De qui tu parles, là ?

— Du keuf. Carella. Celui que son père...

— Il aurait pu te tuer ?

— On était seuls dans un couloir sombre. Lui, moi et un frère.

— Quel genre de frère ?

— Un autre flic.

— Les flics, c'est pas des frères, mec, te goure pas.

— Il arrêtait pas de lui dire de le faire. Je l'entends encore murmurer dans le couloir. « Vas-y. On est tout seuls. Vas-y[1]. »

— Mais il l'a pas fait.

— C'est ce qui me fait penser que ça le travaille pas trop.

— Si t'avais dessoudé le mien, de paternel, ça me travaillerait jour et nuit, tu peux me croire. J'attendrais la première occase de te tomber dessus.

— Alors, pourquoi il l'a pas fait quand il pouvait ?

— Y avait un témoin, rappela Juju.

— C'était aussi un flic, je te dis !

— Un flic peut témoigner contre un autre flic, ça arrive tout le temps.

— Je crois pas qu'il est du genre à se venger, avança Sonny.

---

1. Voir *Les Veuves*. *(N.d.T.)*.

— T'en es sûr ?
— Je crois pas.
— M'ouais.
— Sinon, il m'aurait fait la peau quand il pouvait.
— M'ouais.
— C'est ce que je pense.
— Tant que t'es sûr, fit Juju. Parce que si t'es pas sûr, t'as intérêt à regarder derrière toi tout le temps. Il te lâchera pas. Et à la première occase... (Sonny écoutait attentivement, à présent.) Il te déquille.

Sonny hocha la tête.

— Tu veux mon avis, continua Juju. Tue-le avant qu'il te tue. Et fais-le proprement parce que t'es le premier qu'ils rechercheront. Un flingue pas catalogué, pas de complice, tu entres tu sors, enchanté de vous avoir connu...

Regardant Sonny droit dans les yeux, il ajouta :

— Et oublie qu'on a parlé de ça.

IHS.

Carella avait vu ces initiales pour la première fois sur la statue d'un Christ cloué à une croix dans l'église qu'il fréquentait quand il était enfant. Elles étaient gravées sur un bandeau, au-dessus de la tête couronnée d'épines. Lorsqu'il avait demandé à sa grand-mère ce qu'elles signifiaient, elle avait répondu : « *I Have Suffered* », « J'ai souffert ».

Le petit Carella était à peu près sûr que ces lettres ne voulaient pas dire ça, parce qu'on ne parlait pas anglais à Jérusalem, mais latin ou hébreu. Il avait donc posé de nouveau la question à sœur Helen, la religieuse qui lui enseignait le catéchisme trois après-midi par semaine pour le préparer à sa première communion, et elle lui avait expliqué que ces lettres étaient un monogramme de Notre Seigneur et qu'elles signifiaient « *Jesus Hominum Salvator* », « Jésus, Sauveur des Hommes ». Il n'avait que dix ans mais il lui avait demandé si Jésus ne sauvait pas aussi les *femmes*, et la sœur avait répondu, si, bien sûr, avant de l'envoyer s'asseoir sur un banc au fond de l'église.

Quelques semaines plus tard, un samedi pluvieux où deux autres gosses seulement étaient venus au caté, sœur Helen l'avait pris à part pour lui dire qu'elle était une vierge consacrée à Dieu. Et au moment où un éclair illuminait un vitrail au-dessus de leurs têtes, elle avait ôté du quatrième doigt de sa main gauche un mince anneau d'or, lui avait montré les lettres *IHS* gravées à l'intérieur et avait murmuré avec vénération qu'elle portait cet anneau en souvenir de ses fiançailles avec son Epoux céleste.

Carella ignorait alors ce qu'était une vierge.

Ce n'est qu'à seize, dix-sept ans, quand il sut ce qu'une vierge était et n'était pas, qu'il s'interrogea de nouveau sur les initiales *IHS*. Il n'allait plus à la messe depuis longtemps et se tourmentait rarement pour des questions d'ordre sacré, mais il revoyait les lettres au-dessus de la tête du Christ chaque fois qu'il passait devant une boutique vendant des articles religieux. A l'époque, il détestait déjà les mystères et il était allé à la bibliothèque faire des recherches. Il avait découvert que les *nomina sacra*, comme on appelait les divers noms de Jésus, étaient très souvent abrégés, par exemple en grec, ΙΗΣ pour ΙΗΣΟΣ, généralement suivi d'ΧΡΣ pour ΧΡΙΣΤΟΣ, ce qui avait pour lui à peu près autant de sens que le *Jesus Hominum Salvator* de sœur Helen. En creusant un peu plus, il avait appris que ΙΗΣΟΣ ΧΡΙΣΤΟΣ, transposé dans un autre alphabet, se lisait *Iesous Christos* ou Jésus-Christ, et qu'IHΣ, abréviation grecque de Jésus, correspondait à IHS.

Doux Jésus, il avait déchiffré le code!

Près de trente ans plus tard, il découvrait ces lettres gravées à l'intérieur de l'alliance d'une morte, il se rappelait sœur Helen et savait, sans l'ombre d'un doute, que la femme gisant au pied d'un banc de Grover Park était une religieuse.

L'exemplaire de l'Annuaire catholique officiel de l'archidiocèse de la ville que Carella avait au bureau énumérait six cent trente-sept religieuses vivant dans trente-cinq couvents et résidences. Il y avait quarante-quatre autres couvents dans le reste de l'Etat, mais Carella décida de ne pas en tenir compte, merci.

Il appela le numéro de l'archidiocèse, obtint un prêtre qui écouta sa requête et répondit qu'il n'avait aucun moyen de savoir si l'un des couvents avait signalé la disparition d'une sœur. Il suggéra à Carella de téléphoner à chacun des couvents, mais...

— Vous le savez certainement, inspecteur... ou peut-être pas.

— Quoi, mon Père?

— Eh bien... de nos jours, toutes les religieuses ne vivent pas dans un couvent. Un grand nombre d'entre elles choisissent de résider près de leur lieu de travail. Elles louent un appartement ou une petite maison qu'elles partagent avec une ou plusieurs autres sœurs, ou alors elles vivent seules.

— Vous avez un autre annuaire?

— Pardon?

— Pour ces résidences.

— Je crains que non. Les sœurs vont là où on a besoin d'elles, là où on les envoie. Leur maison mère doit savoir où elles sont à tout moment, mais le problème est le même : si vous ne savez pas qui est la religieuse, vous ne saurez pas non plus à quelle maison mère elle appartient, n'est-ce pas ?

— Dans quels ordres les sœurs portent encore une alliance ?

— Une alliance ?

— Pour symboliser leur union avec...

— Oh. Non. Désolé, je ne sais pas.

Carella aurait pu passer une semaine et demie à concentrer ses efforts sur les ordres dont les sœurs portaient encore un anneau d'or avec les lettres *IHS* gravées à l'intérieur ; il aurait pu passer un *mois* et demi à appeler tous les couvents de l'Annuaire catholique — qui ne fournissait aucun numéro de téléphone, en plus — mais il y avait un moyen plus facile.

Une méthode américaine infaillible.

Les médias.

2

— Supposez que vous preniez le bus, et le chauffeur, c'est Dustin Hoffman. Enfin, le gars au volant ressemble à Dustin Hoffman mais vous savez que ça ne peut pas être lui parce qu'il n'y a de caméra nulle part, on ne tourne pas un film. C'est un bus normal, avec un chauffeur normal, mais il ressemble à Dustin Hoffman. Vous me suivez?

— Mm, acquiesça Carella.

— C'est ce que j'ai ressenti quand j'ai vu le portrait de Mary en première page du journal. J'ai pensé : « Ce n'est pas Mary, ça ne peut pas être Mary. » Comme j'aurais pensé : « Ce n'est pas Dustin Hoffman, c'est un chauffeur d'autobus. » C'est bien Mary?

— A vous de nous le dire, répondit l'inspecteur.

— Je l'ai vue *hier encore*...

Ils étaient dans la Chevrolet que Carella et Brown conduisaient chaque fois que leur voiture préférée était déjà prise, comme ce jour-là. La fille — ils la rangeaient dans cette catégorie parce qu'elle n'avait qu'une vingtaine d'années — s'appelait Helen Daniels, était infirmière et, pour l'heure, fumait une cigarette sur la banquette arrière. Elle leur avait annoncé au téléphone que la femme dont le journal de ce matin publiait la photo était sœur Mary Vincent. Il n'était pas loin de midi en ce samedi moite, vingt-deuxième jour du mois d'août, et ils l'emmenaient à la morgue.

Brown voulut des précisions :

— Quand, hier?

— A l'hôpital.

Ce qui répondait à la question *où*, pas à la question *quand*. Ils attendirent.

— Nous travaillons dans la même équipe. De sept heures du matin à trois heures de l'après-midi.

— Elle était infirmière?

— I.A. St Margaret est un des hôpitaux de son ordre. Elle s'occupait des malades en phase terminale. Les cancéreux, surtout.

— Qu'est-ce que c'est, une I.A.? demanda Brown.

— Une infirmière auxiliaire. Mais elle était meilleure que n'importe quelle infirmière diplômée que je connaisse, vous pouvez me croire.

— C'est la dernière fois que vous l'avez vue? Hier après-midi, à trois heures? Quand votre service s'est...

— Oui. Enfin, pas à trois heures. Nous sommes allées boire un café ensemble après le travail.

— Et ensuite?

— Moi, j'ai pris le métro.

— Et Mary?

— Je ne sais pas.

— Elle ne vous a pas dit où elle allait?

— Elle est rentrée chez elle, je suppose. Il était déjà quatre heures, quatre heures et demie.

— Depuis combien de temps vous la connaissiez? demanda Carella.

— Ça aurait fait six mois en septembre. Je l'ai rencontrée quand elle a commencé à travailler à St Margaret.

— Comment elle se débrouillait?
— Très bien.
— Elle connaissait le boulot?
— Oh oui!
— Elle s'entendait bien avec les autres sœurs?
— Oui.
— Les infirmières?
— Oui, bien sûr.
— Les médecins?
— Aussi.
— Quand vous avez bu ce café... commença Brown. Où ça, à propos?
— A la cafétéria, juste en face de l'hôpital.
— Vous avez remarqué quelqu'un qui l'observait?
— Non, personne.
— Quelqu'un vous a suivies quand vous êtes sorties?
— Je ne crois pas.
— Quand vous vous êtes quittées, elle a continué à pied, elle a pris un taxi?
— Elle a continué à pied.
— Dans quelle direction?
— Elle a tourné le coin de la rue.
— Vers le parc?
— Oui. Vers le parc.

Etant infirmière, Helen Daniels n'eut pas l'air dégoûtée de se trouver dans une morgue. Ce n'était pas l'hôpital où elle travaillait, mais elle était quand même en terrain familier. Elle suivit les deux inspecteurs dans la chambre aux parois d'acier, avec ses tables de dissection en acier et ses tiroirs en acier, regarda l'employé de service faire rouler le tiroir contenant le cadavre non identifié, baissa les yeux vers le visage, dit quelque chose qui ressemblait à « Oui, c'est Mary Vincent », et sortit vomir.

La première chose à comprendre à propos de cette ville, c'est qu'elle était grande. Difficile d'expliquer à quelqu'un d'Overall Patches, Indiana, qu'on pouvait fourrer *toute* sa bourgade dans un recoin du plus petit des cinq secteurs d'Isola et qu'il resterait encore de la place pour les communes animées de Two Trees, Wyoming, et Sleepy Sheep, Dakota du Sud.

Cette ville était dangereuse, aussi. C'était la deuxième chose à savoir. N'avalez pas les communiqués rassurants de la municipalité. Demandez plutôt au maire de faire une balade sans escorte à travers l'un des paysages lunaires de sa ville, et interviewez-le le lendemain matin dans son lit d'hôpital sur la baisse du taux de criminalité et l'amélioration due aux nombreuses rondes de police. Ou simplement regardez chaque soir les dix premières minutes du journal télévisé de vingt-trois heures, vous comprendrez en un clin d'œil ce que les gens de cette ville sont capables de se faire les uns aux autres. C'est au J.T. de vingt-trois heures de la veille que la nouvelle concernant la religieuse morte non identifiée avait été annoncée à une population habituée à ce qu'on retrouve des cadavres dans des poubelles ou des baignoires abandonnées. Il se passait de vilaines choses dans cette ville à chaque heure du jour ou de la nuit. Dans *toute* la ville.

Si vous y veniez en pensant : Chouette, il va y avoir un joli petit meurtre dans un hôtel particulier, et une vieille dame aux cheveux gris-bleu résoudra l'énigme entre deux après-midi consacrés à ses rosiers, vous pouviez vous préparer à tomber de haut. Dans cette ville, il fallait faire attention. Dans cette ville, il arrivait des choses tout le temps, partout. Pas besoin d'être inspecteur pour renifler le mal dans l'air.

La veille, en rentrant chez elle, elle avait trouvé son appartement « dévalisé », comme elle l'avait dit au téléphone à la police. Les deux flics en uniforme qui s'étaient présentés chez elle l'avaient informée que le terme exact était « cambriolé » — comme si ça changeait quoi que ce soit — puis ils lui avaient posé des tas de questions idiotes sur l'« accès » et la « vulnérabilité » des lieux, ce qu'elle avait traduit par « Qui a une clef de la porte d'entrée? » et « Quelle fenêtre donne sur l'escalier d'incendie? ». Un jour plus tard et quelques dollars en moins, voilà que deux inspecteurs en civil lui reposaient les mêmes questions idiotes. Sa meilleure amie, Sylvia, dont l'appartement avait été mis à sac l'année précédente à peu près à la même période, soutenait que dans cette ville il n'était pas arrivé une seule fois que des flics retrouvent un voleur ou même simplement des objets volés, tout ça ne servait qu'à gaspiller le temps et l'argent des contribuables. Mais ils étaient là quand même, à midi et demi passé, le lendemain du cambriolage, alors qu'elle avait un millier de courses à faire, pensez, un samedi après-midi.

— Désolé de vous déranger, disait le policier chauve.

Elle était quasiment sûre qu'il s'était présenté comme l'inspecteur Meyer Meyer, mais ça ne pouvait pas être le nom de quelqu'un, quand même. C'était un grand type costaud portant un pantalon bleu clair et une veste sport, le col de sa chemise ouvert *sur* celui de la veste, comme les adolescents des années 1940, et comme les gangsters russes d'aujourd'hui, d'après les photos qu'elle avait vues dans *Life*.

— A quelle heure vous êtes rentrée du travail, hier soir? demanda le blond.

Très séduisant si on aimait le genre bouseux du Middle-West, tarte aux pommes et chocolat au lait, deux ou trois petits centimètres de plus que son collègue, aussi large d'épaules, même âge, dans les trente-cinq, quarante ans, estima-t-elle, trop jeune pour elle, non qu'elle fût intéressée, d'ailleurs. Annie Kearnes avait quarante-deux ans tout juste, à quelques jours près puisqu'elle avait fêté son anniversaire ce mardi, le 18 août — elle était Lion, comme elle l'annonçait fièrement au premier rendez-vous. Annie avait beaucoup de premiers rendez-vous. Elle se demanda si l'un de ces deux messieurs assommants était marié, bien que le métier de policier lui parût excessivement dangereux.

— Je rentre généralement un peu avant six heures, répondit-elle.

— Et hier soir?

— Comme d'habitude.

Ils s'imaginaient qu'elle leur racontait qu'elle rentrait généralement un peu avant six heures parce qu'*hier soir* elle serait rentrée à sept heures? Qu'est-ce que c'était que cette mentalité? Cette façon de jouer aux flics qui s'efforcent simplement « d'établir les faits, madame », comme si elle avait dévalisé — ou « cambriolé », peu importe — son appartement elle-même! Elle travaillait pour R&R Rubans, une boîte qui fabriquait ces petites cocardes rouge et bleu, vert et or, qu'on colle sur toutes sortes de présents après avoir retiré la pellicule protectrice qui se trouve dessous. Le mois d'août était la période la plus active de l'année pour R&R, initiales de Rosen and Riley. C'était en août qu'arrivaient les commandes de Noël, en octobre qu'on livrait. Elle n'avait vraiment pas besoin qu'un foutu voleur vienne *dévaliser* son appartement!

— C'était comment quand vous êtes arrivée? demanda Meyer.

— Excusez-moi, vous avez bien dit Meyer *Meyer*?

— Oui, madame.

— C'est peu courant.

— En effet, convint-il.

Il avait des manières douces et gentilles, comme un dentiste s'occupant surtout d'enfants. Elle se demanda de nouveau s'il était marié. Dommage qu'il ne soit pas vraiment dentiste. La scène, si elle ramenait un flic à sa mère ! Le blond examinait une photo encadrée accrochée au mur, celle où Mr Rosen et sa femme, en manteau de vison, collaient une cocarde géante sur un paquet géant devant le principal grand magasin de la ville, sept ans plus tôt, sous une neige qui tombait dru. Il n'avait pas neigé ce Noël-ci, ni de tout l'hiver, en fait. Les gens étaient heureux d'avoir un hiver aussi doux. Quelle chance on a, répétaient-ils partout. Maintenant, il faisait une chaleur à fondre dans son slip et tout le monde tirait la langue dans les rues en *priant* pour avoir un peu d'air. La vie, franchement... pensait Annie.

— C'est Mr Rosen, lui dit-elle, pour entamer un flirt. L'un de mes patrons.

— Sympa.

Remarque typique de gros costaud de flic abruti.

Sympa.

Il s'appelait Bert Kling, un nom assorti à son degré manifeste d'intelligence.

Meyer reposa sa question :

— Dans quel état se trouvait l'appartement quand vous êtes entrée ?

— Comme d'habitude.

Si ça vous intéresse tellement, pensa-t-elle, pourquoi vous n'êtes pas venus *hier*, juste après le cambriolage ? Pas étonnant que vous ne pinciez jamais personne...

— Pas de désordre ? insista Kling.

— Non. Tout était parfaitement rangé.

— Quand vous êtes-vous rendu compte que quelqu'un y avait pénétré ?

— Quand j'ai trouvé le paquet de cookies.

— Sur le lit ? dit Meyer.

Il lit dans les pensées, pensa Annie. Ou alors les deux flics de cinéma muet d'hier avaient fait un rapport sur ce qu'elle leur avait déclaré ?

— Sur l'oreiller, oui. Des cookies aux pépites de chocolat.

Elle ne décolérait pas. Ce *culot* ! Le type entre, il lui vole tous ses bijoux plus une veste en renard roux qui lui avait coûté deux mille dollars chez le grossiste, et il a le toupet de laisser un paquet de cookies aux pépites de chocolat sur son *oreiller* ? Il s'attendait à ce qu'elle les *mange*, peut-être ? Qui sait ce qu'il y avait, dans ces cookies, quel poison il y avait fourré, ce malade mental ?

— Nous voulons simplement nous assurer que c'est la même personne, expliqua Meyer. Comme on parle pas mal de lui dans les journaux et à la télé, il inspire peut-être des imitateurs.

— Ils vous ont communiqué la liste ?

— Les agents qui sont venus chez vous ? Oui, merci. Nous travaillons dessus.

— On l'a surnommé Cookie Boy, dit Kling.

— Très mignon, fit-elle avec une grimace. Si jamais vous l'arrêtez, je lui en offrirai, moi, des cookies...

Après un temps d'hésitation, elle ajouta :

— Vous pensez que vous l'arrêterez ?

— Nous essaierons, soupira Meyer.

— Nous distribuerons la liste aux prêteurs sur gages de toute la ville, nous aurons peut-être un coup de fil. Qui sait ? demanda Kling au plafond.

— En plus, nous procédons chaque jour à un grand nombre d'arrestations sans rapport avec cette affaire, reprit Meyer. Quelqu'un pourrait lâcher quelque chose sur lui, qui sait?

— Qu'est-ce que vous voulez dire?

— Les voleurs se parlent, ils apprennent des choses qu'ils utilisent parfois pour passer un marché avec nous.

— Quoi, par exemple?

— Par exemple, ce type laisse des cookies sur l'oreiller, il m'a raconté qu'il a visité un appartement de la 20e Sud il y a deux jours, expliqua Kling. Un truc de ce genre...

— Quelqu'un vous a dit ça?

— Non, je vous donne simplement un exemple.

— Vous voulez dire que c'est une question de chance?

— Non, pas du tout, répondit Kling.

— Pas du tout, dit Meyer.

— Il doit y avoir de l'écho, ici. Alors, qu'est-ce que c'est, si ce n'est pas de la chance? Vous envoyez une liste aux prêteurs sur gages en espérant que l'un d'eux reconnaîtra mon saphir et vous appellera. Ou vous arrêtez, je ne sais pas, un violeur, un braqueur de banque, et vous espérez qu'il vous livrera son meilleur ami, qui se trouve être Cookie Man...

— Cookie Boy.

— Mignon, répéta Annie, qui fit de nouveau la grimace. Qu'est-ce que c'est, si ce n'est pas de la chance?

— Eh bien, la chance joue un certain rôle, admit Meyer, le bon dentiste.

— Mais nous menons aussi une enquête très poussée, assura Kling.

— C'est-à-dire?

— Oh! il me faudrait la journée pour vous expliquer.

Tiens, bien sûr, pensa-t-elle.

— Moi, j'ai l'impression que je peux dire adieu à mes bijoux, non?

— Nous vous surprendrons peut-être, dit Kling avec un sourire.

— Surprenez plutôt Cookie Boy, répartit Annie Kearnes.

Un message attendait Carella sur son bureau quand il revint à la brigade : une nommée Annette Ryan pouvait identifier la religieuse morte dont elle avait vu la photo à la télévision le matin et priait l'inspecteur de la rappeler. Quand il parvint à la joindre, à deux heures de l'après-midi, il découvrit qu'elle s'appelait *sœur* Annette Ryan, qu'elle était la directrice de conscience de Mary Vincent depuis que celle-ci avait quitté la maison mère de son ordre, à San Diego, pour venir dans cette ville. Carella demanda s'il pouvait venir la voir et elle lui donna l'adresse de son couvent, à Riverhead. Il reposa le téléphone sur son socle, se tourna vers Brown, en train de s'installer à son bureau.

— Oublie ça, on repart.

La Honda que conduisait Sonny Cole lui avait été prêtée par une meuf de dix-neuf ans dont il avait fait la connaissance trois mois plus tôt. Il était sorti plusieurs fois avec elle le mois précédent, ciné, etc., toutes ces conneries. Elle était d'accord pour lui brouter la tige quand sa maman était pas à la maison mais refusait de sauter le pas, de peur de tomber en cloque. C'était tellement plus facile avec les putes, y avait pas à s'emmerder avec toute cette comédie, toutes ces restrictions. Sonny avait horreur des restrictions.

— Pourquoi tu dois le suivre, ce gars ? lui avait demandé Coral.

Le nom que sa mama du Sud lui avait donné était en fait Coralee mais elle l'avait abrégé en Coral dès qu'elle avait eu quinze ans et qu'elle en avait su un peu plus sur la réalité des choses. Etudiante en seconde année à Ramsey University, elle suivait des cours pour devenir présentatrice à la télévision.

— Il me doit du blé, avait répondu Sonny. S'il sait que je le cherche, il quittera la ville.

— C'est pour ça que tu dois le suivre avec *ma* voiture?

— Avec n'importe quelle voiture, en fait. Mais ce serait sympa si tu me prêtais la tienne...

— Pourquoi tu ne vas pas simplement lui réclamer l'argent?

— Ça marche pas comme ça, ma poule.

— Pourquoi il te doit du fric, d'ailleurs?

Sonny avait donc improvisé une longue histoire selon laquelle le mec était un flic marié à sa cousine germaine...

— Ta cousine vit avec un flic?

— Vivait. Ils se sont séparés y a trois mois.

— Putain.

Ce qui s'était passé, avait expliqué Sonny, c'est que la cousine avait dû aller à l'hôpital pour subir une opération, que lui était allé à la banque retirer pratiquement les économies de toute une vie pour les prêter au mari, parce que le gars lui avait sauvé la vie, là-bas, dans le désert, pendant la guerre du Golfe, et maintenant que la fille, la cousine germaine, était guérie, Sonny avait réclamé le blé au type, parce qu'il avait une occasion en or de le placer, mais entre-temps le mec s'était séparé de la fille, et Sonny essayait de savoir où il créchait maintenant, et la cousine aussi, parce que la dernière fois qu'il était passé à leur appart', la gardienne lui avait dit qu'ils étaient partis tous les deux Dieu sait où, un tas de conneries, et c'est pour ça qu'il devait filer le mec pour retrouver la cousine, tu vois, celle qui s'était fait opérer du rein, vingt mille dollars durement gagnés que ça lui avait coûté, à Sonny, pour essayer de la convaincre d'intervenir auprès de son mari, qu'il prenait jusqu'à y a pas très longtemps pour l'un de ses meilleurs amis au monde, le tout n'étant que du pipeau pour endormir Coral, mais grâce à quoi il avait réussi à la convaincre de lui prêter sa caisse.

Sonny conduisait bien. Il restait dans le sillage de la Chevrolet bleue, tout en demeurant à bonne distance. Dans quelques jours, il saurait tout des habitudes de Carella, de ses déplacements réguliers; il trouverait un endroit où il pourrait l'attendre et le refroidir. Le choper quand il serait seul, le plomber par-derrière.

En attendant, il fallait faire gaffe. Y aller mollo. C'était des keufs qu'il suivait, on pouvait supposer qu'ils s'y connaissaient en filature. Encore une équipe chocolat-vanille. Est-ce que la direction de la police faisait exprès d'atteler ensemble un frère et un fromage blanc pour maintenir le calme? Il n'avait que du mépris pour les frères qui passaient dans le camp ennemi.

Où ils allaient, bordel?

Le couvent de l'Ordre des sœurs de la Miséricorde du Christ était situé dans une rue ombragée d'arbres d'un quartier de Riverhead qui aurait facilement pu passer pour un village de la Nouvelle-Angleterre. En cet après-midi de fin août, des papillons voletaient au-dessus des fleurs bordant l'allée qui conduisait à la porte cintrée du modeste bâtiment de pierre dont sœur Annette Ryan et onze autres religieuses avaient fait leur foyer. Le couvent était flanqué d'un côté par un cimetière, de l'autre par une autre bâtisse plus petite. Une religieuse en habit est un spectacle rare aujourd'hui, mais la sœur qui répondit à leur coup de sonnette avait au moins soixante-dix ans et portait la robe noir et blanc de l'ordre, un crucifix en bois autour du cou, un mince anneau d'or au quatrième doigt de la main gauche. Elle les mena à un couloir nu et silencieux, frappa deux coups discrets à la porte qui le terminait.

— Entrez, je vous en prie, dit une voix de femme.

Sœur Annette Ryan (« Appelez-moi Annette », suggéra-t-elle aussitôt) était une femme grande et svelte à qui Carella donna un peu moins de soixante ans. Elle portait un pantalon de toile bien coupé, un sweater de coton bleu ciel et des chaussures de marche à talon plat. Elle avait des pommettes hautes et une bouche généreuse, des cheveux roux grisonnants coupés court, des yeux assortis au carré de gazon étincelant dans le cloître, au-delà des fenêtres cintrées à petits carreaux de son bureau. Elle leur présenta la religieuse qui leur avait ouvert comme *sœur* Beryl, peut-être par égard pour son grand âge, puis leur proposa une tasse de thé.

Après s'être enquise de leurs préférences — lait pour Brown, citron pour Carella —, sœur Beryl eut un gracieux sourire et s'éloigna en trottinant. Carella avait toujours eu l'impression que les religieuses en habit se déplaçaient vite, comme des jouets mécaniques. Peut-être parce que leur moyen de locomotion était caché par une jupe longue et volumineuse. La porte se referma derrière elle dans un murmure et la pièce tapissée de livres redevint silencieuse. Carella entendit dehors le chuintement d'un arroseur aspergeant inlassablement la pelouse.

— Mauvaise nouvelle, fit Annette, secouant la tête d'un air incrédule.

— Mauvaise, reconnut-il.

— Vous avez déjà quelque chose?

— Rien.

— En quoi puis-je vous aider?

— Eh bien, nous savons qu'elle travaillait à St Margaret...

— C'était récent.

Brown consultait déjà son calepin.

— Six mois, nous a dit une infirmière nommée Helen Daniels.

— Oui, c'est ça. St Margaret est l'un des trois hôpitaux dont s'occupent les sœurs. Notre ordre a été expressément fondé pour le soin des malades, voyez-vous, en particulier les plus déshérités. C'était il y a longtemps, bien sûr. En 1837, à Paris. Nos activités se sont quelque peu étendues, au fil des ans, pour inclure l'enseignement aux handicapés. Nous avons par exemple une institution pour sourds dans le bâtiment d'à côté, et une autre pour les aveugles, à Calm's Point.

Carella hésita à faire observer que sa femme était sourde et qu'il ne la considérait pas comme une handicapée. Il laissa passer.

— Mary s'occupait de malades en phase terminale. Elle était merveilleuse avec eux.

— C'est ce qu'on nous a dit.

— Une sœur portée à la prière, Mary. Et une femme exceptionnelle. Elle n'avait que vingt-sept ans, vous savez, mais elle était si mûre, si miséricordieuse...

Annette se tourna sur le côté, peut-être pour cacher une larme, et fixa un moment la fenêtre à petits carreaux derrière laquelle l'arroseur persistait. On frappa à la porte; sœur Beryl entra avec un plateau qu'elle posa sur la table.

— Voilà, chantonna-t-elle, remarquablement alerte pour une femme de son âge. Régalez-vous.

— Merci, sœur Beryl.

La vieille religieuse hocha la tête, inspecta la table

comme si elle avait non seulement fait le thé mais aussi le plateau sur lequel étaient posées les tasses. Satisfaite, elle hocha de nouveau la tête, sortit à pas pressés en faisant murmurer le bas de son habit sur les dalles.

— Vous savez où Mary avait travaillé avant? demanda Carella. St Margaret, c'était récent, dites-vous.

— Elle venait de San Diego, là où se trouve notre maison mère. A la sortie de San Diego, en fait. Une petite ville du nom de San Luis Elizario.

— Donc vous ne la connaissiez que depuis son arrivée dans l'Est, souligna Brown.

— Oui. Nous avons fait connaissance en mars. Notre majeure supérieure m'avait appelée de San Diego pour me demander d'aider Mary à s'installer ici.

— Votre majeure...?

— Que nous appelions autrefois la *mère* supérieure. Les temps ont changé, vous savez, mon Dieu, comme ils ont changé. Avec Vatican II... (Elle roula des yeux comme si la simple mention de ces mots leur ferait saisir la réforme profonde qui avait bouleversé l'Eglise dans les années 1960.) Même « majeure supérieure » est déjà un peu dépassé. Certaines communautés sont revenues à « prieure ». Mais on peut dire aussi la présidente, la provinciale, la supérieure générale, la supérieure provinciale, la supérieure déléguée, ou même simplement l'administratrice. Il y a de quoi s'y perdre...

— Mary Vincent vivait ici?

— Ici au couvent, vous voulez dire? Non, non. Nous ne sommes que douze, ici.

— Elle vivait où, alors? demanda Brown.

— Elle louait un petit appartement près de l'hôpital.

— Les sœurs ont le droit de faire ça?

Annette ébaucha un sourire.

— C'est différent, de nos jours. On met moins l'accent sur le groupe que sur l'individu.

— Vous pouvez nous donner l'adresse?

— Bien sûr.

— Ainsi que le nom et le numéro de téléphone de la supérieure de San Diego?

— Certainement.

— Vous dites que vous étiez sa directrice de conscience, qu'est-ce que c'est au juste?

— Une conseillère, une amie. Tout le monde a besoin de quelqu'un à qui se confier, quelquefois. Les religieuses ont aussi leurs problèmes, vous savez. Nous sommes des êtres humains.

— Quand lui avez-vous parlé pour la dernière fois? dit Carella.

— Avant-hier.

— Jeudi dernier? s'étonna Brown.

— Oui.

Les deux inspecteurs songèrent que Mary Vincent était venue voir sa directrice de conscience la veille de son assassinat. Les deux inspecteurs se demandèrent pourquoi. Ce fut Brown qui s'y colla :

— Elle avait un problème?

— Non, non, elle avait simplement envie de parler. Nous nous rencontrions au moins une fois par mois. Elle venait dîner ici, au couvent, ou je la retrouvais en ville.

— Sa visite n'avait donc rien d'inhabituel.

— Absolument.

— Rien de particulier ne la tracassait?

— Rien.

— Pas de problèmes religieux?

— Aucun qu'elle ait mentionné.

— Elle n'avait pas *du tout* l'air préoccupée?

— Elle était comme d'habitude.

— Elle n'a pas parlé de coups de téléphone menaçants... ?
— Non.
— Ni de lettres ?
— Non.
— Quelqu'un rôdant autour de son immeuble ?
— Non.
— Ou mécontent des soins qu'elle donnait à l'hôpital ?
— Non.
— Un parent, un ami d'un des malades dont elle s'occupait ?
— Rien de tout cela.
— Quelqu'un qui lui en aurait voulu pour un problème quelconque...
— Elle ne m'a pas parlé de ça.
— ... ou même une peccadille ?
— Personne.
— Vous avez une idée de ce qu'elle faisait dans Grover Park hier ?
— Non.
— Elle vous avait dit qu'elle irait peut-être au parc ?
— Non.
— Elle avait l'habitude d'y aller ?
— Je ne sais pas.
— De traverser toute la ville pour aller s'asseoir sur un banc ?
— Ça ne lui ressemble pas.
— Elle ne vous aurait pas dit qu'elle allait là-bas pour prier, par hasard ? demanda Brown. Ou méditer, quelque chose comme ça ?
— Non, elle priait chez elle, le matin. Pendant une demi-heure, trois quarts d'heure, avant de partir pour l'hôpital. Et elle allait à la messe, une ou deux fois par semaine.

— Où?
— L'église?
— Oui.
— Notre-Dame-des-Fleurs. Je vous donnerai l'adresse aussi, si vous voulez. Et le nom du prêtre de la paroisse.
— S'il vous plaît, dit Carella.
Annette se leva et traversa majestueusement la pièce comme si elle portait encore l'habit. Elle ouvrit le tiroir d'une longue table de presbytère, y prit un carnet d'adresses relié cuir. En le feuilletant, elle leur demanda par-dessus son épaule :
— Vous allez trouver celui qui a fait ça, n'est-ce pas?
Presque sur le ton d'une prière.

Il était quinze heures cinq quand, de retour à la salle des inspecteurs, ils téléphonèrent à la maison mère de San Luis Elizario. La femme à qui ils parlèrent se présenta comme sœur Frances Kelleher, adjointe de la supérieure. Consternée, bouleversée par la mort de Mary Vincent, elle s'excusa pour l'absence de sœur Carmelita, qui se trouvait à Rome.
— Elle doit rentrer dans trois jours, si vous voulez rappeler...
Carella nota la date sur son calendrier : le 25 août.
— En fait, nous essayons de retrouver quelqu'un de la famille que nous pourrions prévenir, dit-il. Vous n'auriez pas des renseignements à ce sujet?
— Je suis sûre que si, répondit sœur Frances. Je vous passe le secrétariat.
La sœur du secrétariat lança dans l'appareil un joyeux « Louise Tracht, bonjour ! ». Carella se présenta, lui exposa son problème à peu près dans les mêmes termes qu'à la supérieure adjointe. Sœur Louise fut elle aussi

profondément émue par la nouvelle, quoique, de son propre aveu, elle ne connût pas bien Mary.

— Attendez, je consulte son dossier, dit-elle.

Le téléphone resta silencieux pendant deux ou trois minutes. A son retour en ligne, elle annonça :

— Ses parents sont morts, mais j'ai l'adresse et le numéro de téléphone d'un frère à Philadelphie, si vous voulez.

— S'il vous plaît.

Vincent Cochran dormait quand Carella réussit à le joindre à quinze heures quarante-cinq, le samedi après-midi. Il expliqua aussitôt à l'inspecteur qu'il était artiste de variétés — fantaisiste — et ne se couchait jamais avant quatre, cinq heures du matin.

— De quoi il s'agit?

Il semblait irrité, de mauvaise humeur. Ce n'était peut-être pas le moment le plus opportun pour lui parler du meurtre de sa sœur. Carella prit une profonde inspiration.

— Monsieur Cochran, je suis désolé de devoir vous annoncer ce genre de nouvelle mais...

— Il est arrivé quelque chose à Anna?

Carella ignorait qui était Anna.

— Non, il s'agit de votre sœur... (Il plongea :) Elle a été tuée hier soir, ici, à Grover Park...

Silence à l'autre bout de la ligne.

— Nous n'avons pu l'identifier que ce matin...

Le silence se prolongea.

— Nous avons eu votre nom et votre numéro par sa maison mère, à San Diego. Je suis désolé...

Silence.

— Vous êtes bien son frère?

— Je l'ai été, dit Cochran.

— Pardon?

— Quand elle était encore Kate Cochran, oui. J'ai été son frère jusqu'à ce qu'elle devienne sœur Mary Vincent...

— Monsieur Cochran, les restes de votre sœur se trouvent actuellement à la morgue de Buena Vista, à Isola. Si vous voulez prendre des dispositions pour son enterrement...

— Pourquoi je le ferais? La dernière fois que je lui ai *parlé*, c'était il y a quatre ans. Pourquoi j'aurais envie de la voir, maintenant?

— Eh bien...

— Dites à sa *chère* Eglise de l'enterrer. Comme ça, elle montera peut-être plus vite au Ciel.

Il y eut un déclic, et Carella regarda le téléphone.

— Alors, il vient? demanda Brown.

— Non, je ne crois pas.

Carl Blaney avait des yeux violets, une couleur un peu trop originale, peut-être, pour un médecin légiste mais c'était comme ça : ils n'étaient ni bleus ni gris, mais violets, comme étaient censés l'être ceux d'Elizabeth Taylor. Un peu triste aussi, comme s'il avait vu trop d'organes internes en mauvais état.

En voyant arriver Carella à la morgue, à seize heures cinquante, le samedi après-midi, il eut la décence de ne pas lui faire remarquer qu'il avait presque trois heures de retard, leur rendez-vous étant fixé à quatorze heures. L'inspecteur expliqua aussitôt qu'il s'était coltiné tout le trajet jusqu'à Riverhead dans les embouteillages, par une chaleur de 30 °C, qu'une fois de retour au bureau il avait dû donner plusieurs coups de fil...

Aucun de ces arguments n'impressionna Blaney.

De toute façon, personne ici à la morgue n'était pressé, dit le médecin qui, d'ailleurs, venait juste de terminer l'autopsie de la femme qu'on lui avait amenée sans identité. Lacune à présent comblée, l'informa Carella.

Lors de l'examen préliminaire, Blaney avait déjà relevé des marques caractéristiques d'une strangulation manuelle : les hématomes bleu-noir, de forme ovale, laissés par l'extrémité des doigts du tueur; les entailles en forme de croissant faites par ses ongles. Il avait ensuite soulevé les épaules, éviscéré le corps et prélevé le cerveau en laissant le sang s'écouler par la base du crâne. Quand le flot s'était tari, Blaney avait commencé à examiner les organes intacts du cou. Il avait pratiqué une première incision juste sous le menton afin de pouvoir procéder à cet examen sans devoir manipuler les organes avant la dissection.

— Dans une strangulation manuelle, expliqua-t-il, la fracture du larynx est fréquente. J'ai cherché les cornes parce que ce sont des parties fragiles du cartilage thyroïde et donc...

— Les cornes?

— Les extrémités de l'os hyoïde. On voit parfois des fractures de cet os chez des personnes âgées qui ont fait une chute fatale ou qui ont reçu un coup accidentellement. Mais le plus souvent, les fractures de l'os et du cartilage que nous voyons sont dues à une strangulation. Ce qui ne signifie pas que nous n'avons pas de personnes âgées étranglées. Ou même étranglées et violées. Elle avait quel âge, votre religieuse?

— Vingt-sept ans.

— Bien sûr. Il peut aussi y avoir fracture pendant la dissection, mais on ne constate pas alors de saignement local. Aussi faible soit-elle, une hémorragie des tissus proches d'une fracture du larynx indique que cette fracture s'est produite du vivant de la victime. Elle a été étranglée, Steve, aucun doute.

— Violée aussi ?

— Chaque fois que la victime d'une strangulation est une femme, nous examinons les parties génitales. Cela inclut la recherche de sperme dans la cavité vaginale. Elle n'a pas été violée, Steve.

— Je transmettrai à la Criminelle.

— A propos... (Carella le regarda.) Vous êtes sûre qu'elle était religieuse ?

— Pourquoi ? Qu'est-ce que vous avez trouvé d'autre ?

— Des implants mammaires, dit le médecin légiste.

3

— Alors, ce n'est pas une sœur, déclara la mère de Carella.

— Sois pas aussi vieux jeu, lui suggéra sa fille.

— Qu'est-ce qu'il y a de vieux jeu là-dedans ? Une sœur ne se fait pas faire des implants mammaires, Angela. Un point c'est tout.

Carella s'attendait à la voir croiser les doigts et cracher dessus, comme elle le faisait quand il était enfant. L'ennui, avec la langue des signes, pensa-t-il, c'est que les doigts ne savent pas murmurer. Hier soir, après le dîner, il avait raconté à Teddy la découverte de Blaney sans savoir que les jumeaux — censés jouer au Monopoly par terre, à l'autre bout de la pièce, sous la fausse lampe Tiffany — lui prêtaient une oreille indiscrète, fascinés, chacun à sa manière, par le sujet en discussion.

Selon Blaney, on utilisait avant 1992 trois types d'implants : un gel à la silicone, une solution saline, ou une combinaison des deux dans laquelle la solution saline était contenue dans une enveloppe en élastomère et le gel à la silicone dans une autre. Lorsqu'on découvrit que le gel pouvait traverser la frontière et émigrer dans d'autres parties du corps, causant un risque de cancer, on interdit les implants à la silicone.

Les implants de sœur Mary Vincent étaient remplis d'une solution saline.

Cela ne signifiait pas nécessairement qu'ils avaient été mis en place après 1992 : les implants de solution saline étaient sur le marché depuis plus de dix ans quand on avait interdit l'utilisation de la silicone. Mais le fait que l'enveloppe, transparente au départ, n'avait pas encore jauni constituait une bonne raison de supposer que l'implantation était récente. En effet, quand une enveloppe était en place depuis un certain temps, les composés oxydants du corps l'attaquaient et la ternissaient. Ce qui ne s'était pas encore produit dans le cas de Mary. Compte tenu du jeune âge de la victime — vingt-sept ans —, du nombre d'années écoulées depuis l'interdiction du gel à la silicone, et de l'aspect transparent de l'enveloppe, Blaney était prêt à parier que les implants de la religieuse n'avaient pas plus de trois ou quatre ans.

Ces détails, les jumeaux prépubères les avaient entendus et s'étaient empressés de les rapporter à leur grand-mère dès que tout le monde s'était rassemblé sur la pelouse de son jardin pour le grand barbecue. S'il durait aussi longtemps que les festins du dimanche de son enfance et des années suivantes, Carella ne rentrerait pas chez lui avant huit heures du soir, heure à laquelle *Sixty Minutes*[1] serait terminé, oh, bon tant pis.

A l'indiscrétion des jumeaux s'ajoutait la présence au barbecue du nouveau mec d'Angela, un adjoint au *district attorney* nommé Henry Lowell qui avait laissé l'assassin du père de Carella sortir libre du tribunal[2]. Il avait eu, quelques instants plus tôt, le culot de faire remarquer :

1. Célèbre magazine télévisé d'informations *(N.d.T.)*.
2. Voir *Kiss (N.d.T.)*.

« C'est une information confidentielle, non ? Il n'y aurait pas faute, là, Steve ? », à quoi Carella avait répondu : « Seulement si c'est moi qui la divulgue, Henry », le trou-duc répliquant : « Qui d'autre était au courant ? », à quoi Carella avait rétorqué : « Mark et April. Ils ont douze ans. »

— Oh ! arrêtez, intervint Angela.

Les hommes se tenaient devant le barbecue, Carella retournant les steaks, Lowell plaçant des morceaux de blanc de poulet sur le gril pour ceux qui préféraient la volaille. Teddy sortit de la maison avec un grand saladier de pâtes qu'on avait gardées au chaud sur la cuisinière. La porte-moustiquaire se ferma en claquant derrière elle, le soleil la prit dans sa lumière dorée. Selon qu'on adoptait un langage plus ou moins politiquement correct, Teddy Carella était soit une sourde et muette, soit une handicapée de l'ouïe et de la parole, soit une personne présentant une déficience auditive et vocale. On pouvait aussi dire qu'elle était simplement l'épouse de Carella et la plus belle femme au monde, avec ses cheveux bruns et ses yeux sombres, sa démarche élégante et gracieuse. Carella la contempla, il adorait la contempler. Elle surprit son regard, lui décocha un coup de hanche aguicheur. Il sourit. La délicieuse sauce rouge de sa mère attira aussitôt les guêpes. Teddy détacha d'un rouleau un rectangle de papier de cellophane dont elle couvrit le saladier.

— Angela, la salade ! cria la mère. Le pain !

— Tout de suite, M'man !

Angela se rua dans la maison, suivie de ses jumeaux de trois ans. *Vlam, vlam* et *vlam*, fit la porte-moustiquaire. Les jumeaux étaient fréquents dans la famille. Il y en avait deux jeux ce jour-là dans la maison : les enfants de Carella et ceux de sa sœur. Plus l'aînée d'Angela, Tess, sept ans.

— April ! Mark ! Le dîner est prêt ! Cindy ! Mindy ! Henry ! Tess ! Tout le monde à table, on dîne ! appela sa mère.

Ce n'était pourtant pas tout à fait un dîner (à trois heures de l'après-midi !), ni un déjeuner, d'ailleurs, rien que la variété « jardin » du repas familial du dimanche à l'italienne, à s'en faire péter la sous-ventrière.

Carella se rappelait les jours où il se cachait sous la table de la salle à manger, quand sa sœur et lui étaient gosses. A présent, le mari d'Angela, dont elle était séparée, était toxicomane, et son nouveau mec avait laissé l'assassin de leur père glisser entre les doigts de la Justice, oui, vraiment, comme le temps passe.

Sa mère n'allait pas lâcher les seins comme ça.

Elle n'arrêtait pas de caqueter : impossible que la femme du parc soit une religieuse parce que les religieuses n'ont pas besoin et ne veulent pas d'implants mammaires. C'était une emmerdeuse finie, quelquefois. Enfin, elle semblait aller un peu mieux, maintenant, elle ne tombait plus aussi souvent dans ces longs moments de silence sans fond, quand elle se réfugiait en quelque lieu secret qu'elle partageait encore avec son mari mort. Son mari. Mon père aussi, ne l'oublie pas, pensa-t-il. Mon *père* mort. Ecoute, M'man, on a *tous* perdu Papa, tu sais. Mais moi, je ne me réfugie nulle part, je n'ose pas, Seigneur ! je fondrais en larmes si j'osais...

Aujourd'hui, ce n'était pas un de ses silences lourds de sens, mais la religieuse et l'Eglise catholique, sa mère semblant avoir oublié qu'elle-même n'était pas allée à la messe depuis... combien, vingt ans ? Sans parler de se confesser ! Et elle n'arrêtait pas sur cette religieuse qui ne pouvait être qu'une fausse, cependant que Henry Lowell, assis à l'autre bout de la table, se morfondait parce que la famille d'un inspecteur connaissait tout des détails intimes d'une affaire sur laquelle cet inspecteur enquêtait, mille pardons, Henry !

Carella aurait quarante ans en octobre.

Fini les trente et quelque chose, n'y pense plus. Il avait lu quelque part que lorsque les studios hollywoodiens voulaient faire un film sur un enfant de douze ans, ils engageaient un enfant de douze ans pour écrire le scénario. Sans doute parce qu'un scénariste de quarante ans n'avait, selon eux, jamais eu douze ans. De même qu'un écrivain de soixante-dix ans n'en avait jamais eu quarante, même si un studio de Hollywood n'engageait jamais un septuagénaire pour être autre chose que la *vedette* d'un film face à une actrice de trente-quatre ans, en vertu de la théorie selon laquelle les gonades se souviennent de ce que le cœur et la tête ont oublié depuis longtemps.

Il lui arrivait souvent de regarder les vieilles dames qui traversaient d'un pas traînant les rues de la ville là où l'autobus menaçait et savait qu'à l'intérieur de ces corps ratatinés souriaient des visages resplendissants d'adolescentes.

En entendant les jumeaux d'Angela babiller dans leur langue secrète d'enfants de trois ans, il se rappela Mark et April à cet âge, inséparables, une bande en miniature. Ils avaient douze ans maintenant ; April s'épanouissait, devenait une jeune femme, déjà plus grande que son frère Mark, qui était encore un gamin à de nombreux égards. Levers, couchers de soleil, où était passé le temps ? Mark tenait de son père, le pauvre gosse. April était l'image de Teddy, qui expliquait par signes à Angela — et celle-ci essayait de comprendre — qu'elle devait comparaître le lendemain à neuf heures au tribunal, qu'elle était morte de peur qu'on la juge coupable et qu'on la jette en prison.

— Ils feront pas ça, M'man, déclara Mark, oubliant de parler par signes.

Il lui tapota le bras et, quand elle se tourna vers lui, la rassura dans la langue qu'il possédait sur le bout des doigts, littéralement, depuis sa tendre enfance.

— Personne ne te jugera coupable, affirma lui aussi Carella, traduisant simultanément la phrase en signes.

Il savait pourtant qu'il ne s'agissait pas d'une vétille. Le délit de voie de fait pouvait valoir un an de prison à Teddy si elle était condamnée. L'incident qui avait conduit à l'inculpation de sa femme s'était produit il y avait si longtemps que ni lui ni elle ne se rappelait exactement quand, mais la justice étant ce qu'elle était, l'affaire passerait en jugement le lendemain.

— Qui est le juge ? s'enquit Lowell.

— Un nommé Franklin Roosevelt Pierson, tu le connais ?

— Oui. C'est un homme juste et honnête. De quoi il s'agit, d'ailleurs ?

Teddy se mit à « signer », Carella commença à parler en même temps et elle lui abandonna le terrain par souci de commodité, puisque Lowell ne comprenait pas la langue des signes.

L'histoire était la suivante : en reculant avec sa voiture, une femme avait embouti la calandre de la petite Geo rouge de Teddy[1]. Le *district attorney* soutenait a) que Teddy avait causé l'accident, b) qu'elle avait donné un coup de pied à cette femme, et c) qu'elle avait usé de la profession de son mari inspecteur de police pour tenter d'intimider l'agent qui était intervenu. Le seul point exact, c'était que Teddy avait effectivement décoché un

1. Voir *Romance (N.d.T.)*.

coup de pied à cette dame, mais après que celle-ci eut saisi Teddy par les épaules et l'eut secouée comme le font certaines nourrices avec les bébés.

April, qui avait déjà entendu tout ça, se tourna vers sa tante pour lui demander si elle avait entendu parler de ce nouveau vernis à ongles qui sèche en quatre-vingt-dix secondes pile. Dans une *sitcom*, Mark lui aurait balancé qu'elle était trop jeune pour mettre du vernis, April l'aurait prévenu qu'il ferait mieux de la fermer, sale gosse. Mais tout cela se passait dans la vie réelle, sur la pelouse de Grand-mère, et Teddy avait laissé sa fille mettre du rouge à lèvres pour l'occasion, et Mark dit simplement :

— Ouais, j'ai vu ça à la télé, c'est cool.

Carella savait que les choses pouvaient mal tourner pour Teddy parce que la plaignante était noire, le juge aussi, et que personne dans cette ville n'aimait voir une personne de couleur se faire bousculer par un flic blanc, même si ce n'était en l'occurrence que la femme blanche d'un flic blanc. Il ne lui fit cependant pas part de ses craintes. Il avait l'intention d'assister au procès le lendemain matin, religieuse morte ou pas : même pour un flic, il y a certaines priorités.

— Qui vous représente? demanda Lowell à Teddy.

Les noms propres, c'est ce qu'il y a de plus difficile à « signer ». Surtout quand votre interlocuteur ne comprend pas vos doigts. En désespoir de cause, Teddy se tourna vers Carella.

— Jerry Flanagan, dit-il.

— Un bon juriste, estima Lowell.

Pas comme toi, pensa Carella.

Ça met peut-être de mauvais poil — qu'on ait douze ans, qu'on aille sur quarante, ou qu'on ait passé le cap des soixante-dix — d'être assis en face du *district attorney* qui, malgré un faisceau de preuves en béton sur l'arme du crime, avait permis à l'accusé d'obtenir l'acquittement, qui avait tellement foiré le coup que le jury avait laissé un meurtrier sortir libre du tribunal, l'homme qui avait tué le père de Carella, bah, laisse tomber, tout le monde s'en fout.

Imaginez-vous assis à table avec Carella à votre droite : pendant tout le dîner il vous raconte que justice n'a pas été faite dans l'affaire du meurtre de son père, que l'assassin a été acquitté, oh ! quel délicieux convive il ferait ! Tous les inspecteurs de police sont aussi captivants que vous ?

Peut-être était-ce parce qu'il allait avoir quarante ans.

Peut-être était-ce parce qu'il se sentait coupable.

Carella lui-même avait *arrêté* ce fumier, voyez-vous, il aurait pu lui faire sauter le caisson dans un couloir désert, sans aucun témoin excepté un collègue qui l'exhortait à appuyer sur la détente. Vas-y, vas-y, mais il ne l'avait pas fait, il n'avait pas tué l'homme qui avait tué son père parce qu'il avait senti, quelque part au fond de lui, qu'agir une fois comme une bête de proie revenait à *être* une bête de proie pour toujours.

Et maintenant ce sentiment de culpabilité.

A ce jeu, les Italiens ne le cédaient qu'aux Juifs. Il ne se considérait pourtant jamais comme un Italien parce que, bon, écoutez, il était *né* dans ces bons vieux Etats-Unis d'Amérique, et un Italien, c'est quelqu'un qui vit à Rome, je me trompe ? Il ne se considérait pas non plus comme un Italo-Américain parce que c'est quelqu'un qui est venu d'Italie, un émigré, d'accord ? Comme, par exemple, le père de son père, qu'il n'avait pas connu parce qu'il était mort avant sa naissance. C'était *lui*, l'Italo-Américain, le trait d'union, l'homme qui était venu d'un village fortifié de montagne, entre Bari et Naples, et avait franchi ces milliers de kilomètres, italien au début de son long voyage, italien quand il avait débarqué sur cette côte et dans cette grande méchante ville, ne devenant italo-américain qu'après avoir récité le serment d'allégeance à son nouveau pays.

Le père de Carella était américain, il était né et avait grandi dans ce pays. Et l'homme qui l'avait tué était américain aussi, quelle qu'ait pu être sa lointaine origine, il était né et avait grandi ici, et il s'était procuré son arme ici, dans ce pays des hommes libres, cette terre des braves — mais seulement quand on a un flingue en main. Cet Américain avait appris ici à se servir de son pétard et il en avait fait usage sur le père de Carella, un autre Américain, pan-pan, t'es mort.

J'aurais dû le tuer, pensa Carella.

Parce que, finalement, voilà comment ça tourne.

Vous êtes là dans le jardin par un étouffant dimanche d'août, et votre sœur ramène à votre table l'homme qui a laissé filer le meurtrier de votre père, elle couche avec ce mec, elle se fait *tringler* par lui la nuit, et tout ce que votre mère trouve à faire, c'est parler d'une religieuse avec de faux nichons.

Oui, c'était sûrement parce qu'il allait basculer dans la quarantaine.

Carella se demanda s'il allait se mettre tout à coup à draguer les jeunettes.

Il regarda sa femme.

Elle lui fit un clin d'œil.

Il y répondit.

Non, plutôt se tuer.

La soirée se peignit de lueurs roses qui s'assombrirent, virèrent au bleu lavande puis au violet et au noir quand cette journée dorée céda enfin à la nuit.

C'était le moment de sortir s'acheter un feu.

Lois rigoureuses ou pas, il était aussi facile d'acheter une arme dans cette ville qu'en Floride. Parce que les lois étaient faites pour les honnêtes gens. Les honnêtes gens savaient que si l'on voulait acheter un pistolet dans cette ville, il fallait d'abord se rendre au Service des permis de port d'arme. Le SPPA délivrait quatre types de permis. Les propriétaires d'entreprises qui avaient été braquées, les personnes qui faisaient des dépôts de fonds le soir à la banque pouvaient demander un permis de « port » d'arme. On pouvait aussi obtenir l'autorisation de garder un pistolet « à demeure », chez soi ou à l'entreprise. Les résidents provenant d'un autre Etat avaient droit à un permis « spécial », tout comme les membres d'un club de tir. Dans cette ville, il était interdit de porter et de posséder une arme de poing sans permis. Mais la police estimait qu'il y avait au moins deux millions de pistolets dans la nature, alors qu'on avait délivré moins de cinquante mille permis. Les voleurs n'ont pas besoin de permis. Les voleurs connaissent mille et une façons de se procurer illégalement une arme.

L'une d'entre elles étant le Petit Nicholas.

A onze heures, ce soir-là, Sonny se rendit chez lui.

Le Petit Nicholas tenait boutique derrière la laverie automatique de Lyons et de la 35e Sud dont il était propriétaire et gérant. Les machines à laver et à sécher s'arrêtaient de tourner à vingt-deux heures trente, raison pour laquelle Sonny avait attendu qu'il soit vingt-trois heures. Il avait téléphoné avant, il était attendu. Malgré ça, le Petit Nicholas se montra très prudent et n'ouvrit la porte de derrière qu'après avoir allumé la lumière extérieure et vérifié par un œilleton que son visiteur était bien Samson Wilbur Cole.

— Salut, mec, dit-il.

Il referma aussitôt à double tour derrière Sonny. Les deux hommes se serrèrent la main, celle de Nicholas était grasse et moite. Il portait un marcel blanc, un short assez large pour accueillir *deux* hommes en bonne santé serré à la taille par un morceau de corde à linge. D'après Sonny, il devait peser un bon quintal et demi pour un mètre soixante-dix.

— J'ai du premier choix qui vient d'arriver de Géorgie, annonça-t-il. Une de mes mules a fait l'aller-retour, elle a ramené un Mac-11 plaqué argent, deux Glock 17, un Colt 45 avec viseur laser et quatre Raven 25. Qu'esse tu cherches ?

— Un truc pour aller à la chasse, répondit Sonny.

— Quelque chose de puissant, alors. Qui t'arrête net le gibier. Un neuf. Un neuf, ça tire des pruneaux de 357 ou de 9 mm...

— Je sais ce que c'est qu'un neuf.

C'était un neuf qui avait arrêté net le père de Carella.

— Fais voir, ajouta Sonny.

Dans ce genre de rituel, il fallait se montrer le meilleur à la tchatche. Le prix montait ou descendait souvent selon le gagnant au concours de grande gueule.

Nicholas attaqua par quelques données statistiques :

— Trois cent deux meurtres ont été commis dans cette ville, rien que l'année dernière.

— Personne parle de meurtre.

— Non, bien sûr. C'était juste histoire de causer. Tu mettrais jusqu'à combien?

— Le prix est pas un problème.

— On me dit toujours ça. Avant que j'annonce la couleur.

— Alors, annonce.
— J'ai des neuf qui vont de sept cents à mille. Les rafaleurs sont plus chers. Pour le Cobray M-11 et le Tec, faut compter autour de douze cents, quinze cents, ça dépend. Mais un rafaleur, tu peux le planquer que sous un pardessus, et t'es pas près d'en porter un par cette chaleur, hein ? A moins que tu prévoies d'aller à la chasse quand il fera un peu plus frais ?
— Non, il me faut ça tout de suite.
— Alors, un article que tu peux fourrer sous ta ceinture, ou dans un holster, c'est ça ?
— Ouais.
— Mais pas de la camelote à cinquante mini, deux cent cinquante maxi...
— Tu parles des Raven?
— Les Raven, les Jenning : toutes les petites saloperies bon marché.
— Je veux un calibre qui peut faire le boulot.
— Un Raven, ça permet de contrôler la situation mais pas grand-chose d'autre.
— Montre-moi ce que t'as en neuf.
— Avec plaisir, répondit Nicholas.
Il s'approcha en se dandinant d'un mur couvert par une demi-douzaine de portes d'éléments.
— T'as quelque chose contre les Juifs ?
— Pas plus que contre n'importe qui d'autre.
— T'es en bisbille avec l'Etat d'Israël ?
— Non.
— Parce que j'ai des neuf israéliens vraiment top, si ça t'intéresse. T'es pas arabe, des fois ?
— Ça se voit pas ? répartit Sonny, ce qui fit ricaner Nicholas.
— C'est du matos casher, mec.
Il ouvrit l'un des éléments et prit sur une étagère un

pistolet qui ressemblait au désintégrateur à rayon de Buck Rogers.

— Le Uzi 9 mm, claironna-t-il. La version plus courte et plus légère du PM. Prends-le en main, mec, vas-y.

— Il fait lourdingue.

— Comparé au Beretta, ouais. J'ai le Ber 1951, si tu veux jeter un œil. Mais l'article que tu tiens a un magasin d'une capacité de vingt balles. Avec le Ber, t'es loin du compte.

— C'est sa tronche qui me plaît pas, argua Sonny.

— Tu veux le baiser ou tirer avec?

— Il fait combien, de toute façon?

— Je peux te laisser ce bijou pour onze cents dollars, qu'est-ce que t'en dis?

— J'en dis : qu'est-ce que t'as d'autre?

— Rien que d'entendre le nom, tu vas pisser dans ton froc.

— Essaie voir.

— Le Desert Eagle.

— J'ai toujours les couilles au sec.

— On se marre, avec toi, dit Nicholas en gloussant.

Il ouvrit un autre élément, tendit la main vers ce qui, pour Sonny, ressemblait à un Colt 45 avec un canon plus long.

— Dix pouces et demi, dit Nicholas en le passant à son client. Ça, c'est un flingue.

Sonny le tourna et le retourna dans ses mains.

— Vérifie l'équilibre, mec.

Sonny soupesa l'arme.

— Moins de deux kilos, certifia Nicholas. Mais c'est quand même l'un des plus gros semi-automatiques qu'on peut trouver.

Sonny prit l'arme par la crosse, la tint à bout de bras, visa.

— On le fait en trois calibres, reprit le marchand de flingues. Le 50 tire des pralines d'un demi-pouce de diamètre. Ça t'explose les os.

— Peu-kah, peu-kah, peu-kah, fit Sonny, comme un gosse avec un pistolet en plastique.

— Avec ça, tu peux abattre un éléphant. Si c'est l'éléphant que tu veux chasser.

Sonny tourna l'arme vers Nicholas et recommença ses bruits de bouche : « Peu-kah, peu-kah. »

— Ça te fait un trou gros comme un citron à l'entrée, gros comme un melon à la sortie. Tu peux le monter sur un tank, il se sentira chez lui.

— Combien de balles dans le magasin?

— Sept, huit ou neuf, selon le calibre. Sept pour le 50. Qu'esse t'en penses?

— Il est pas mal, convint Sonny.

— Pas mal mon cul, c'est un Lexus!

— Combien tu demandes?

— Je peux te le laisser à quatorze cents.

— Je peux trouver moins cher au détail.

— Bon, treize cents, mais pas un sou de moins.

— Onze, marchanda Sonny.

— Douze cinquante. Avec une boîte de vingt balles de 50. Têtes molles ou têtes creuses, tu choisis.

— Douze, avec les munitions.

— J'y perds, geignit Nicholas.

— A prendre ou à laisser.

— C'est bien parce que j't'aime, tiens, soupira-t-il.

Les deux hommes conclurent le marché en se serrant la main.

Il était déjà minuit dix, le lundi matin, vingt-quatrième jour du mois d'août.

Teddy dévorait.

Assise en face de Carella à une table d'un petit restaurant italien proche du tribunal où ils avaient passé la matinée, elle ne pouvait arrêter de manger. Ni de parler du procès. Carella la regardait mastiquer et agiter les doigts, sidéré de la voir conjuguer une telle fringale avec un flot narratif ininterrompu, la fourchette dans la main droite ne cessant de monter et de descendre tandis que les doigts de la main gauche relataient de façon brouillonne leur victoire au tribunal ce matin-là, ce qui n'était pas un mince exploit.

— *Je l'adore, ce juge*, signa Teddy.

— Moi aussi, dit Carella.

Le hasard avait voulu que le juge Pierson ait grandi à Diamondback, en plein cœur de la grande méchante ville. Il était sorti du ghetto en se faisant une place dans un monde de Blancs, sans jamais solliciter une faveur ni quémander de sympathie, sans jamais jouer une seule fois dans sa vie la carte raciale, ce dont il soupçonnait précisément le *district attorney* ce matin-là au tribunal — du moins, c'était l'interprétation que Teddy faisait de ce qui s'était passé. Pierson avait prononcé un non-lieu et conseillé à la plaignante de conduire plus prudemment à l'avenir. Il avait même suggéré qu'elle vivrait plus longtemps si elle cessait de piquer de telles colères : elle ne savait donc pas que le stress contribue aux crises cardiaques ?

Le *DA* était monté sur ses grands chevaux et avait informé le juge qu'il avait l'intention de faire appel, mais Pierson avait simplement secoué la tête et répondu : « Allez-y, faites-en une affaire fédérale. Nous n'avons pas d'autres causes importantes à défendre en ce moment, n'est-ce pas ? »

Traduction : « nous », les Noirs, nous qui avons souffert, nous qui souffrons encore, n'avons rien de mieux à faire que transformer cette peccadille en affaire fédérale? C'est ce que Teddy pensait avoir « entendu » dans les mots du juge, dans la dureté de son ton.

— On a eu de la chance, commenta Carella.

— *Je sais.*

— Ça aurait aussi bien pu finir autrement. Je t'aurais apporté des cigarettes en prison.

— *Je ne fume pas.*

— Moi non plus. On pourrait sortir ensemble, un de ces soirs?

— *Oh! monsieur, je suis mariée,* signa Teddy, baissant les yeux comme une vierge effarouchée.

Il eut envie de la prendre dans ses bras, là, tout de suite, restaurant bondé ou pas, de couvrir son visage de baisers, de lui déclarer qu'elle était son soleil et ses étoiles. Au lieu de quoi, profitant qu'elle avait encore les yeux baissés, il l'observa sans être observé, passant des longs cils sombres à l'ovale délicat du visage, à la bouche généreuse. Elle leva enfin les yeux et il fondit dans le rayon laser de son regard.

Elle ne dit rien.

Elle ne pouvait parler, bien sûr, mais elle aurait pu s'exprimer en signes. Elle préféra garder le silence, ses yeux disant tout ce qu'il y avait à dire. Il tendit le bras par-dessus la table, couvrit la main de Teddy de la sienne. Tous deux souriaient comme des lycéens amoureux, ce qu'ils n'avaient jamais été l'un pour l'autre. Carella pensa qu'il aurait bien voulu ne pas avoir rendez-vous avec Brown; Teddy pensa la même chose. Il jeta un coup d'œil à la pendule, elle l'imita. Il était près de deux heures. Quand il réclama l'addition d'un geste, elle se leva pour aller aux toilettes. La climatisation accompagna de son bourdonnement le balancement aguicheur de ses hanches. Il la suivit des yeux jusqu'à ce qu'elle soit hors de vue.

Le rire mélodieux d'une Noire assise à une table voisine fusa par-dessus le brouhaha des conversations, les cliquetis de l'argenterie contre la porcelaine. Les clients de ce « restaurant italien à prix modérés » — selon le guide gastronomique — constituaient un échantillon bigarré de nombreux types ethniques. C'était une ville de contrastes, noir et blanc, jaune et brun, kaki et teck, ocre et poussière. En hiver, les jours étaient d'un gris glacé, les nuits d'un noir d'encre. Les couleurs de l'été étaient plus douces, les jours dorés, les nuits violettes.

Il régla l'addition, attendit le retour de Teddy.

Elle lui manquait chaque fois qu'elle n'était pas avec lui et il s'inquiétait souvent quand elle restait partie trop longtemps. Il savait qu'elle ne pouvait appeler à l'aide en cas de besoin puisqu'elle avait été privée de voix à la naissance. Elle ne pouvait pas non plus détecter facilement, comme les gens qui entendent, les signes avertisseurs du danger. Dans son monde silencieux, dans cette ville de prédateurs, Teddy était une proie facile.

Quand il la vit enfin revenir vers leur table, il repoussa sa chaise, alla à sa rencontre et lui prit la main.

Sûrement sa maîtresse, pensa Sonny. Les mecs mariés regardent pas leur femme comme ça. C'était la première fois qu'il avait l'occasion d'examiner Carella attentivement depuis qu'il l'avait vu assis en face de lui, au tribunal, pendant le procès. Le flicard était maintenant sur le trottoir, juste devant le restaurant; il tenait les deux mains de la meuf dans les siennes et se penchait pour l'embrasser. Par l'ouverture de la veste déboutonnée, Sonny vit pointer la crosse de ce qui devait être un neuf logé dans un holster. La nana s'éloignait maintenant, Carella la suivait des yeux. Il la regarda jusqu'à ce qu'elle disparaisse puis se retourna et se dirigea vers l'endroit où il avait garé la Chevrolet.

Sonny lui laissa une minute avant de faire démarrer sa propre voiture.

4

L'immeuble dans lequel Mary Vincent avait vécu se trouvait dans Yarrow Avenue, au coin de Faber Street, à moins de quinze cents mètres de l'hôpital, dix petites minutes en métro. Pourquoi était-elle allée à Grover Park vendredi dernier au lieu de rentrer directement chez elle ? La question revêtait une certaine importance pour les inspecteurs. Un parc assez vaste s'étendait entre l'hôpital et la Dix River ; si elle avait simplement voulu prendre l'air, elle aurait pu le faire près de chez elle. Mais malgré la canicule, elle avait traversé une bonne partie de la ville puis le parc lui-même, très étendu, pour s'asseoir sur un banc, à l'autre extrémité. Pourquoi ?

Carella retrouva Brown au pied de l'escalier à deux heures et quart, lui apprit que le juge avait prononcé un non-lieu... (« Ouais ! » s'exclama Brown)... s'excusa de son retard et demanda à son collègue s'il avait déjà localisé le gardien de l'immeuble. Brown répondit qu'il venait juste d'arriver, et les deux hommes le cherchèrent ensemble. Ils le trouvèrent derrière le bâtiment, en train de réparer la poulie d'une corde à linge qui était tombée, parachutant des draps blancs et propres dans toute la cour. Le gardien souffrait par cette chaleur humide (« Je suis du Montana, avait-il coutume de dire. Là-bas, on a de l'air ! »). Il était rare que des gens du Montana atterrissent dans cette ville, à moins d'être venus y chercher gloire et fortune, à la télévision ou sur les planches. A la réflexion, Carella n'avait jamais rencontré de sa vie une seule personne originaire du Montana. Brown non plus. Carella n'était même pas sûr de savoir où se *trouvait* le Montana. Brown non plus.

Nathan Harding avait la soixantaine, estimèrent-ils. Solidement charpenté, le crâne dégarni, il transpirait abondamment dans un T-shirt à rayures et un jean bleu. Il ne se rappelait pas qui exactement était Mary Vincent, bien qu'il n'y eût que vingt-quatre appartements dans tout l'immeuble. Lorsqu'ils précisèrent qu'elle était religieuse et travaillait à l'hôpital St Margaret, il marmonna qu'il ne savait pas où c'était, ce qui ne répondait toujours pas à la question. Ils ajoutèrent qu'elle avait vingt-sept ans, qu'elle appartenait à l'Ordre des sœurs de la Miséricorde du Christ. Harding grommela qu'il avait trois ou quatre locataires de cet âge mais qu'aucune n'avait l'air d'une religieuse. Carella et Brown n'appréciaient pas la chaleur, eux non plus, et ce type commençait à leur filer la migraine.

— Vous n'avez pas une liste de locataires quelque part ? s'impatienta Brown.

— De quoi il s'agit ?

— Il s'agit d'un meurtre, déclara Carella.

Harding les regarda.

— On peut la voir, cette liste ?

— Bien sûr, répondit le gardien en les précédant vers son appartement, au rez-de-chaussée.

L'immeuble était un SPSA, ce qui signifiait qu'il n'y avait ni portier ni ascenseur. L'appartement de Harding donnait l'impression que l'armée cambodgienne y avait récemment bivouaqué. Il fouilla dans le classeur du petit bureau encombré attenant à la cuisine, finit par en tirer une liste dactylographiée indiquant que Mary Vincent occupait l'appartement 6C.

— Vous pouvez nous ouvrir? dit Brown.

— Une religieuse qui a tué quelqu'un? s'étonna Harding.

— L'inverse, rectifia Carella, en observant attentivement le visage de l'homme.

Rien. Harding hocha simplement la tête et grogna :

— Ça pose pas de problème, je suppose.

Vaudrait mieux, pensa Brown, mais il ne le dit pas.

Les deux policiers arrivèrent hors d'haleine sur le palier du sixième. Etant du Montana, Harding avait grimpé l'escalier sans effort. Il y avait trois autres appartements à cet étage mais, à deux heures et demie de l'après-midi, l'immeuble était silencieux, la plupart des locataires devaient être à leur travail.

— Elle vivait ici depuis combien de temps? demanda Carella.

— Si c'est bien celle que je crois, elle a emménagé il y a environ six mois, répondit le gardien, cherchant dans son trousseau la clef du 6C.

— Elle vivait seule?

— Pourrais pas vous dire.

Les deux inspecteurs échangèrent un regard. Il faisait plus chaud encore que dans la rue, toute la chaleur de la veille semblait s'être accumulée dans cet étroit couloir situé juste sous le toit. Ils attendirent patiemment. Brown était sur le point d'arracher le trousseau au gardien quand celui-ci trouva enfin la clef. Il la glissa dans la serrure, donna un tour, ouvrit grand la porte. Une vague d'air chaud roula dans le couloir.

Carella entra le premier.

Bien que l'appartement ne fût pas un lieu de crime, il

enfila une paire de gants en coton avant d'ouvrir une des fenêtres. L'air à peine plus frais de la rue pénétra dans la pièce en même temps que le ululement d'une sirène, brisant le silence relatif du milieu d'après-midi.

— Studio ? s'enquit-il.

Harding acquiesça de la tête.

Particulièrement exigu, avec un lit d'une personne poussé contre un mur, le téléphone sur la table de nuit. De l'autre côté, des étagères de bibliothèque, un fauteuil, un lampadaire et une commode en bois blanc. Près du meuble, une fenêtre — fermée — donnait sur un escalier d'incendie. La cuisine avait la taille d'un placard. Dans le réfrigérateur, deux oranges, une brique de lait écrémé, un pain aux sept céréales, des légumes verts bio et de la margarine. Le compartiment congélation contenait six barres de yaourt et une bouteille de vodka. La salle de bains était minuscule et immaculée. Au-dessus du lavabo étincelant, une armoire de toilette renfermait plusieurs médicaments délivrés sur ordonnance — apparemment des antibiotiques — et l'assortiment habituel de pastilles pour la toux, de cachets contre la douleur. C'était tout. Ni photos, ni tableaux. L'endroit était anonyme, incolore, morne et déprimant.

Brown ouvrit la porte de l'unique placard, révélant trois jupes, quatre pantalons en toile, deux robes, un manteau de laine, un imperméable, plusieurs paires de chaussures austères. Carella inspecta le tiroir du haut de la commode : des culottes et des soutiens-gorge en coton, un collant blanc, des chaussettes, un collant plus sombre. Dans le tiroir du milieu, des chemisiers, des écharpes. Dans celui du bas, des sweaters. Pas un bijou. Rien de véritablement personnel.

Dans le tiroir de la table de nuit, ils trouvèrent un carnet d'adresses, un agenda et un de ces cahiers à spirales qui vous aident à tenir vos comptes.

— Nous aimerions les emporter, dit Carella en feuilletant l'agenda.

— Non, lâcha Harding.

Les deux inspecteurs le regardèrent.

— On vous fera un reçu, plaida Brown.

— Non, répéta le gardien.

Les deux inspectèrent se regardèrent.

— C'est pas à moi, j'ai pas le droit de vous laisser les prendre, se justifia-t-il.

Carella lui assena un regard qui aurait dégelé le Groenland. Il se laissa tomber dans le fauteuil, prit son propre calepin et entreprit de recopier les rendez-vous de Mary Vincent pour les deux semaines précédant son assassinat. Puis il remit carnet, agenda et cahier dans le tiroir de la table de nuit, lança à Harding un autre regard furibard et l'avertit :

— On reviendra.

— Ce con nous oblige à faire établir un mandat, maugréa Brown dans la voiture.

— Il a raison, je crois, dit Carella.

— La plupart des gens auraient accepté un reçu.

— Les gens n'aiment pas les flics, voilà. On leur rappelle les brigades d'assaut.

— Toi et moi ?

— Nous tous.

— Il comprend probablement mieux les shérifs, dit Brown.

— Probablement.

— Tu veux qu'on fonce chercher un mandat ?

— Le docteur a dit qu'il partait à quatre heures.

— Si on se presse pas, on trouvera plus de juge, fit observer Brown.

— On voit d'abord le docteur et le prêtre, on garde le cow-boy pour la fin. Qu'est-ce que t'en penses ?

— D'accord. De toute façon, on mettra une demi-heure pour retourner dans le centre, à cause de ce blaireau.

Ni l'un ni l'autre ne remarqua la petite Honda verte qui les suivait, six voitures plus loin.

Le médecin qui dirigeait ce qu'on appelait par euphémisme le Service de soins intensifs de l'hôpital St Margaret avait pour nom Winston Hall, ce qui sonnait comme un dortoir d'université. Aux yeux des policiers, il devait avoir autour de quarante ans, cet homme de haute taille au visage anguleux et bronzé, au sourire contagieux, à la voix agréable et douce. Il portait une veste en lin froissée jaune paille sur un pantalon couleur sable, une chemise bleu clair et une cravate rayée jaune et bleu aux tons délicats. Assis derrière son bureau du deuxième étage, à trois heures et quart, ce lundi après-midi, il semblait vêtu plus pour une promenade en bateau autour de l'île que pour une journée de travail au bureau.

Il leur expliqua qu'il y avait à cet étage quarante lits, occupés pour la plupart par des malades nécessitant de très longs traitements, et dont un grand nombre auraient été plus à leur place dans une maison de repos.

— Les maisons de repos nous les expédient chaque fois qu'il y a un problème grave en espérant que nous les garderons éternellement. C'est ce que nous faisons parfois, mais, pour beaucoup de nos patients, l'éternité est une probabilité à court terme.

— Mary soignait quelle sorte de malades ?

— Nous en avons de toutes les sortes, à cet étage, répondit Hall. MPC, cancer en phase terminale, Alzheimer...

— MPC ?

— Maladies pulmonaires chroniques. Asthme, emphysème, bronchite chronique. La plupart sont sous oxygène. Nous avons aussi une femme atteinte de la maladie de Whipple. Elle agonise depuis trois ans, elle s'accroche. Elle a un tube de GEP suturé dans le ventre, c'est par cette voie que nous l'alimentons et que nous lui administrons les méd...

— Qu'est-ce que c'est, un Gep ?

— G, E, P, pour gastrostomie endoscopique percutanée. La malade atteinte de Whipple a un GEP dans le ventre et un cathéter permanent dans la poitrine. Elle ne commande plus ses extrémités, elle n'a plus de dents, elle est chauve sur l'arrière du crâne parce que nous avons beau la changer très souvent de position, elle se retrouve toujours sur le dos. A vrai dire, ce devrait être une NPR mais elle refuse de signer les formulaires...

— Qu'est-ce que c'est ? voulut savoir Brown.

— NPR ? « Ne Pas Réanimer. » Une grande pancarte accrochée au pied du lit, NPR. En gros, cela signifie « laissez-les mourir ».

Carella pensa qu'il n'aurait pas fait ce métier pour cinq millions de dollars.

— Un de nos malades a un cancer de la prostate qui a métastasé jusqu'aux os, poursuivit le médecin. Un autre a un cancer du poumon qui a métastasé jusqu'au cerveau. Nous avons à cet étage un amputé des deux jambes, il ne maîtrise plus son sphincter anal et il a en permanence un tube dans la trachée.

Pas pour *dix* millions de dollars, se dit Carella.

— Ce n'est pas un service particulièrement drôle, fit observer Winston Hall.

Vous lisez dans mes pensées, Doc, songea Carella.

— Mary a commencé à travailler dans mon service il y a six mois, continua-t-il. Transférée d'un hospice de San Diego, là où se trouve sa maison mère. Je crois qu'elle avait discuté de son changement avec la supérieure de là-bas, qui l'avait adressée à la directrice. J'étais content qu'on l'envoie ici, croyez-moi. Très souvent, comme dans le cas de Mary, une religieuse peut montrer plus de dévouement que le médecin le plus consciencieux... Nous avons cent dix lits ici à St Margaret. Un personnel de quatre cents employés, y compris les sœurs. L'autre hôpital tenu par l'ordre est encore plus petit. Le gouvernement rogne les crédits, vous savez, et soixante-dix pour cent de nos patients bénéficient de l'aide sociale ou médicale. Les sœurs arrivent tout juste à joindre les deux bouts mais elles se dévouent corps et âme pour soigner les pauvres. L'année dernière, nous avons eu près de deux mille cinq cents admissions à St Margaret. Nous pratiquons douze cents examens cliniques par mois, neuf cents examens en urgence, quatre cents consultations pour malades extérieurs. Ce quartier est pauvre, on a besoin de nous, ici. Mary me manquera cruellement, je peux vous le dire. C'était une professionnelle accomplie et une personne merveilleuse...

Carella tenta un coup de sonde :

— Vous connaissez quelqu'un qui aurait pu être d'un autre avis ?

— Personne. Je travaille avec des religieuses depuis dix ans maintenant et elles sont aussi différentes l'une de l'autre que les femmes ordinaires. Je suis sûr que certaines d'entre elles peuvent être *exactement* ces petites créatures puériles ou ces dragons à cheval sur la discipline qu'on nous montre à la télévision, gloussant quand elles rentrent les gerbes, aboyant avec hargne lorsqu'elles cassent une règle sur les jointures d'un écolier. Personnellement, je n'en ai pas connu qui correspondent à ces stéréotypes. Pour la plupart, ce sont des femmes intelligentes, complexes, qui ont un seul trait commun : leur totale dévotion envers Dieu. Mary considérait son travail ici comme un don d'inspiration divine. Elle s'échinait pour Dieu, inlassablement, et dans la joie. Je l'entendais quelquefois... (Sa voix se brisa.) Elle... Elle chantait pour les malades, elle avait une belle voix. Il n'y avait personne qui ne se sentait réconforté par sa présence. Elle nous manquera à tous.

— Vous étiez de service ici, vendredi dernier, docteur? demanda Carella.

— Oui.

— Mary vous a semblé comme d'habitude?

— Oui, la douceur même, comme toujours.

Le médecin considéra un moment sa réponse, hocha la tête comme pour la confirmer et ajouta :

— Nous avons travaillé ensemble à plusieurs reprises dans la journée. Je n'ai remarqué aucune différence dans sa conduite.

— Rien d'étrange ou d'an...

— Absolument rien. La douceur même, comme d'habitude. Je regrette mais je ne vois pas d'autre mot. On donne quelquefois au mot « douceur » une connotation fade, insipide. Mais Mary avait quelque chose en elle qui apaisait et réconfortait en même temps. Une certaine... douceur, oui. Dans son sourire, dans son regard. Elle donnait l'impression d'être une personne totalement épanouie et, de ce fait, elle répandait la joie autour d'elle comme si c'était contagieux. Je suis bouleversé, dit-il, détournant un moment le visage. Je l'aimais beaucoup. Nous l'aimions tous beaucoup, ici.

Il tira un mouchoir en papier de la boîte posée sur son bureau, tamponna ses yeux, se moucha. Les inspecteurs attendirent.

— Bouleversé, répéta-t-il.

— Docteur Hall, fit Brown, est-ce que par hasard elle vous aurait dit où elle comptait se rendre après son travail, vendredi dernier ?

— Non.

— Quand est-ce que vous l'avez vue pour la dernière fois, ce jour-là ?

— Laissez-moi réfléchir...

Ils attendirent.

— Juste avant la fin du service, je suppose.

Helen Daniels avait déclaré que Mary et elle avaient quitté l'hôpital ensemble à un peu plus de quinze heures. Simple vérification.

— Deux heures et demie, précisa Hall. Trois heures moins le quart, peut-être.

— Au moment où elle quittait l'hôpital ?

— Non, non. Le service se termine à trois heures. Un peu avant, donc.

— Vous l'avez vue où ?

— Devant les vestiaires des femmes. Elle parlait à l'une des infirmières.

— Vous vous rappelez laquelle ?

— Désolé, elle me tournait le dos.

— Il y a combien d'infirmières dans ce service ? s'enquit Brown.

— Ça dépend des jours.

— Vous avez un tableau sur lequel on peut voir qui était là ?

— Oui, bien sûr.

— Vous pouvez nous donner les noms, s'il vous plaît? sollicita Carella. Ceux des médecins aussi.

Hall le regarda avant de répondre :

— Les médecins aussi, bien sûr.

Ce que Sonny ne comprenait pas, c'était pourquoi Carella et son collègue — le grand Noir balaise, c'était sûrement pas son chauffeur — ils arrêtaient pas de faire la navette entre l'hôpital St Margaret et tous ces endroits qui avaient à voir avec la religion. Samedi, ç'avait été le couvent, à Riverhead; maintenant, à quatre heures de l'après-midi, une église de Yarrow Avenue, pas très loin de l'immeuble où ils étaient allés avant. Notre-Dame-des-Fleurs, disaient les lettres ciselées au-dessus des portes cintrées.

A croire que c'était cet enfoiré de pape qu'on avait flingué.

Le père Frank Clemente était un homme d'une cinquantaine d'années, vêtu d'un pantalon de toile noire, d'un sweater de coton noir sur un T-shirt noir. Il avait tout à fait l'air d'un prêtre, estima Carella, mais il aurait aussi bien pu être n'importe quel mec cool sirotant un cappuccino à une terrasse dans Jefferson Avenue. En l'occurrence, les deux inspecteurs et lui étaient assis sur des chaises en fer forgé noir comme sa tenue, autour d'une table au large plateau de pierre reposant sur un pilier, et buvaient de la citronnade que le bon père avait préparée lui-même.

— Mary a assisté à l'office la semaine dernière, déclara-t-il. Elle...

Carella réclama une précision :

— Quand, la semaine dernière?

— Mardi soir.

Trois jours avant d'être tuée, pensa-t-il.

— Nous avons pris un verre, après la messe.

Bouteille de vodka dans le frigo, pensa Brown.

— Elle semblait préoccupée, continua le père Frank. D'habitude, elle était si ouverte et pleine d'entrain, mais là...

Il la trouve un peu distante, ce mardi soir, dix-huitième jour du mois d'août. Presque comme si elle avait un poids qu'elle aimerait partager mais qu'elle répugne à révéler. Il la connaît depuis qu'elle est arrivée dans cette ville, en février, religieuse aimant la prière qui assiste à la messe dans son église au moins une fois par semaine, quelquefois deux. Sachant qu'elle exerce un ministère difficile à St Margaret, il pense d'abord qu'elle vient de perdre un malade, tant d'entre eux sont en phase terminale. Mais non, ce n'est pas ça, elle assure que tout va bien à l'hôpital, tout à fait bien, Frank, merci de votre sollicitude.

Certaines sœurs ont un problème de boisson; certains prêtres aussi, si on va par là. Le chemin qu'ils ont choisi n'est pas aisé et les difficultés de la vie religieuse peuvent paraître écrasantes, parfois. L'Eglise dispose de programmes d'assistance pour ces malheureux qui ont besoin d'aide, mais Mary n'en fait pas partie, et lui non plus.

Il garde une bouteille de scotch douze ans d'âge dans un placard de son bureau et c'est dans cette pièce qu'il lui sert à boire. Deux doigts de whisky dans un haut verre vénitien qu'il a rapporté d'Italie, lorsqu'il a été reçu en audience par le pape, l'été dernier. Trois glaçons, soda jusqu'à ras bord. Même chose pour lui. Ils emportent les verres dans le jardin et s'installent à cette même table en pierre.

Les insectes de l'été sont bruyants, ce soir.

Mary et lui écoutent la nuit autour d'eux.

— Il y a quelque chose qui vous tracasse? finit-il par demander.

— Non, Frank.

— Vous avez l'air... je ne sais pas. Repliée sur vous-même.

— Non, non.

— S'il y a quelque chose, dites-le-moi. Je peux peut-être vous aider.

— Avez-vous jamais eu l'impression...?

Elle s'interrompt, hésite.

Il attend, se garde bien de la presser. Si elle souhaite partager ses soucis, elle le fera de son propre chef. Il l'a entendue en confession chaque semaine depuis son arrivée dans cette ville. Elle sait qu'elle peut lui faire confiance. Il attend.

— Que le passé et le présent... reprend-elle, avant de s'arrêter de nouveau.

Le crissement des insectes semble soudain assourdissant. Le père Clemente voudrait avoir un bouton pour réduire le volume, faire taire le reste de l'univers et plonger dans l'esprit de Mary, y trouver ce qui jette cette ombre sur elle, l'aider à le lui révéler, à le révéler à Dieu pour qu'Il comprenne et ait pitié, pour qu'Il pardonne, si tant est qu'il y ait quoi que ce soit à pardonner.

Pourtant, il attend.

Boit une autre gorgée.

Attend.

Les insectes font un boucan infernal.

— Ce que je... Frank, vous n'avez jamais eu l'impression que le présent *détermine* le passé ?

— Vous voulez dire l'inverse, non ?

— Pas du tout.

— Le *présent* détermine...

— Le passé, oui. Ce que nous faisons *aujourd'hui* détermine ce qui est déjà arrivé *hier*.

— Vous nous lancez dans une discussion sur le libre arbitre ?

— J'espère bien que non.

— Le déterminisme, la prédestination ?

— Ce n'est pas ce que...

— La *double* prédestination ? Le calvinisme ? Me voilà revenu au séminaire ?

— Je ne plaisante pas, Frank.

— Comment pouvez-vous sérieusement suggérer que l'avenir détermine...

— Pas l'avenir. Le *présent*.

— Par rapport au passé, le présent *est* l'avenir, Mary.

— Oui, mais je parle de *maintenant*. Le présent *immédiat*.

— Vous pouvez me donner un exemple concret ? demande-t-il, songeant que s'il la fait passer de l'abstrait au spécifique, il parviendra peut-être à lui faire dire ce qui la préoccupe *réellement*. Car ce n'est sans doute pas un problème métaphysique qui...

— Disons par exemple... (Elle boit lentement un peu de whisky.) Disons que nous sommes assis à cette table, devant un verre...

— C'est le cas.

— Ici, en ce moment. En ce moment, c'est le présent.

— A n'en pas douter.

— Je suis navrée que vous trouviez ça drôle, Frank.

— Excusez-moi.

— Ce que j'essaie de dire... Pensez-vous que le fait que nous soyons en train de boire ce scotch, ici et maintenant, dans le présent, ait pu vous inciter à acheter cette bouteille?

— Absolument pas.

— Pourquoi?

— Parce que ce n'est pas *moi* qui l'ai achetée. C'est un cadeau de Charles, il l'a rapportée de Glasgow.

— Alors qu'il l'ait incité, *lui*, à l'acheter. C'était quand, ce voyage?

— Il y a trois mois.

— Est-ce que son acte, cet achat, a été influencé par le fait que nous buvons ce whisky en cet instant même? Est-ce qu'il *savait*, d'une façon ou d'une autre, il y a trois mois, que nous serions assis vous et moi dans votre jardin, ce soir... nous sommes le combien?

— Le 18.

— Juillet, juin, mai, dit Mary, comptant à rebours. Le 18 *mai*, est-ce que le père Charles *savait*, ou présageait, que ce soir nous boirions le whisky qu'il achetait à Glasgow. Est-ce que le présent... *ce soir*, 18 août, à... quelle heure est-il?

— Neuf heures et demie.

— Est-ce que *cet* instant précis, à *cette* heure, à *cette* minute, dans *ce* jardin, détermine qu'il ait acheté *ce* scotch il y a trois *mois*?

— Je ne pensais pas l'avoir fait si fort, commente-t-il en regardant son verre comme pour y chercher une puissance cachée.

— Je parle sérieusement, Frank. Supposons, par exemple... supposons que j'aie pris une décision il y a deux semaines... ici même, justement, pendant la messe...

— Quelle décision? demande-t-il aussitôt.

— Peu importe. Une décision. Disons, d'ordre spirituel.

— Bon.

— Pensez-vous que ma décision aurait pu déterminer le contenu d'une lettre écrite la *veille* ?

Il la regarde.

— Quelle lettre ?

Même les insectes se taisent.

— Ce n'est qu'une supposition, répond Mary.

— J'entends bien. Une lettre de qui ?

— Je vous l'ai dit, ce n'est qu'un exemple.

— Vous avez reçu une lettre, Mary ?

— Cela paraît complètement idiot, non ? Parlons plutôt du monde *réel*.

Le moment passe.

La conversation change de sujet.

Il a laissé Mary lui échapper.

Elle quitte l'église un peu avant vingt-deux heures en le remerciant pour le verre et promet de revenir dimanche, pour la messe.

— Mais, bien sûr... dimanche, elle était morte.

Le jardin était à présent aussi silencieux qu'il avait dû l'être ce mardi, quand elle avait failli lui confier ce qui la préoccupait.

— Elle a *vraiment* reçu une lettre ? demanda Carella.

— Aucune idée.

Cette fois, ils vinrent munis d'un mandat les autorisant à saisir l'agenda de sœur Mary Vincent, son carnet d'adresses et son cahier de comptes. Le document les autorisait aussi à chercher et à saisir de la même manière toute correspondance à elle adressée.

Harding ne parut pas ravi de les revoir.

Il avait apparemment pris conseil auprès d'un copain policier, avocat ou simplement étudiant, qui l'avait informé que l'appartement de la religieuse n'était pas un lieu de crime, que les flics n'avaient pas le droit de le déranger tous les quarts d'heure en lui demandant de leur ouvrir la porte.

— Exact, reconnut Carella. Vous préférez qu'on la défonce ?

— Vous avez pas le droit...

— Écoutez, vous vous opposez à une décision du tribunal ?

Harding le regarda, finit par grommeler :

— Je monte avec vous.

Ils grimpèrent péniblement derrière lui jusqu'au sixième. Devant la porte du 6C, ils attendirent de nouveau patiemment pendant qu'il s'escrimait sur son trousseau. Enfin, il trouva la clef, ouvrit la porte et leur lança :

— Je peux le voir, ce mandat ?

Carella le lui tendit. Harding le lut soigneusement, en s'attardant sur chaque mot, rendit le document et s'écarta pour laisser les inspecteurs pénétrer dans l'appartement.

Quelqu'un les avait devancés.

La pièce était sens dessus dessous.

Le contenu du réfrigérateur, dont la porte était ouverte, jonchait le sol de la cuisine. Dans la salle de bains, l'intrus avait fouillé l'armoire à pharmacie et regardé dans le réservoir de la chasse d'eau, laissant le couvercle sur la cuvette. Le lit avait été dénudé. La porte du placard était ouverte, elle aussi, et la maigre garderobe de Mary éparpillée un peu partout. Les tiroirs de la commode itou.

— La fenêtre... dit Brown.

Située à droite de la commode, elle était fermée quand ils avaient visité le studio. Elle était maintenant grande ouverte. Dans sa hâte à ressortir, l'intrus avait renversé l'un des pots de fleurs posés sur les marches de l'escalier d'incendie.

— Vous avez vu quelqu'un dans la cour en fin d'après-midi ? demanda Carella au gardien.

— J'y ai pas mis les pieds, en fin d'après-midi, répondit Harding.

— Après trois heures, en tout cas, précisa Brown.

— Pourquoi après trois heures ?

— Parce qu'on est partis à cette heure-là.

— J'ai vu personne ni avant ni après trois heures, parce que j'y ai pas foutu les pieds, dans la cour.

— Vous avez un furoncle au cul, monsieur Harding? s'enquit Carella.

— J'aime pas me faire bousculer par les flics, c'est tout.

— Ça vous plairait de faire un tour au commissariat pour répondre à quelques questions ? menaça Brown.

— Vous avez aucune raison de m'arrêter, se défendit le gardien.

— Entrave au bon déroulement d'une enquête sur un meur...

— Laisse tomber, Artie, intervint Carella.

— Il commence à me gonfler, ce mec ! explosa Brown. Une femme s'est fait *tuer*, merde, et lui...

— Laisse, répéta son coéquipier. Allons plutôt voir si on peut retrouver cette lettre.

Harding demeura adossé au chambranle de la porte, les bras croisés sur la poitrine, un sourire suffisant aux lèvres. Brown avait envie de le claquer, ce connard. Dans le tiroir de la table de nuit, ils trouvèrent les carnets qu'ils n'avaient pu emporter la fois précédente.

— On les prend, ce coup-ci, annonça Carella.

Harding hocha la tête.

Mais aucune trace de la lettre dont Mary Vincent avait parlé au père Clemente.

Ni aucune autre lettre, en fait.

Ni dans le tiroir de la table de nuit, ni ailleurs.

— Si vous avez fini, marmonna le gardien. J'ai du boulot qui m'attend.

Brown pensa à toutes les infractions aux règles de sécurité qu'il avait notées pendant la difficile montée jusqu'au sixième — l'ampoule grillée sur le palier du premier étage, la grille d'aération obturée par de la peinture au troisième, les fils électriques dénudés au cinquième, les caisses en carton empilées obstruant l'accès au sixième — et il sourit comme un bouddha.

Si l'agenda de Mary Vincent reflétait fidèlement sa vie relationnelle, la religieuse avait été assez prise pendant les deux semaines précédant sa mort :

11 août : 18 h 30
Felicia, MC
14 août : 19 h
Jenna et Rene Ici
15 août : 19 h 30
Michael, Hôp.
18 août : 18 h.
Frank, NDF
20 août : 17 h
Annette, MC

Ils avaient déjà vu le père Frank Clemente à Notre-Dame-des-Fleurs et sœur Annette Ryan au couvent de la Miséricorde du Christ. Un coup d'œil dans le carnet d'adresses de Mary leur apprit que Felicia Locasta était une sœur de la MC, que Jenna DiSalvo et Rene Schneider étaient infirmières diplômées à St Margaret, et que le docteur Michael Paine exerçait à l'hôpital.

Comme il était encore relativement tôt, ce lundi soir, ils se ruèrent sur le téléphone.

5

— Elle se faisait du souci pour son budget, déclara sœur Felicia Locasta. Je crois que c'est pour ça qu'elle est venue me voir ce soir-là. J'ai fait des études de maths avant d'entrer dans les ordres. Nous parlions souvent de questions d'argent.

Les inspecteurs étaient de retour à Riverhead, au couvent des sœurs de la Miséricorde du Christ, quasiment à l'aube, dans une petite salle jouxtant la chapelle et équipée d'une machine à café, d'un réfrigérateur et d'un évier.

— Appelez-moi simplement Felicia, d'accord? proposa-t-elle. Je connais des religieuses qui raffolent du « ma sœur », mais elles ont toutes plus de cent ans.

Felicia, elle, devait en avoir trente-cinq. C'était une femme aux yeux sombres, aux cheveux bruns bouclés attachés derrière la tête par un simple ruban. Elle portait un jean, des mocassins sans socquettes et un T-shirt blanc avec cette inscription : SŒURS DE LA MISÉRICORDE DU CHRIST...

— Ce que sœur Carmelita ne trouverait peut-être pas *convenable*, commenta-t-elle, appuyant sur le mot, mais elle est à San Diego et moi ici. De toute façon, je *suis* une sœur de la Miséricorde du Christ, et je ne porte ce truc qu'avant d'aller au boulot... A propos, quelle heure est-il ?

Il était sept heures du matin, le 25 août, un mardi caniculaire alors que le soleil venait de se lever, bon, caniculaire c'était peut-être un peu exagéré mais bon Dieu, ce qu'il faisait chaud ! Felicia les avait prévenus la veille qu'elle devait être au travail à neuf heures précises et que donc, s'ils souhaitaient lui parler, ils devaient être au couvent à sept heures *au plus tard*. Elle enseignait les mathématiques aux petits sourds de l'institut d'à côté, alors il faudrait qu'ils aient fini à huit heures pour qu'elle puisse prendre une douche et s'habiller comme une religieuse qui se respecte avant d'affronter la journée.

Carella se demanda s'il devait mentionner que sa femme était sourde.

C'était drôle, il ne pensait jamais à elle comme à une sourde.

— Mary avait toujours des problèmes pour joindre les deux bouts, je ne sais pas pourquoi, dit Felicia. Je n'arrêtais pas de lui conseiller de demander à sœur Carmelita de la laisser s'installer ici au couvent. Ici, nous mettons nos ressources en commun et je sais que cela revient beaucoup moins cher que vivre seule en ville. Mais Mary voulait être près de l'hôpital. « On ne sait jamais ce qui peut arriver, disait-elle, un de mes malades pourrait avoir besoin de moi. » Elle était très consciencieuse, vous savez. J'étais avec elle un soir où elle avait perdu un malade, elle était inconsolable.

— Elle venait ici souvent ?

— Ou alors c'est moi qui allais en ville. Nous étions très proches. Nous sommes *toutes* unies en Dieu, toutes les sœurs de l'Ordre, mais, naturellement, on est plus attiré par certaines personnes que par d'autres. Nous sommes devenues amies elle et moi peu après son arrivée ici de San Diego. Nous nous sommes connues par Annette, sa directrice de conscience. Vous avez parlé à Annette ?

— Oui, répondit Carella. Ce devait être en février, quelque chose comme ça, que vous avez fait la connaissance de Mary ?

— Février, mars, dans ces eaux-là.

— Vous la voyiez souvent ?

— Nous dînions ensemble toutes les trois semaines environ. Généralement, elle venait ici ; quelquefois, nous nous retrouvions en ville.

— D'après ce carnet, dit Brown, consultant l'agenda de Mary, elle était ici, au couvent, le 11. Mardi soir. Votre nom est inscrit à dix-huit heures trente.

— Oui, c'est l'heure à laquelle nous avons dîné, ici au couvent. Juste après les vêpres. La prière du soir. Cela vous paraîtra peut-être choquant, je m'en rends compte, mais c'est comme ça. Nous avons fait vœu de pauvreté, de charité et d'obéissance. Nous sommes *vraiment* pauvres, nous ne faisons pas semblant. Alors, chaque fois que Mary venait dîner ici... eh bien... c'était une bouche supplémentaire à nourrir. Nous avons un budget, en plus. Alors, elle versait son écot pour le repas. Et nous acceptions avec reconnaissance ce qu'elle pouvait nous donner. Ce que son budget lui permettait.

— Et quand vous mangiez au restaurant ?

— Oh ! nous n'allions pas dans les endroits chics. Vous seriez surpris du nombre de petits restaurants pas chers qu'on trouve dans cette ville. Généralement, nous prenions des pâtes, une salade et un verre de vin. Dans certains établissements, on vous laisse même vous asseoir et bavarder tranquillement. Nous en connaissions *des tas*...

Les yeux de Felicia pétillaient comme si elle détenait un secret d'Etat.

— Au printemps et en été, nous nous promenions, poursuivit-elle. Le printemps était superbe, cette année. Il y a beaucoup de gens très pauvres dans cette ville, vous savez. Et rares sont ceux qui ont eu le choix. Nous, nous avons *choisi* cette vie. Il ne faut jamais l'oublier.

— Vous dites qu'elle se tracassait pour son budget...

— Oui.

— C'est pour ça qu'elle était venue vous voir ?

— Oui. Enfin, elle voulait aussi passer un moment avec moi et les autres sœurs, nous sommes amies. Mais elle avait des soucis d'argent, oui.

— Vous n'avez parlé que de ses problèmes d'argent, ce soir-là ? demanda Brown.

— Ça la tracassait. Nous avons surtout parlé de ça.

— Uniquement Mary et vous ? Ou les autres sœurs aussi ?

— Uniquement Mary et moi.

— Et vous dites qu'elle était préoccupée ?

— Oui.

— Juste pour des questions d'argent ?

— Elle n'a pas fait allusion à autre chose.

— Elle ne vous a pas parlé d'une lettre qu'elle aurait reçue ?

— Non.

— D'une décision qu'elle aurait prise il y a quelques semaines ?

— Non.

— Vous n'avez parlé que de son budget ?

— Essentiellement. Des difficultés qu'elle avait à joindre les deux bouts. Des problèmes que lui posait le vœu.

— De pauvreté, vous voulez dire ?

— De pauvreté, oui. Je ne vois pas très bien pourquoi

ce vœu lui pesait tant, d'un seul coup. Elle était sœur depuis...

— Elle devait de l'argent à quelqu'un? hasarda Brown.

— Non, je suis sûre que non.

— Comment vous pouvez en être sûre?

— Excusez-moi, mais je trouve ça impensable.

— Elle ne buvait pas?

— Non. Bien sûr que non.

— Elle n'avait pas de mauvaises habitudes?

— C'est une plaisanterie, inspecteur?

— Hein? Oh! non. Je pensais au jeu, à la drogue : les mauvaises habitudes courantes.

Le silence se fit.

— Mary était une religieuse, vous savez, lâcha enfin Felicia.

— Nous sommes obligés de poser ce genre de questions, se justifia Brown.

— Vraiment?

Elle leva les yeux vers l'horloge accrochée au mur. Brown se dit qu'il s'était planté et attendit que Carella pose la question suivante. Carella pensait qu'il allait avoir du mal à se tirer d'affaire. Quand Felicia regarda de nouveau l'horloge, il décida de plonger, tant pis.

— Elle disposait de combien pour vivre? Vous avez une idée?

— Elle se débrouillait.

— Mais elle se plaignait...

— A moi seulement. J'étais son amie la plus proche. On ne peut pas se plaindre à Dieu, mais on peut se plaindre à ses amis. Je lui ai dit qu'elle devrait être habituée, depuis le temps. Qu'est-ce qu'elle croyait que c'était, la pauvreté? Caviar et champagne? Je lui ai dit que j'aurais pu comprendre si elle venait d'entrer dans l'Ordre, mais après six *ans*? Pourquoi est-ce qu'elle avait prononcé ses vœux définitifs si elle avait des doutes? Pourquoi est-ce qu'elle avait accepté l'anneau d'or de la...

— Elle vous a *dit* qu'elle avait des doutes?

— Non, simplement des difficultés.

— D'un seul coup.

— Je ne sais pas si c'était d'un seul coup. Cela la tracassait peut-être depuis un moment. En tout cas, c'était la première fois qu'elle m'en parlait.

— Mais vous dites que vous parliez souvent de problèmes d'argent.

— Il n'y a pas une religieuse sur terre qui ne parle pas de problèmes d'argent.

— Elle ne s'était jamais *plainte* à ce sujet, vous voulez dire?

— Jamais.

— Alors, pourquoi maintenant?

— Je ne sais pas pourquoi. Religieuse depuis *six ans*, fit Felicia en secouant la tête. Entrée dans l'Ordre juste après la fac. Brown University, je crois. Et d'un seul coup, elle n'a pas assez d'argent à dépenser? Vous pouvez comprendre ça, vous? Moi pas.

On avait parlé de lui la veille aux informations de onze heures, mais il n'aimait pas qu'on l'appelle Cookie Boy, cela faisait penser à ces petits bonshommes dodus en caoutchouc, vous leur pressez le ventre, ils gloussent. Non seulement il était adulte — vingt-sept ans — mais grand, svelte, et tout à fait séduisant, s'il devait le dire lui-même. Cambrioleur habile, de surcroît. Un *professionnel* qui pénétrait discrètement dans les appartements depuis l'âge de vingt-deux ans, après avoir servi noblement dans les forces armées des Etats-Unis d'Amérique, demandez donc à môman. Pas une seule arrestation en cinq ans, et il n'imaginait même pas qu'il puisse se faire coincer, merci bien.

Cookie Boy.

Décidément, il n'aimait pas du tout ce nom.

Ça rabaissait ce qu'il faisait, en quelque sorte. Ce n'était pas un simple truc idiot, c'était un effort sincère pour transformer les victimes — il détestait ce mot — en véritables bénéficiaires. Il essayait d'établir un *échange*, là. Sans rancune, vous voyez ? Je sais, j'ai pénétré dans votre appartement ; je sais, j'ai pris certains de vos précieux biens, qui étaient chers et qui vous étaient chers, et qui, hélas, s'en sont allés. Mais comprenez-le, il n'y a là aucune méchanceté de ma part. C'est ce que je fais pour gagner ma vie, comme vous, vous êtes agent de change, infirmière, avocat ou serveuse. Je suis cambrioleur, et je souhaite que vous respectiez ma profession comme je respecte la vôtre, comme j'ai respecté vos biens pendant ma visite de votre appartement. Je n'ai rien jeté par terre, je n'ai rien laissé en désordre, non ? J'ai laissé les lieux exactement comme je les avais trouvés, excepté que j'ai emporté une ou deux choses. En échange, parce que je ne veux *vraiment* pas que vous éprouviez du ressentiment ou de la colère, je vous offre ces cookies aux pépites de chocolat que j'ai faits moi-même. Pas en paiement de ces deux ou trois choses, ne vous méprenez pas sur mon geste. Ce n'est pas une transaction commerciale. J'y vois plutôt un échange de présents. Je vous remercie pour vos biens et je vous offre humblement ce cadeau, ces délicieux cookies faits par votre serviteur, selon sa propre recette, et donnés avec toute son affection. Recette minceur, en plus.

Les fenêtres étaient grandes ouvertes parce qu'il faisait encore très chaud ce matin-là — il cuisinait toujours le matin — et qu'il préchauffait le four à cent quatre-vingt-dix degrés. Chaque fois qu'il faisait des cookies, c'est-à-dire tous les jours sauf le dimanche, il imaginait les gens du quartier passant la tête par leurs fenêtres pareillement grandes ouvertes pour humer cette bonne odeur de cookies montant dans l'air immobile de l'été. Tous les ingrédients étaient disposés sur la table de la cuisine, sucres et margarine, farine et levure, vanille et sel, blancs d'œuf et pépites de chocolat. Le four étant presque à bonne température, il commença à mélanger.

D'abord la demi-tasse de sucre semoule et le quart de tasse de cassonade. Puis le quart de tasse de margarine amollie et la cuillerée à café de vanille. Le tout dans un grand saladier, mélangé avec une cuillère en bois, la main tournant en cercle, le visage fendu d'un large sourire, oh! il adorait faire ça. Il ajouta une tasse de farine et une bonne pincée de sel, puis il versa ses éclats de chocolat peu sucrés, une demi-tasse, lentement, en les regardant tomber comme des signes de ponctuation dans la pâte blanche. Il mélangea de nouveau, renifla l'air en souriant, ouvrit le four et sentit cette bonne chaleur sur sa figure, oh! quel plaisir! Sur une plaque non graissée, il laissa choir ses cuillerées de pâte en les espaçant de cinq centimètres puis glissa la plaque dans le four et régla la minuterie sur dix minutes. La recette permettait de préparer une cinquantaine de cookies.

Souriant, assis à la table de la cuisine, à présent, et buvant une tasse de décaféiné, il croyait voir, réellement *voir*, des vagues odorantes s'échapper l'une après l'autre du four, traverser la pièce, sortir par les fenêtres ouvertes et monter vers les appartements de voisins reconnaissants qui se demandaient sans nul doute qui préparait ces succulents gâteaux, sans penser une seconde que c'était Cookie Boy en personne.

Cet après-midi, dans l'appartement qu'il cambriolerait, il laisserait une douzaine de cookies aux pépites de chocolat dans une petite boîte blanche, au creux de l'oreiller où, supposait-il, la maîtresse de maison posait la tête. Avec les compliments de Cookie Boy, madame.

Un nom qui ne lui déplaisait pas, finalement, maintenant qu'il l'avait répété plusieurs fois dans sa tête.

Lorsqu'ils arrivèrent à St Margaret ce matin-là, à neuf heures et demie, la surveillante leur annonça que Rene Schneider et Jenna DiSalvo s'occupaient d'un malade. Ils descendirent le couloir jusqu'à la salle d'attente des visiteurs, s'assirent dans un coin délimité par deux baies vitrées donnant sur le parking. Contrairement à son habitude, Brown gardait le silence.

— A quoi tu penses ? lui demanda Carella.

— A rien.

— Toujours en rogne ?

— Oui, si tu veux savoir. J'ai déconné, je m'en rends compte. Mais, je te le dis, Steve, je me *fous* que ce soit des bonnes sœurs, des prêtres ou ce que tu voudras, la mère supérieure, le pape, même. Il y a eu *meurtre* !

— Te prends pas la tête pour ça, Artie.

— Qu'est-ce qu'elle avait de si scandaleux, ma question, tu peux me le dire ? C'est pas possible qu'une religieuse ait un problème avec l'alcool ? Hier soir, le père Clemente nous a expliqué qu'il y en a qui picolent.

— Il n'a pas dit que Mary en faisait partie...

— Ouais, mais ma mère m'a appris que ça ne fait jamais de mal de poser deux fois la même question.

— Elle doit connaître la mienne.

— Moi, je suis obligé de considérer la victime comme un être humain. Et les êtres humains empruntent de l'argent. Pourquoi elle a piqué sa crise, sœur Felicia ? J'ai craché sur son crucifix ? J'ai demandé si Mary devait du fric à quelqu'un, quelle énormité ! Et elle : « Je m'excuse infiniment mais je trouve ça impensable ! » Pourquoi ? Mary a besoin d'argent, d'un seul coup, pourquoi ce serait impensable qu'elle en doive à quelqu'un ?

— C'est une religieuse, Artie.

— Et alors ? Une religieuse peut pas jouer aux courses ? Elle peut pas s'acheter du crack à un coin de rue ? Elle peut pas jouer au poker avec d'autres bonnes sœurs ? Mary vivait seule dans son studio, Steve. Personne n'était là pour la surveiller.

— A part Dieu.

— Arrête. Tu y crois, toi ?

— Non. Mais je suis sûr qu'elle y croyait.

— Alors, pourquoi elle a eu soudain besoin de blé, d'après toi ?

— Et d'après toi ?

— Chantage, dit Brown.

— Excusez-moi...

Ils se tournèrent tous les deux vers la porte d'entrée où se tenaient deux infirmières en blouse blanche, l'une blonde, l'autre brune.

— Vous vouliez nous voir ? dit la blonde.

Ils se levèrent, elles entrèrent dans la salle.

— Je suis Jenna DiSalvo, se présenta la blonde.

— Rene Schneider, annonça la brune.

Après que les inspecteurs eurent eux aussi décliné leur identité, les infirmières s'excusèrent de leur retard : elles avaient fait un pansement à un malade souffrant de nécrose cutanée de décubitus au coccyx...

— Une escarre, traduisit Jenna.

— Parce qu'il est tout le temps allongé, expliqua Rene.

... et il fallait être deux parce que le pauvre était trop

faible pour se tenir couché sur le côté, et que l'une d'elles devait le maintenir pendant que l'autre nettoyait le trou de deux centimètres au sérum physiologique puis le bourrait avec de la gaze imprégnée de sérum qu'elle recouvrait ensuite de gaze sèche et enfin de sparadrap. Le tout leur avait pris quinze minutes, ce qui expliquait leur retard, dont elles s'excusèrent de nouveau.

Pas pour *cent* millions de dollars, pensa Carella.

Nettes et fraîches dans leur tenue blanche, les deux femmes avaient l'air parfaitement calmes mais sur leurs gardes. Elles savaient que pour un policier toute personne ayant été en contact avec la victime dans la période précédant immédiatement la mort était obligatoirement suspecte. Elles avaient en outre vu trop d'émissions de télé racoleuses sur les erreurs et les brutalités de la police. Les inspecteurs portaient tous les deux des costumes en tergal, chiffonnés par cette chaleur, des chemises moites, des cravates en soie qui avaient besoin d'un coup de fer. Ils avaient l'air durs. Quand Brown demanda s'ils pouvaient leur parler à chacune séparément, elles surent qu'elles finiraient dans un pénitencier d'Etat, sodomisées par des criminels endurcis et des gardiens sadiques.

Jenna conduisit Carella au foyer des infirmières, à l'autre bout du couloir.

Brown resta avec Rene dans la salle d'attente des visiteurs.

Parce qu'elle avait tiré le flic noir, Rene se voyait déjà sur la chaise électrique. Elle était juive et savait que les Noirs, ces ingrats, n'aiment pas les Juifs. Parce que Jenna avait tiré le flic au nom italien, elle avait elle aussi des visions de chaise électrique. Elle était d'origine italienne et savait que les Italiens ne se faisaient absolument pas confiance entre eux.

— Asseyez-vous, proposa Brown comme s'il était dans son salon.

Rene prit place sur le sofa, le policier s'assit dans un fauteuil en face d'elle. Elle s'éclaircit la voix, croisa les mains sur son giron. Elle était la plus jolie des deux femmes, elle le savait. Mais ce n'était pas ça qui la sauverait de la chaise électrique. Et certainement pas de la sodomie. Brown prit un calepin dans la poche intérieure de sa veste.

— Le 14 août, attaqua-t-il. Un vendredi, une semaine avant que Mary Vincent se fasse assassiner...

— Votre nom figure dans son agenda ce jour-là, à sept heures, dit Carella. Vous l'avez retrouvée chez elle, c'est bien ça ?

— Oui, confirma Jenna. Pour prendre un verre.

— Ensuite, nous sommes allées dîner, dit Rene.

— Elle avait bu beaucoup ? demanda Brown.

— Rien qu'un verre de vin.

Ça ne fait jamais de mal non plus de poser *trois* fois la même question.

— Vous êtes arrivée chez elle à sept heures ?

— Moi oui. Jenna un peu plus tard. Nous sommes venues séparément.

— Vous êtes allées où, après avoir bu ce verre ?

— Dans un restaurant chinois du coin.

— Vous vous rappelez son nom ?

— *Ah Fong*, répondit Jenna.

— *Ah Wong*, répondit Rene.
— Qui a payé?
— On a partagé.

— Chacune sa part.
— C'est ce que Mary a proposé?
— Non, on faisait toujours ça. Chaque fois qu'on sortait ensemble.
— Ça arrivait souvent?
— Tous les quinze jours, dit Jenna.

— Une fois par mois, dit Rene.
— Mary a parlé d'argent?
— D'argent?
— Au moment de régler la facture, elle n'a pas trouvé que c'était cher, quelque chose comme ça?
— Non, pourquoi?

— Ça nous est revenu à neuf dollars chacune. Service compris. Pourquoi elle aurait trouvé ça cher?
— Elle avait un budget plutôt serré, non?
— Aucune idée.

— Elle ne vous avait jamais dit qu'elle avait du mal à joindre les deux bouts, quelque chose comme ça?
— Non. Pourquoi? Elle avait un bon salaire.

— Elle gagnait combien? Vous le savez?
— Vingt-deux dollars de l'heure, comme nous. Je

crois. Non, attendez, peut-être moins. Rene et moi nous sommes diplômées, Mary était auxiliaire.

— Elle touchait probablement quinze, seize dollars de l'heure, estima Rene. Mais quel rapport?

— On nous a dit qu'elle avait des problèmes d'argent.

— Quel rapport avec *nos* salaires? Je vous demande combien vous gagnez, vous?

— Elle n'avait jamais fait allusion à des coups de téléphone ou à des lettres de menace?

— Non.

— A votre connaissance, elle devait de l'argent à quelqu'un?

— Oui, répondit Jenna. Elle me devait un dollar soixante-quinze pour l'autobus. Elle n'avait plus rien sur sa carte, je l'ai fait passer avec la mienne.

Plus tard, Rene raconta à sa mère que le *shvartzeh*[1] l'avait cuisinée comme une vulgaire criminelle.

— C'est comme ça qu'on nous traite, soupira la mère.

Jenna demanda plus tard à son copain, qui était avocat, si elle pouvait poursuivre Carella en justice parce qu'il l'avait traitée comme une prostituée.

— Tu étais assise comment? voulut-il savoir.

---

1. Noir en yiddish. *(N.d.T.)*

6

Cookie Boy ne visait jamais le gros coup, il laissait ça aux amateurs. Tout le monde était dans ce métier pour le fric, bien sûr, mais les amateurs cherchaient aussi le grand frisson, la gloire ; ils se prenaient pour des vedettes de cinéma. Enrhumer le vigile dans une résidence grand standing donnant sur le parc, crocheter la serrure de la porte, forcer le coffre caché derrière le Rembrandt accroché au mur, repartir avec une fortune. Merci, merci beaucoup, c'est un grand honneur. Je veux également remercier ma mère, mon professeur d'art dramatique et mon chien policier.

Amateurs.

L'Amérique était une nation d'amateurs chanceux.

Cookie Boy ne *pensait* même jamais au gros coup. S'il voyait une dame en manteau de zibeline sortir en trottinant d'un immeuble luxueux, accompagnée jusqu'à un taxi par le parapluie du portier, Cookie Boy passait son chemin. Bien sûr, si vous arriviez à pénétrer dans sa piaule, vous y trouviez une ou deux autres fourrures, des tas de diamants, des œuvres d'art inestimables, etc. Avec quoi il fallait *ressortir*, ne l'oublions pas. Si vous aviez réussi à feinter le vigile à l'aller, il fallait remettre ça une *seconde* fois en ressortant. Les bras chargés de trucs volés, essayez d'expliquer *ça* au jury des Oscars, merci à tous, je vous aime, c'est un grand honneur.

Cookie Boy avait appris dès le début de sa carrière que même les pauvres ont des trésors. Que ce soit le médaillon venant de Grand-mère qu'on garde dans la boîte à sucre, ou les cinq cents dollars dissimulés dans la dernière latte d'un store vénitien, tout le monde possède quelque chose. Enfin, non, pas tout le monde. Il ne visitait jamais, par exemple, les appartements des cités de Diamondback, où il n'aurait trouvé que des punaises et des fioles de crack vides.

Cookie Boy avait choisi la voie moyenne.

Il se considérait comme un modéré.

Certains membres de la profession estimaient que si l'on courait le risque de toute façon, autant tenter le gros coup. On écope de la même peine pour le médaillon de Grand-mère que pour le manteau de zibeline. C'est un cambriolage dans les deux cas. Il y a cependant des *degrés* de gravité, selon qu'on est armé ou pas — il ne portait *jamais* d'arme, c'était de la bêtise —, selon que c'est le jour ou la nuit, une habitation ou un établissement commercial, occupé ou non au moment des faits. Tous ces facteurs déterminent la durée de votre séjour en prison, où Cookie Boy n'était jamais allé et n'avait aucune intention d'aller, merci, merci beaucoup, non, n'insistez pas.

L'amateur suit cependant ce raisonnement : si vous risquez d'en prendre pour cinq, dix, vingt ans, selon les circonstances, surtout, surtout, ne tuez personne, sinon cela devient un meurtre commis pendant un vol, et là, vous êtes bon pour de très longues vacances à l'ombre, vieux...

Et aussi : vous risquez dix ans de placard, ce que vous volez n'y changera rien, le droit d'admission sera toujours de dix ans de placard, vous saisissez? Si vous voulez jouer, vous devez comprendre que vous risquez dix ans de taule si vous vous faites prendre.

Cookie Boy n'avait aucunement l'intention de se faire prendre.

D'abord il ne visait pas les gros coups, c'était bon pour les amateurs. Deuxièmement, il était parfaitement *content* de ses petits coups, il ne passait pas son temps à râler ou à se plaindre, à raconter aux barmen qu'il aurait pu concourir pour le titre. Ça ne le dérangeait pas de ramener à la maison trois cents, quatre cents dollars par semaine au lieu de cinq cent mille d'un coup. Cookie Boy vivait bien et était en plus satisfait de lui. De temps en temps, ô surprise, il tombait sur une veste en renard, sur une boîte à sucre pleine de toutes sortes de babioles et de perles. Il fourguait la fourrure pour cinq cents, les bijoux pour mille, ce qui lui laissait un profit de mille cinq cents dollars pour une fenêtre forcée et vingt minutes passées dans un appartement.

Quelquefois aussi, vous tombez sur un appart' minable. Un coup d'œil suffit à comprendre que vous n'y trouverez aucun objet de valeur mais vous en faites quand même rapidement le tour, pour ne pas avoir complètement perdu votre temps, et vous ressortez aussi vite que vous êtes entré, pas la peine de risquer la taule pour rien, les risques, c'est bon pour les amateurs. Pas la peine non plus de laisser des cookies, merci bien!

Ce qu'il essayait de faire, c'était repérer un immeuble bien tenu dans un quartier à faible criminalité, pas forcément le genre bas de soie, simplement le quartier classes moyennes typique, avec des immeubles sans portier, parfois même sans ascenseur, aucune importance. Le principal, c'est qu'il soit sans vigile. Vous faites le tour du coin deux ou trois fois, pour le sentir, vous cherchez les marches menant à la cour, vous faites une ou deux incursions derrière les bâtiments. Si quelqu'un vous interroge, vous êtes inspecteur municipal, vous vérifiez si les règles de sécurité sont appliquées, et vous passez à un autre pâté de maisons. Si vous ne prenez pas de risques, vous n'allez pas en prison.

Les cours, c'est un autre monde.

On a l'impression de se retrouver à l'intérieur d'une sculpture moderne, un univers fantastique de cordes à linge et de poteaux téléphoniques, d'escaliers d'incendie, de briques grises de suie, de ciel bleu au-dessus de votre tête, partout des angles délirants, les lignes du bois, du fer et du béton sur les douces rondeurs ondulantes du linge mis à sécher. Un autre monde. La musique qui s'échappe des fenêtres, les dialogues des feuilletons télévisés qui se mêlent aux vraies voix, les bruits de chasse d'eau, les odeurs de cuisine flottant par-dessus les grillages et les murs, tout un monde secret, là derrière, caché de la rue. Excitant aussi, parce que intime. Comme la culotte entrevue d'une fille qui croise les jambes.

En été, évitez tout appartement où une fenêtre est ouverte. Cela signifie généralement qu'il y a quelqu'un à la maison et qu'il cherche un peu d'air frais. Un appartement occupé, c'est la dernière chose qu'on puisse souhaiter, à moins d'être un amateur qui prend son pied à faire peur aux vieilles dames malades et alitées. Les appartements climatisés sont trompeurs parce que toutes les fenêtres sont *obligatoirement* fermées et qu'on ne peut pas savoir s'il y a quelqu'un ou pas. Bref, vous cherchez un appartement aux fenêtres fermées auquel on peut accéder par l'escalier d'incendie, et vous tentez votre chance. Vous montez, vous écoutez ; généralement, vous pouvez dire s'il y a quelqu'un ou non. Beaucoup de fenêtres sont fermées, mais pas au loquet : les gens sont négligents, même dans une ville comme Isola. Si le loquet est mis, vous le forcez. S'il est collé par de la peinture, vous pouvez utiliser un diamant, bien qu'il vaille mieux laisser tomber et passer à un autre appartement. Le bruit d'un morceau de verre qui se brise par terre vaut tous les systèmes d'alarme au monde. Une fois la fenêtre ouverte, vous respirez à fond et vous entrez.

L'appartement qu'il avait choisi ce jour-là se trouvait au troisième étage d'un de ces immeubles de briques blanches qui avaient fait fureur quelques dizaines d'années plus tôt. Une fois couverts de la crasse de cette ville, ils n'étaient plus si demandés ; les propriétaires découvraient que le ravalement coûtait une fortune et laissaient la jungle les reconquérir. Certains de ces bâtiments avaient encore un portier mais pas celui qu'il avait choisi, pris en sandwich entre deux immeubles de briques rouges sans ascenseur. Il préférait ça à un bâtiment faisant angle : quand il y a des immeubles mitoyens de chaque côté, les toits offrent une voie de sortie si les choses tournent mal.

Il régnait un silence inhabituel dans la cour, cet après-midi-là.

Il pensa d'abord qu'il se passait quelque chose d'anormal. Comme dans une forêt où le silence se fait tout à coup à l'approche d'un prédateur. Cookie Boy se trouvait dans le passage souterrain menant des marches à la cour même. A trois heures et demie de l'après-midi, les poubelles étaient déjà sorties, alignées le long du tunnel où flottait une faible odeur de détritus. Il attendit. Si le gardien ou quelqu'un d'autre traînait dans la cour, il ferait son numéro d'inspecteur municipal et disparaîtrait. D'habitude, dans ce genre d'immeuble, il montait par l'escalier d'incendie et prenait l'ascenseur pour redescendre, s'il y en avait un. Sinon, il empruntait l'escalier et sortait tranquillement par-devant. Il ne portait jamais rien d'autre qu'une petite valise contenant ses outils et la boîte de cookies aux pépites de chocolat qu'il avait faits dans la matinée. Valise qu'il avait à la main droite en ce moment même.

Il continua à attendre.

S'approcha de l'extrémité du passage pour mieux voir la cour, draps blancs pendant mollement dans l'air immobile. Une radio marchait quelque part. Il aimait cette intimité.

Bon, allons-y hardiment, décida-t-il, et il s'avança au soleil. La cour était déserte. La radio diffusait un opéra, il ne savait pas lequel. Il se dirigea d'un pas rapide vers l'escalier d'incendie qu'il avait repéré au cours de sa dernière mission de reconnaissance, sauta pour agripper l'échelle basculante, tira pour l'abaisser et se mit à grimper, le tout quasiment dans un même mouvement. Les fenêtres des premier et deuxième étages étaient fermées au loquet; il passa rapidement, poursuivit jusqu'au troisième. A la radio, le ténor poussa dans les aigus. La note demeura suspendue dans l'air, liquide et pure, puis retomba avec une grâce agonisante.

Cookie Boy s'accroupit près de la fenêtre, tendit l'oreille.

L'appartement était silencieux.

Il tenta d'ouvrir, doucement. En bon artisan, il savait qu'il valait mieux ne pas forcer. Il essayait toujours avec douceur et délicatesse, pour voir si la fenêtre coulissait, et quelquefois il avait de la chance. Elle s'ouvrit sous sa poussée, mais une fenêtre non fermée au loquet ne signifie pas qu'un appartement est vide. Il attendit, écouta. Il avait lu quelque part que les cambrioleurs professionnels passent toujours par la porte. Ils neutralisent le système d'alarme, crochètent la serrure. Ceux qui passent par les fenêtres sont généralement des drogués. Cookie Boy ne se droguait pas, mais il était bel et bien cambrioleur. Un cambrioleur *professionnel*, qui passait en ce moment même par une fenêtre.

Il se retrouva dans une salle à manger.

La pièce était sombre, pas une lampe allumée, pas de soleil par les fenêtres orientées à l'est, à cette heure de la journée. Silencieuse comme un tombeau. Exactement ce à quoi on pouvait s'attendre à trois heures et demie de l'après-midi, les locataires étaient au travail ou faisaient des courses, il avait l'appartement pour lui tout seul. Il continua à tendre l'oreille. Tant qu'il était dans l'appartement, il écoutait. On ne sait jamais si quelqu'un ne rentrera pas à l'improviste. Il entendit un ascenseur monter dans sa cage. Un téléphone sonner quelque part à l'étage. La voix étouffée d'un répondeur. Il écouta. Enfin, il prit une peau de chamois dans la petite valise, retourna sur ses pas, essuya l'appui de fenêtre, le châssis à l'intérieur et à l'extérieur.

Il ne commençait jamais par la salle à manger parce qu'il n'y connaissait rien en vaisselle chère, que l'argenterie était lourde à porter et souvent difficile à fourguer. Il ne volait jamais non plus de postes de télévision parce que c'est le meilleur moyen de se faire une hernie, repartir avec un gros poste. Il attendit un moment encore puis, sa valise à la main, se dirigea vers une porte fermée à l'autre bout de la pièce. Là encore, prudence et délicatesse. Il tourna lentement le bouton, ouvrit la porte, s'avança dans un long couloir s'étirant à droite et à gauche de la porte.

Sur la gauche, les murs étaient ornés de photos encadrées. Au bout du couloir, il y avait une porte fermée. A droite, une porte ouverte menait à la cuisine. Il arrive que les gens cachent des bijoux dans les bacs à glaçons et il se demanda s'il ne devrait pas jeter d'abord un coup d'œil au frigo. Il écouta. Quelqu'un ouvrit un robinet dans l'appartement d'à côté ou d'au-dessus. Le referma. Silence de nouveau, excepté ce qu'il avait appris depuis longtemps à identifier comme le bruit ambiant d'une pièce.

Il résolut d'essayer ce qui devait être une chambre, derrière la porte close au bout du couloir. C'est généralement dans la chambre qu'on touche le jackpot. C'est là que monsieur laisse ses montres et ses boutons de manchette, que madame range ses bracelets, ses colliers et ses bagues. Le liquide aussi, dans les tiroirs de la commode, ou même dans de vieilles boîtes à chaussures. Les riches mettent leurs objets de valeur à la banque; les chambres sont les coffres des classes moyennes et des pauvres.

Les photos accrochées aux murs, la plupart en noir et blanc, les plus récentes en couleurs, représentaient la famille. Une blonde et un type qui était manifestement son mari occupaient le premier plan dans divers mariages, soirées d'anniversaire, remises de diplômes, pique-niques ou autres fêtes que Cookie Boy ne parvint pas et ne chercha d'ailleurs pas à identifier. Passant entre les visages souriants, il avait conscience de traverser une histoire qui n'était pas la sienne et qui, pour une raison ou une autre, ne lui plaisait pas du tout. Lorsqu'il arriva devant la porte du fond, il était légèrement irrité, mais il n'aurait pas su expliquer clairement pourquoi à quiconque, encore moins à lui-même.

Il saisit la poignée, l'abaissa doucement.

Ouvrit la porte.

Une femme nue était allongée sur le lit, bras et jambes écartés. Un homme, nu lui aussi, se trouvait entre ses jambes.

Le cœur de Cookie Boy sauta dans sa gorge.

Il se tint sur le seuil, fasciné, osant à peine respirer.

Il commençait à reculer quand le couple décida de changer de position. L'homme roula sur le côté et se retourna ; la femme se redressa. Tous deux découvrirent l'intrus au même moment. La femme était la blonde qui jouait le rôle vedette dans la plupart des photos du couloir. La quarantaine avancée, estima Cookie Boy, un visage rond et de grands yeux bleus surpris. L'homme, cependant, n'était pas le moustachu souriant qui figurait sur un grand nombre de photos, en qualité manifeste de mari de la dame. En fait, l'homme nu assis à côté d'elle sur le lit n'était pas tout à fait un homme. C'était un adolescent de seize ou dix-sept ans avec des cheveux d'un roux flamboyant, des taches de rousseur et des yeux aussi bleus et étonnés que ceux de la femme.

Cookie Boy était tombé sur une séance récréative avec le livreur. Il avait fait irruption dans un sketch de revue déshabillée qui aurait pu être comique s'il n'avait été là pour cambrioler l'appartement.

— Oh ! mon Dieu ! s'écria la femme.

Exclamation tout à fait compréhensible puisqu'elle n'avait jamais vu Cookie Boy de sa vie et qu'il se tenait sur le seuil de sa chambre, une valise à la main droite, comme s'il venait de descendre dans un hôtel, et qu'elle était au lit avec un jeunot couvert de sueur prénommé Jerry — dont elle ne connaissait même pas le nom de famille — tandis que son mari s'usait à la tâche dans son bureau du cabinet juridique de messieurs Hamlin, Gerstein et Konstantine — dont il lui arrivait parfois de ne plus se rappeler les prénoms, comme en ce moment.

— Ne vous énervez pas, dit Cookie Boy. Je m'en vais.

Le garçon livreur ne l'entendit pas ainsi.

Plus tard, Cookie Boy ne put se remémorer clairement l'enchaînement des événements qui suivirent. Leur déclenchement avait un rapport, supposa-t-il, avec le taux élevé de testostérone chez les adolescents, en particulier lorsqu'ils sont excités. Quoi qu'il en soit, le livreur bondit du lit comme Spiderman en personne et se jeta sur lui au moment précis où il s'apprêtait à déguerpir.

— Jerry, laisse-le ! cria la blonde.

— Appelez les flics, madame Cooper ! cria le jeunot.

Mais ladite Mrs Cooper n'appellerait pas les flics : personne n'avait besoin de savoir qu'elle était au lit avec le petit Jerry à trois heures et demie de l'après-midi. Appeler les flics ? Pourquoi pas vendre des billets, tant qu'on y était ?

— Appelez les flics ! répéta Jerry en s'accrochant à Cookie Boy, l'obligeant à expédier son coude dans l'estomac de l'adolescent.

Un affrontement physique de quelque nature que ce soit, c'était la dernière chose au monde qu'il souhaitait, mais Jerry lui saisit l'épaule, le fit tourner sur lui-même et leva les poings pour prendre la position classique du combat de rue, totalement nu, cependant, couvert de taches de rousseur, et arborant encore une érection qu'on se serait attendu à voir disparaître : apparemment, la bagarre le maintenait en état d'excitation.

La blonde ne hurlait pas encore et Cookie Boy continuait à espérer qu'elle ne le ferait pas. Tout ce qu'il voulait, c'était sortir de cet appartement et de cet immeuble, mais Jerry lui décochait des swings comme s'il essayait de prouver qu'il était le vrai défenseur, le chevalier servant de Mrs Cooper, il martelait le visage de Cookie Boy, lui faisait mal, maintenant. Son nez se mit à saigner, un flot de sang qui lui fit voir rouge, littéralement. La femme vit le sang elle aussi et céda à la panique. Elle ne hurla pas mais fut prise de panique. C'était cela le plus dangereux mais Cookie Boy ne s'en aperçut pas, trop occupé qu'il était à empêcher le garçon livreur de lui boxer la figure.

Le sang continuait à couler de son nez; Jerry visait ses yeux, pour les fermer; Mrs Cooper traversait le lit à quatre pattes en direction de la table de chevet. Cookie Boy essayait d'empêcher le petit gland qui triquait de lui taper dessus, mais il avait déjà l'œil gauche fermé et le jeunot s'escrimait sur le droit. Au lieu de décrocher le téléphone posé sur la table de chevet, Mrs Cooper ouvrit le tiroir, y prit un revolver. De son œil encore miraculeusement ouvert, Cookie Boy aperçut l'arme et ce fut *lui* qui fut pris de panique, parce que ce qui aurait dû être un cambriolage tout simple virait à la catastrophe.

— Petit trou du cul! beugla Cookie Boy.

Il passa sous les poings de Jerry, se colla contre lui et expédia sèchement son genou dans ses balloches. Comme par magie, la gaule de l'ado se replia, son propriétaire aussi. Il recula en geignant, une main sur son bas-ventre, l'autre tendue en une supplique muette. Cookie Boy se tourna vers la blonde.

— Posez ça, madame.

Le revolver tremblait dans la main de Mrs Cooper.

— Posez ça!

— *Descendez*-le! cria Jerry, avant de se remettre à gémir.

Cookie Boy s'approcha de la blonde, le bras tendu.

— S'il vous plaît, donnez-moi ça. S'il vous plaît, madame. Pas d'histoires. S'il vous plaît.

Il avait envie de lui dire qu'on avait parlé de lui à la télévision la veille.

— Pas d'histoires, s'il vous plaît, répéta-t-il.

Le coup partit.

Cookie Boy se baissa vivement, bien que ce ne fût pas nécessaire : la balle le manqua d'un bon kilomètre. Elle frappa Jerry au milieu de la poitrine, le projeta en arrière contre la commode où il renversa une photo encadrée de Mrs Cooper et de son époux moustachu avant de glisser sur le sol. Le pire cauchemar de Cookie Boy était devenu réalité, un casse tournant en jus de boudin, un adolescent s'écroulant, la poitrine transpercée, les yeux révulsés, un putain de meurtre commis pendant un vol, même si ce n'était pas lui qui avait appuyé sur la détente. Il se tourna de nouveau vers la blonde, Mrs Cooper, ou il ne savait quoi, la conne restait agenouillée au milieu du lit, les yeux écarquillés, tenant entre ses mains tremblantes le revolver qu'elle braquait maintenant droit sur la tête de Cookie Boy. Si elle tirait de nouveau, elle le tuait.

Il plongea vers le lit, la blonde et le flingue, vers les deux mains tenant l'arme, la droite dont l'index était passé sous le pontet, la gauche qui enveloppait la droite ; il roula sur le lit, ses mains couvrant celles de la blonde, le sang coulant de son nez aspergea le corps nu et le mur derrière le lit ; un autre coup partit, arracha du plâtre au plafond. Il pleurait presque, maintenant. La blonde s'était fait surprendre au lit avec un gamin qui gisait mort à l'autre bout de la pièce et elle ne savait pas quoi faire, elle ne savait pas quoi faire. Lui n'osait pas lâcher ses mains parce que le revolver était entre eux, hôte indésirable, et l'index de la femme demeurait sous le pontet, son regard était fou, sa bouche tremblait, elle était couverte de sang et folle de terreur. Il y eut un troisième coup de feu.

Il la sentit mollir contre lui.

— Madame ?

La fit rouler sur le côté.

— Madame ?

Regarda dans ses yeux bleus. Morts.

— Oh! merde.

Il ne pouvait pas quitter l'appartement dans cet état. Il y avait deux morts avec lui dans la chambre et son instinct lui soufflait de filer en vitesse, mais s'il sortait dans la rue couvert de sang comme il l'était, il arrêterait la circulation.

Il tremblait.

Son nez continuait à saigner.

Il tint sa main en coupe dessous pour ne pas tacher les draps, mais ils étaient déjà couverts de sang, le sien, celui de Mrs Cooper, il avait connu une rousse qui s'appelait Connie Cooper, oh mon Dieu, comment est-ce que tout ça était arrivé?

Il s'attendait à entendre frapper à la porte d'entrée.

Quelqu'un avait sûrement entendu les détonations.

Il n'y avait pas de gardien dans cet immeuble?

En tout cas, il ne pouvait sortir dans cet état.

Alors, il attendit.

Une horloge tictaquait quelque part dans l'appartement. Il regarda sa montre : quatre heures moins dix. Ça n'avait duré que ça? Vingt minutes? Tout ce sang en vingt minutes? Il fallait qu'il sorte de là avant que les gens commencent à rentrer du travail, le mari moustachu, bon Dieu! il fallait qu'il sorte de là!

Son nez saignait toujours.

Il trouva la salle de bains, fourra du papier toilette sous sa lèvre supérieure, comme sa mère lui avait appris à le faire quand il avait un saignement de nez, puis il ôta tous ses vêtements, aspergeant de sang le carrelage, et prit une douche. Après s'être lavé et séché, il retourna dans la chambre, alla à la commode, chercha dans les tiroirs du mari un caleçon, des socquettes et un T-shirt. Le jeune aux taches de rousseur était étendu sur le dos devant le meuble. Sa pine était toute ratatinée, maintenant. Cookie Boy trouva un jean dans le placard, l'enfila. Comme ses Reebok étaient tachées de sang, il emprunta aussi au mari une paire de mocassins — trop grands mais ça valait mieux que trop serrés. Enfin, il fourra ses propres vêtements dans sa valise, avec la petite boîte blanche de cookies au chocolat.

Pas question de laisser la boîte, cette fois : les cookies le lieraient irrémédiablement à un double meurtre. Il n'était pas un amateur, il ne prenait pas de risques insensés, il ne faisait pas ce métier pour le glamour et la gloire. Il prit cependant un gâteau dans la boîte et mordit dedans avant de refermer la boîte et la valise, qui lui parut soudain très lourde. En quittant la pièce, il eut le sentiment de rompre avec la tradition, d'effacer une partie de son passé et donc une partie de lui-même.

Dans le couloir, il mordit à nouveau dans le cookie. Entouré de photos de famille racontant une histoire qui n'était pas la sienne, il écrasa le gâteau contre sa langue, en savoura le goût et le croquant, content de son œuvre, désolé de ne pouvoir la partager. Entouré d'inconnus figés dans le temps, il finit de mâchonner le cookie et l'avala puis, sans un regard en arrière, il gagna le vestibule d'un pas rapide.

L'oreille collée à la porte d'entrée, il écouta longuement. Enveloppa le bouton avec sa peau de chamois avant d'ouvrir la porte, la referma de la même façon. Essuya le bouton extérieur pour faire bonne mesure. Descendit l'escalier, traversa le hall et sortit dans la rue.

Il commençait à faire un peu plus frais.

Cookie Boy se demanda si on parlerait de lui à la télévision ce soir.

7

Ça en faisait trois en cinq jours, ce qui, calculé à l'année, vous donnait une moyenne de deux cent dix-neuf homicides rien que pour ce district. Cela correspondait à peu près aux statistiques, puisqu'on avait commis quelque neuf cent quatre-vingt-un meurtres dans cette ville l'année précédente, et si les districts à faible criminalité atteignaient les quinze ou vingt par an, c'était le grand maximum. Ce qui ne rendait pas plus heureux les gars du 87e.

La première histoire de bonnes sœurs fusa pendant la réunion de ce mercredi matin, dans le bureau du lieutenant Byrnes. Ils savaient tous que quelqu'un commencerait tôt ou tard à raconter des histoires de bonnes sœurs et ne furent pas surpris que ce soit Andy Parker. Réunis dans le bureau du lieutenant, ils attendaient qu'il revienne des toilettes. Ce fut d'ailleurs peut-être le motif de son absence qui fournit le sujet de la blague.

— C'est une bonne sœur qui roule toute seule dans sa caisse, elle tombe en panne d'essence, vous la connaissez ?

Personne ne la connaissait.

— Alors elle marche un kilomètre jusqu'à la station la plus proche, continua Parker, mais le pompiste n'a rien d'autre à lui prêter qu'un pot de chambre comme bidon. La bonne sœur, elle s'en fout, elle veut juste un ou deux litres d'essence pour pouvoir redémarrer. Alors elle retourne à la bagnole avec le pot de chambre et, au moment où elle verse l'essence dans le réservoir, y a un mec en voiture qui s'arrête pour lui dire : « C'est beau, la foi, ma sœur. »

— J'ai pas compris, fit Kling.

— Ben, le mec pense qu'elle verse de la pisse dans le réservoir, expliqua Parker.

— Pourquoi il pense ça ? demanda Willis.

Sec et nerveux, il était le plus petit inspecteur de la brigade, présent ce matin-là dans le bureau du lieutenant parce que c'étaient lui et Parker qui avaient hérité la veille de l'affaire de la chambre pleine de sang.

— Parce qu'elle verse l'essence avec un jules...

— Un jules ? s'étonna Meyer.

— Ben oui, un pot de chambre, quoi !

— Attends un peu, intervint Carella. Si c'est une bonne sœur, elle peut pas avoir un mec.

— Mais j'ai jamais dit qu'elle avait un mec !

— Alors pourquoi tu parles de son jules ?

— Et puis pourquoi elle pisse pas directement dans le réservoir au lieu d'aller chercher un vase de nuit à la station pour pisser dedans ? demanda Kling.

— Elle pisse pas dedans, c'est le pompiste qui le remplit.

— Il pisse dedans ? fit Carella.

Parker comprit enfin.

— Bande de cons, grogna-t-il. On peut même plus raconter de blagues, ici...

— J'ai toujours pas compris, déclara Kling.

— Ça va, fais pas chier.

La porte s'ouvrit, Byrnes entra.

— Pardon de vous avoir fait attendre.

— Vous revenez de la station-service, lieutenant? demanda Brown.

— Plein pot? fit Meyer.

— Qu'est-ce qu'ils racontent?

— Humour vaseux, lâcha Carella.

— Très drôle, dit Byrnes, qui alla à son bureau d'un pas rapide.

C'était un homme corpulent aux cheveux gris acier, avec dans l'allure quelque chose d'impatient, surtout quand on venait de retrouver deux cadavres de plus dans son district.

— Bon, on a quoi? s'enquit-il.

— Pour quelle affaire? demanda Parker.

Il y en avait trois sur la table ce matin-là. Le double meurtre de la veille, celui de la religieuse, et les casses de Cookie Boy.

— Vas-y, puisque t'as la parole.

— On suppose que la bonne femme se faisait ramoner par le garçon livreur du marchand de vin du coin, dit Parker. C'était peut-être même une partie à trois, on sait pas. Ou alors une intrusion. Y a des traces de sang partout dans le couloir et plein la salle de bains. On a fait des prélèvements, si jamais on coince quelqu'un.

— Le mari, il était où? demanda Byrnes.

S'il y avait eu présence d'une tierce personne, c'était la seule question à poser.

— Au boulot, dans le centre.

— Des témoins?

— Plusieurs centaines.

— On raye le mari. Qu'est-ce que t'as d'autre?

— Le labo nous fera son rapport dans la journée. Une voisine du troisième étage nous a déclaré qu'elle avait cru entendre une pétarade de pot d'échappement vers trois heures et demie, quatre heures. Sinon, personne n'a rien vu ni entendu.

— On attend le rapport du labo, décida Byrnes.

— Je les ai déjà appelés, indiqua Willis.

— Et Cookie Boy?

— Rien hier, répondit Kling. Il se repose peut-être.

— Aujourd'hui, on continue le tour des prêteurs sur gages, annonça Meyer. Y a des articles uniques sur la liste de ce qu'il a piqué.

— Quoi, par exemple?

— Une broche de lapis ciselée, la propriétaire nous a donné une bonne photo. Des perles chinoises émaillées. Une tabatière... S'il en a déjà mis une partie au clou, on aura peut-être un coup de pot.

— Une vedette comme lui, ça a sûrement un fourgue, supputa Parker.

— Cookie Boy est une vedette uniquement parce que la télé a fait de lui un héros, déclara le lieutenant. Sinon, c'est un petit voyou.

— Vous pouvez le dire, approuva Meyer.

— Et pour la religieuse?

— Andy connaît une histoire de bonne sœur, dit Carella. Tu la racontes, Andy?

— M'emmerde pas.

— Une histoire d'amour, précisa Kling.

— Avec pot de chambre, ajouta Willis.

Parker secoua la tête d'un air écœuré.

Byrnes ramena tout le monde sur le sujet :

— La religieuse, les gars...

— Elle avait des soucis d'argent, dit Carella.

— Qui n'en a pas?

— Des soucis récents.

— Qu'est-ce que t'appelles récents?

— Elle en a parlé pour la première fois à une autre sœur le 11.
— Elle aurait aussi reçu une lettre, dit Brown.
— Quel genre de lettre ?
— On sait pas.
— Une sorte de prédiction d'une décision qu'elle aurait déjà prise.
— Une prédiction ?
— Ça fait un peu bizarre, je reconnais.
— Quelle décision ?
— On sait pas.
— Où elle est, cette lettre ?
— On sait pas.
— Quelqu'un a pénétré dans l'appartement le lendemain du meurtre et a fouillé partout, dit Brown.
— Pour trouver la lettre ?
— Peut-être.
— C'était l'assassin ?
— Peut-être.
— Comment vous avez appris l'existence de cette lettre ?
— Un prêtre, le père Clemente, nous en a parlé, répondit Carella. Elle s'était confiée à lui.
— Qu'est-ce qu'il vient faire là-dedans ?
— C'était un ami. Elle en avait plein. On les interroge en ce moment.
— Qu'est-ce que vous en pensez, a priori ?
— Chantage, répondit Brown.
— *Chantage ?* Pourquoi ?
— On essaie de le savoir.
— Qu'est-ce qu'on peut espérer soutirer à une nonne ? Elles sont *pauvres*, non ?
— C'est le problème, convint Brown.

— De toute façon, on ne peut faire chanter que ceux qui ont quelque chose à cacher, argua Byrnes.

— Elle avait quelque chose à cacher, dit Carella.

— Quoi ?

— Des implants mammaires.

— Comment ça se cache, des gros nichons ? demanda Parker, qui rit de sa propre subtilité.

— C'est une plaisanterie ? fit le lieutenant.

— J'aimerais bien, soupira Carella.

— Des implants mammaires, murmura Byrnes, secouant la tête. Elle se serait fait faire ça quand ?

— Au cours des trois ou quatre dernières années, d'après Blaney.

— Elle était déjà religieuse ?

— Elle était religieuse depuis *six* ans.

— Dans la troupe des « Folies Vaticanes », ricana Parker.

— Prenez la liste des chirurgiens, remontez cinq, six ans en arrière, trouvez qui a fait le boulot. Trouvez pourquoi une bonne sœur aurait envie d'avoir des gros seins, pour commencer. C'est exactement ce qui manquait à l'archevêque, des implants mammaires. Déjà qu'il nous braille la grand-messe dans les oreilles...

— Vous voulez quoi, comme champ de recherches ?

— Tenez-vous-en à la ville, pour le moment. Elle venait d'où ?

— De Philadelphie.

— Essayez là-bas ensuite, c'est peut-être là qu'elle s'est acheté ses nibards. Si ça ne donne rien, essayez là où elle est entrée dans les ordres.

— San Diego.

— Mais commencez ici, on a pas des montagnes de fric. Andy, Hal, cet appart' plein de sang, c'est exactement ce que cherche la télé, alors réglez-moi ça rapidos. Meyer, Bert, vous leur filez un coup de main. Laissez Cookie Boy en attente. Ce petit voyou ne mérite pas notre attention pour le moment.

C'était avant que le laboratoire signale que la poussière et les saletés ramassées à l'aspirateur dans la chambre et le couloir extérieur des Cooper contenaient des miettes de cookie et plusieurs particules de chocolat.

Cent cinquante-neuf chirurgiens plastiques membres de l'Ordre exerçaient à Isola. Seize à Calm's Point. Onze à Riverhead. Neuf à Majesta. Six à Bethtown. Les inspecteurs adressèrent à chacun d'eux une circulaire demandant des renseignements sur une nommée Mary Vincent ou Kate Cochran, qui se serait fait greffer des implants mammaires dans les cinq dernières années.

Puis ils attendirent.

Le mercredi était jour de repos pour le docteur Michael Paine. Pas d'hôpital, pas de travail, une vraie journée de loisir. Jusqu'à l'arrivée des flics. Ils le trouvèrent dans les vestiaires du Country Club de Tarleton Hills, où il venait de se doucher et de se changer après avoir disputé quatre sets au tennis. Il portait maintenant un pantalon de lin beige, un T-shirt vert citron, des mocassins italiens, pas de socquettes. Bien qu'il parût agacé que les inspecteurs l'aient traqué jusqu'au club, il leur proposa une tasse de café ou autre chose et les conduisit au club-house donnant sur la piscine. Ils s'assirent à une table de métal vert ombragée par un parasol jaune.

Paine était un quadragénaire plutôt bel homme, affligé

d'un nom malheureux pour un médecin[1] mais bon, c'était lui qui avait choisi sa profession, encore heureux qu'il ne fût pas dentiste. Il leur demanda s'ils préféraient boire un verre et, quand ils eurent décliné, commanda un gin-tonic pour lui et deux cafés pour ces messieurs, s'il vous plaît, Betsy. Il était onze heures du matin ; la piscine grouillait de mamans et de bambins hurleurs. Les deux inspecteurs avaient eux aussi des enfants. Indulgents, ils haussèrent la voix pour couvrir les cris aigus et les bruits d'éclaboussement.

— C'est très aimable à vous de prendre sur votre temps libre pour nous recevoir, commença Carella.

Le médecin se contenta de hocher la tête.

— Nous avons simplement quelques questions à vous poser sur la soirée que vous avez passée avec Mary Vincent.

— Ce devait être le 15, estima Brown. Un samedi soir.

— En effet, confirma le médecin.

— Six jours avant qu'elle se fasse tuer, souligna Carella.

Betsy apporta le gin et les deux cafés. Paine versa du tonic dans son verre ; Brown mit dans son café deux cuillerées de sucre et un nuage de lait ; Carella but le sien noir. Les mioches s'égosillaient dans la piscine.

— Vous pouvez nous dire l'objet de cette réunion ?

— Ce n'était pas une *réunion*. Nous avons dîné ensemble.

— Je voulais dire...

— Nous nous sommes retrouvés au *Mediterraneo*, un restaurant où nous allions souvent. Mary aimait beaucoup cet endroit.

---

1. En anglais, *pain* signifie « douleur ». *(N.d.T.)*

— Qui a payé? demanda Brown.
— Pardon?
— C'est elle qui a payé? C'est vous? Vous avez partagé?
— C'est moi. Chaque fois que nous dînions ensemble, je payais.
— Vous dîniez souvent ensemble?
— On se voyait... (Paine haussa les épaules)... une fois par mois, quelquefois plus. Nous étions bons amis.
— Vous la connaissiez depuis quand? demanda Carella.
— J'ai fait sa connaissance à St Margaret, quand elle a commencé à y travailler.
— Il y a environ six mois, donc?
— Oui. A peu près.
— Comment vous en êtes venus à sortir ensemble? dit Brown.
— *Sortir ensemble*? s'étrangla Paine. Elle était religieuse.
L'inspecteur se demanda pourquoi le bon docteur montait sur ses grands chevaux. Un homme invite une femme à dîner une fois par mois, quelquefois plus, qu'est-ce qu'il fait s'il ne *sort* pas avec elle?
— Excusez-moi, docteur, vous appelez ça comment?
— C'est la connotation qui me gêne, répliqua le médecin. (Il appuya sa réponse d'un bref mouvement de tête, but une gorgée, reposa son verre un peu trop énergiquement.) Nous étions collègues de travail et bons amis. L'inviter à dîner, ce n'était pas *sortir* avec elle.
Brown formula sa question différemment :
— Comment vous en êtes venu à l'inviter à dîner, alors?
Paine le regarda.
— Docteur? fit le policier.

— Une de ses malades, une femme atteinte d'un cancer à l'estomac, était en train de mourir et souffrait beaucoup. Cela posait à Mary un problème personnel. Nous sommes allés en discuter au *deli*[1] en face de l'hôpital.

— Et c'est devenu une habitude? suggéra Carella. Dîner ensemble?

— Oui. Une ou deux fois par mois, comme je disais. La compagnie de Mary était agréable. Je me sentais bien avec elle.

— Il vous arrivait de parler d'autre chose que du travail?

— Oui, bien sûr.

— Le 15, par exemple, est-ce qu'elle a mentionné... C'est la dernière fois que vous l'avez vue, docteur?

— En dehors du travail, oui. Naturellement, je la voyais à l'hôpital chaque fois que j'étais de service.

— Vous l'avez vue le jour où elle s'est fait tuer?

— Oui.

— Quand?

— Le 21, non?

— Oui, le 21, mais je veux dire, vous l'avez vue à un moment particulier?

— Je l'ai vue plusieurs fois dans la journée. Les médecins et les infirmières n'arrêtent pas de se croiser.

Brown précisa la question :

— Quand l'avez-vous vue pour la *dernière* fois?

— Juste avant la fin du service. Elle avait l'intention de prendre un café avec Helen, elle m'a proposé de les accompagner.

— Vous parlez de Helen Daniels?

— Oui. Une des infirmières de St Margaret.

---

1. *Delicatessen* : charcuterie-épicerie fine où l'on prépare des sandwiches à consommer sur place ou à emporter. *(N.d.T.)*

— Elle ne vous aurait pas dit ou elle comptait aller ensuite?

— Non.

— Docteur, revenons, si vous le voulez bien, à la soirée du 15. Est-ce que Mary...

— Ça m'ennuie beaucoup de poser cette question, mais... je suis *suspect* dans cette affaire?

— Non, absolument pas, assura Carella.

— Alors, pourquoi toutes ces questions?

— Eh bien, ou Mary est simplement allée se promener dans le parc et elle a été victime d'une agression, ou elle s'est rendue dans ce parc pour *retrouver* son meurtrier. D'après plusieurs personnes que nous avons interrogées, elle semblait très préoccupée par...

— Qu'est-ce que je viens faire là-dedans?

— Rien. Nous cherchons seulement à...

— Pourquoi toutes ces *questions*?

Les inspecteurs se demandèrent pourquoi Paine était aussi agité. Ils avaient probablement interrogé dix mille deux cent quatre-vingt-huit personnes dans leurs carrières respectives et ils avaient entendu toutes sortes de réponses circonspectes, mais pourquoi le médecin était-il sur la défensive? Les deux flics furent soudain en état d'alerte. Aucune sonnerie ne se déclencha, aucune sirène ne couvrit le tohu-bohu des enfants dans la piscine. Et bien qu'aucun d'eux ne modifiât son attitude — si tant est qu'il y eût changement : ils se contentèrent de montrer plus de sollicitude que l'instant d'avant —, ils considéraient maintenant Paine sous un jour différent.

— Nous pensions que vous pourriez développer les déclarations que nous ont faites d'autres amis de Mary, répondit Carella.

— Nous y revoilà, gémit Paine.

Ouais, nous y revoilà, pensa Carella.

— Pardon ? fit-il.

— Cet accent sur le mot « amis ». C'est impossible de croire qu'un homme puisse être vraiment l'*ami* d'une femme qui a fait vœu de chasteté ?

— Je pense que c'est tout à fait possible.

— Il faut absolument en faire une plaisanterie salace ?

— Docteur, personne...

— On est encore en 1830 ?

— Nous essayons seulement...

— Les religieuses sont encore la cible d'une basse pornographie ?

— Docteur, nous...

— Mary était une femme attirante, c'est indéniable. Mais insinuer... N'insistez pas.

Le bruit montant de la piscine parut assourdissant dans le silence qui se fit soudain sous le parasol jaune vif.

Carella changea d'angle d'attaque :

— On nous a dit qu'elle avait des soucis d'argent. Elle vous en avait parlé ?

Brown approuva d'un hochement de tête quasi imperceptible.

— Non, répondit Paine.

Il avait fini son gin et jouait maintenant avec la rondelle de citron tombée au fond du verre, la perçait de sa paille de plastique en détournant les yeux.

— Vous êtes allés où après le restaurant, ce soir-là ?

— Nous sommes retournés chez elle.

— Elle a fait allusion à des problèmes d'argent pendant le repas ?

— Non.

— Ou à un autre moment de la soirée ?

— Non.

— Elle a parlé d'une lettre qu'elle aurait reçue ?

— Non.

— Vous l'avez quittée à quelle heure?

— Vers dix heures.

— Vous êtes allé où?

— Je suis rentré chez moi directement.

— Docteur Paine, pouvons-nous revenir à la *première* fois où vous avez dîné ensemble? Au *deli* en face de l'hôpital, n'est-ce pas? Vous pouvez nous en dire un peu plus?

Le médecin eut un long soupir.

— J'étais resté tard à l'hôpital, et Mary aussi. Je l'ai croisée au moment où elle sortait du foyer des infirmières, en larmes. Naturellement, je lui ai demandé ce qui n'allait pas et elle a répondu que ce n'était rien, mais elle continuait à pleurer si fort que j'ai cru qu'elle faisait une crise d'hystérie. J'ai tout de suite compris que, quelle que soit la raison de son état, elle ne voudrait pas en parler à l'hôpital, et je lui ai proposé d'aller prendre un café en face. Elle a accepté volontiers. En fait, elle avait l'air soulagée de pouvoir en discuter avec quelqu'un. Il s'agissait... Il y avait dans le service une vieille femme, Mrs Rosenberg, Ruth Rosenberg, je crois, qui était gravement malade, un cancer, je vous l'ai dit, elle n'avait plus que deux ou trois semaines à vivre. Ce n'était pas quelqu'un de facile. Bien sûr, je ne l'ai pas connue avant qu'elle tombe malade, c'était peut-être un ange, qui sait? Mais à l'hôpital, elle était franchement désagréable, elle se plaignait toute la journée, elle s'en prenait aux médecins comme aux infirmières, bref, une personne insupportable...

« Si vous passiez dans sa chambre pour lui demander, par simple gentillesse, comment elle allait, elle vous rétorquait : “Comment voulez-vous que j'aille? Regardez-moi. J'ai l'air d'aller bien?” C'est dur d'avoir de la sympathie pour une personne comme ça, même si son état est grave. Ou quand une infirmière lui apportait son médicament contre la douleur, elle piaillait : “C’est pas trop tôt ! Où vous étiez passée ?” Une femme très difficile...

« Ce n’était pas moi qui avais prescrit le traitement, je ne sais plus quoi au juste maintenant, probablement un dérivé de morphine, un SM toutes les six heures. C’est ce qu’on donne généralement en pareil cas, un sulfate de morphine. Quand elle m’a parlé de cette histoire, Mary m’a confié qu’elle ne supportait plus les cris de douleur de Mrs Rosenberg, ses gémissements incessants. C’était un être humain, quand même, une créature de Dieu, on devait pouvoir faire quelque chose pour la soulager. Je me souviens maintenant, elle avait aussi un timbre Duragesic, elle absorbait du Fentanyl toute la journée, cinquante, soixante microgrammes par heure, plus la morphine, bien entendu...

« Mary pensait qu’on aurait dû lui donner sa dose de morphine toutes les *quatre* heures au lieu des six prescrites. Elle en avait discuté avec le médecin, elle avait fait valoir qu’elle ne risquait pas de devenir une toxicomane, qu’elle serait *morte* dans quelques semaines de toute façon, alors, est-ce qu’il ne pouvait pas, au nom de Dieu, raccourcir le temps entre les doses ?

« Il lui a répondu que Mrs Rosenberg cherchait à obtenir autre chose. Elle voulait qu’on la plaigne, qu’on fasse plus attention à elle. “Et alors ? a répliqué Mary. Pourquoi pas ? Qu’est-ce qu’il y a de mal à réclamer un peu plus d’attention ? Sa famille l’a abandonnée, personne ne vient la voir, elle passe la journée à gémir dans son lit, à supplier qu’on lui donne ses médicaments. Quel *mal* peut-il y avoir à lui accorder ce dont elle a désespérément besoin ?” Le médecin a répondu qu’il consentait à augmenter la dose d’un milligramme, un geste purement symbolique, mais pas question de passer à *quatre* heures. Mary était furieuse.

« Elle m'a raconté tout ça devant un sandwich et une tasse de café, au *deli*. J'ai promis de parler à ce médecin le lendemain, de voir ce qu'on pouvait faire...

Paine soupira de nouveau.

— Mais le lendemain, Mrs Rosenberg était morte.

— C'était qui, ce docteur? demanda Brown.

— J'ai délibérément omis de mentionner son nom.

— Si Mary lui en voulait...

— Je suis sûr que non, elle n'était pas ce genre de personne. En fait, j'ai fini par en discuter quand même avec lui, de ce refus d'administrer des calmants — que je trouve stupide, soit dit en passant — et il a reconnu son erreur.

— En tout cas...

— Excusez-moi, monsieur.

La serveuse se tenait de nouveau près de la table, une sorte de portefeuille en cuir à la main.

— Si vous voulez bien signer... Et, monsieur?

— Oui, Betsy?

— Votre femme vient d'appeler. Elle vous demande de ne pas oublier la raquette qu'elle a donnée à recorder.

— Merci, Betsy, dit Paine en signant le chèque.

Les deux inspecteurs gardèrent le silence jusqu'à ce que la serveuse récupère le portefeuille en cuir et s'éloigne. Puis Brown revint à la charge :

— Le nom du médecin, s'il vous plaît?

— Winston Hall, répondit Paine.

— D'un côté, dit Brown, on a le chef de service qui nous la joue romantique : Mary, la plus douce femme au monde, elle répand la lumière et la joie partout où elle passe, elle chante pour les malades, mon Dieu, comme elle va me manquer ! Mais il oublie d'ajouter qu'elle lui avait cassé les couilles pour une histoire de médicaments ! Elle lui en voulait d'avoir laissé mourir Mrs Rosenberg dans la douleur, elle pouvait sûrement plus le blairer...

Il était au volant. Chaque fois qu'il s'énervait, il conduisait quelque peu imprudemment, et Carella avait peur qu'il ne renverse une vieille dame.

— D'un autre côté, on a un docteur qui sort deux fois par mois avec une femme qu'est pas la sienne. Pour moi, ça change rien, qu'elle soit bonne sœur. Ce type est marié, il sort avec une autre femme. Un samedi *soir*, la dernière fois !

— Attention au feu rouge, prévint Carella.

— Je l'ai vu. En plus, il *sait* qu'il est allé trop loin. C'est pour ça qu'il l'a fermée d'un seul coup.

— C'était pas l'endroit pour insister, de toute façon.

— Je sais. Sinon, je lui serais tombé dessus. J'ai l'air timide ?

— Oh ! oui. Effacé, même. Il faudra peut-être l'embarquer plus tard. Mais pour le moment, tout ce qu'on a, c'est un homme qui est attiré par une religieuse et qui refuse de se l'avouer.

— Et de l'avouer à sa femme, je parie, grogna Brown.

— Tu te mets à parler comme ma mère.

— En plus, qu'est-ce qui lui prend, à cet enfoiré de Hall ? Qu'est-ce que ça peut lui foutre d'augmenter la dose de cette pauvre vieille ? Elle va mourir de toute façon, non ?

— Regarde devant toi, Artie !

— Laisser une vieille femme souffrir comme ça...

— Artie !

— J'ai *vu*. Il nous a absolument pas parlé de sa petite prise de bec avec Mary, hein ? A l'entendre, tout le service baignait dans la lumière et la douceur, Mary papillonnait de lit en lit comme Sally Field. N'empêche qu'elle savait piquer une rage à l'occasion, je me trompe?

— Artie, c'était un landau.

— Ça va, je l'ai pas touché.

— T'étais pas loin.

— Moi je dis qu'on doit le revoir, ce mec. On devrait aussi descendre à Philly pour parler au frère de Mary, celui qui est trop occupé pour venir à l'enterrement.

— Philly est fermée le mercredi, dit Carella, puisant dans l'immense répertoire de blagues sur Philadelphie.

Une blague que Vincent Cochran, le comique de cabaret, aurait peut-être appréciée, à condition qu'il ne dorme pas encore à midi et quart.

Il était neuf heures et quart en Californie.

Carella se demanda à quelle heure sœur Carmelita Diaz était rentrée de Rome la veille.

— Une certaine Anna Hawley t'attend en haut, annonça le sergent Murchison.

Carella ne connaissait aucune Anna Hawley.

— Moi?

— Toi, confirma le sergent.

La salle d'accueil du 87e était anormalement calme ce mercredi après-midi. Assis derrière le haut bureau d'acajou tel un prêtre derrière un autel, Murchison feuilletait le journal et s'ennuyait à mourir parce que le téléphone n'avait pas sonné depuis dix minutes. A l'autre bout de la pièce, un ouvrier du service maintenance et réparation — l'un des deux qui étaient venus le vendredi d'avant, quand le type enfermé dans la cellule, en haut, avait pété les plombs — vérifiait les talkies-walkies accrochés à un râtelier parce qu'ils se rechargeaient mal. Le climatiseur que son collègue et lui avaient réparé fonctionnait à présent, mais à peine. Murchison suait abondamment dans sa chemise d'uniforme à manches courtes.

— Elle a dit pourquoi elle est là?

— La religieuse, répondit le sergent avant de retourner à sa lecture.

Il faisait encore plus chaud en haut qu'à l'accueil, peut-être parce que les fenêtres de la salle des inspecteurs étaient plus vieilles que celles d'en bas. Anna Hawley — la vingtaine, estima Carella — était assise près du bureau de l'inspecteur, jupe de coton bleu et chemisier blanc, sac à main posé à côté de la corbeille du courrier. Au fond, Meyer et King, en bras de chemise, s'activaient au téléphone, rappelant les prêteurs sur gages maintenant que leur cambrioleur était soupçonné d'un double meurtre. La salle des inspecteurs était elle aussi plus calme qu'à l'ordinaire, et Carella se demanda où tout le monde était passé.

— Mademoiselle Hawley?

La femme se retourna. Cheveux blonds coupés court, yeux verts chargés d'appréhension, rouge à lèvres clair. Un pied battant la mesure, comme pour refréner une envie d'aller aux toilettes.

— Inspecteur Carella, dit-il. Mon collègue, l'inspecteur Brown.

Carella s'assit dans son fauteuil, derrière le bureau, Brown tira une autre chaise à lui. Ils gardèrent tous deux leur veste, par déférence envers la visiteuse. Aux fenêtres, les climatiseurs claquaient bruyamment.

— Vous vouliez nous voir au sujet de Mary Vincent, si j'ai bien compris?

— Enfin, de Kate Cochran, oui, répondit-elle.

Voix douce, avec un léger tremblement. Ils attendirent. Sa nervosité était évidente, mais les postes de police font souvent cet effet aux gens. Pourtant, elle était venue de son propre chef. Carella attendit un moment encore puis rompit le silence :

— Vous avez des informations à nous communiquer sur le meurtre ?

— Non, pas sur le meurtre.

— Sur quoi, alors, mademoiselle Hawley ?

— Je veux m'assurer que Vincent ne vous a pas laissé une fausse impression.

— Vous parlez de Vincent Cochran ?

Le fantaisiste de Philadelphie, le frère qui ne voulait plus voir sa sœur, morte ou vivante, merci.

— Le frère de Mary Vincent ?

— Oui. Enfin, le frère de Kate.

— Eh bien ?

— Je... je sais que vous lui avez parlé il y a quelques jours (le 22, d'après l'agenda de Carella) et j'ai peur que vous vous mépreniez sur son compte. Vous savez, *tout le monde* était contre.

— Contre quoi ? demanda Brown.

— Son entrée dans les ordres. Ce n'était pas seulement Vincent, nous lui avons *tous* dit que c'était une idée stupide. La famille, les amis...

— Vous, mademoiselle, vous êtes une parente ou une amie ?

— Une amie.

— L'amie de Kate ? Ou celle de son frère ?

— Vincent est mon ami.

— Mais vous connaissiez aussi Kate, n'est-ce pas ?

— Oui. Nous avons grandi ensemble.

— A Philadelphie ?

— Oui. Elle n'est allée à San Diego qu'après être entrée dans l'Ordre. C'était encore autre chose, ça, qu'elle doive aller là-bas en Californie. Ça n'a plu à personne, je peux vous le dire.

— Pourquoi Mr Cochran nous aurait-il laissé une fausse impression? demanda Brown.

— A cause de ce qu'il vous a dit.

— Qu'est-ce qu'il nous a dit?

— Que l'Eglise pouvait bien se charger de l'enterrer.

— Il vous l'a raconté?

— Oui. Il... il avait peur que vous vous imaginiez qu'il ne l'aimait pas, ou quelque chose de ce genre.

— Il vous a demandé de venir ici?

— Non. Absolument pas. Je viens ici régulièrement, de toute façon. Je suis correctrice indépendante, je rapporte les épreuves lorsque j'ai terminé mon travail.

— Quand Mr Cochran vous a-t-il parlé de notre conversation?

— Samedi dernier. Au club. Il m'a dit que vous aviez appelé dans la matinée, que vous l'aviez tiré du sommeil, même. C'est pour ça qu'il a dû vous paraître si agacé.

— Quand vous dites le club...

— Le *Comedy Riot*.

— La boîte où Vincent Cochran présente ses sketches?

— Oui. Mais c'est moi qui ai eu l'idée de venir ici. Je ne veux pas que vous pensiez qu'il gardait de la rancœur, ou quoi que ce soit.

— A quel sujet, mademoiselle?

— Ben... au sujet de tout, quoi.

— Tout?

— Tout. Depuis le début. Depuis le jour où Kate a annoncé à la famille qu'elle voulait entrer dans les ordres. Ses parents vivaient encore, c'était juste après la fin de ses études. J'étais là quand elle leur a dit. Vincent et moi, nous sortions déjà ensemble, au lycée. C'était en janvier.

Il y a plus de six ans. Il faisait très froid, je me souviens. Le feu ronflait dans la cheminée du séjour. Nous prenions le café après le dîner, tous assis autour de la cheminée, quand Kate a lâché sa bombe.

— De quoi diable est-ce que tu parles? crie son père.

Il convient de noter qu'il utilise le terme « diable » alors que sa fille vient de leur apprendre qu'elle veut devenir religieuse dans l'Eglise catholique romaine. Pour Ronald Cochran, qui a renié la religion catholique depuis l'âge de treize ans et pour qui entrer au couvent équivaut à devenir membre d'une secte comme Hare Krishna, les mots que Kate vient de lancer dans la chaleur rougeoyante de la pièce constituent un véritable parricide. Il enseigne les sciences politiques à Temple University. Sa femme est psychiatre, elle a une excellente clientèle. Et maintenant... *ça*? Sa fille veut devenir *nonne*?

— Tu ne parles pas sérieusement, dit Vincent.

Il a dix-sept ans, quatre de moins que sa sœur, il termine ses études secondaires. Sa sœur vient d'assener à la famille, et à sa copine Anna, qu'elle désire entrer dans l'Ordre des sœurs de la Miséricorde du Christ dès que certaines formalités auront été consommées, c'est le mot qu'elle emploie. Elle pense entamer son noviciat l'été prochain, leur dit-elle. A la maison mère de San Luis Elizario, leur dit-elle. A la sortie de San Diego, leur dit-elle.

— Qui t'a fait un lavage de cerveau? explose la mère.

Le docteur Moira Cochran est une psychanalyste freudienne qui ne se souvient que trop bien que le maître lui-même considérait la religion comme une « névrose obsessionnelle de groupe ». Et voilà que sa fille a décidé qu'elle a « la vocation », qu'elle veut devenir une « épouse du

Christ » et faire vœu de pauvreté, de chasteté et d'obéissance après avoir été postulante puis novice...

— C'est ce qu'on t'a appris dans cette satanée école?

« Satanée », notez-le bien. Il s'agit pourtant d'une des universités les plus prestigieuses des Etats-Unis, où Kate a obtenu son diplôme avec mention bien, sciences politiques comme matière principale, psychologie en seconde matière, un geste à l'égard de ses vieux. Pendant ces études, comme elle a une voix splendide et une passion pour la musique, elle devient membre d'une chorale en seconde année puis des chœurs de l'église en troisième année. C'est là qu'elle fait la connaissance d'une religieuse, sœur Beatrice Camden, de l'Ordre des sœurs de la Miséricorde du Christ, venue apprendre aux chœurs un hymne complexe à quatre voix composé par Jacopone da Todi au treizième siècle.

Kate n'est pas portée sur la religion. Comme son père Ronald, comme sa mère Moira, elle n'est pas même *vaguement* croyante. Elle chante à l'église parce qu'elle aime chanter, mais elle est aussi fascinée par sœur Beatrice, la première à lui suggérer que sa voix est peut-être un don de Dieu. Foutaises, pense-t-elle, et elle en fait part à ses parents sidérés, à son frère et à la petite amie de son frère.

« Ma voix est le résultat d'une programmation génétique, non? Qu'est-ce que Dieu viendrait faire là-dedans? »

Pourtant, elle trouve l'idée bizarrement excitante, que sa voix soit un don de Dieu et donc quelque chose de plus qu'une simple voix *humaine*, quelque chose de plus exalté. Quand sœur Beatrice l'invite à dîner un soir, avec elle et quelques autres religieuses, elle se rend compte qu'une sorte de processus de recrutement a commencé mais elle se sent flattée de toute cette attention. En outre, elle s'aperçoit qu'elle *aime bien* ces gens. Il y a chez ces jeunes femmes un dévouement qui manque singulièrement aux étudiantes qui entourent Kate. Les filles qu'elle connaît ne parlent que baise ou mariage alors que les femmes de l'Ordre des sœurs de la Miséricorde du Christ parlent de vies consacrées à servir Dieu en *aidant* les autres. Elles parlent de vocation, de ministère, de charité. Elles parlent de vies ayant un sens, elles...

— Un sens, mon *cul*! éructe Moira, en un éclat rare pour une psychanalyste habituée à écouter patiemment et à ne jamais faire de commentaires. Tu vas te couper du reste du monde! Tu vas retourner...

— Ce n'est...

— ... au douzième siècle!

— Ce n'est plus comme ça!

Kate explique alors à quatre paires d'oreilles de plus en plus sourdes qu'on lui a donné des brochures sur l'Ordre.

— Les sœurs l'appellent l'OSMC, soit dit en passant.

Comme si c'était IBM ou TWA, une façon agréablement moderne de se considérer qui écarte à jamais dans l'esprit de Kate toute image de nonnes portant le cilice. Pendant l'année écoulée...

— Parce que ça fait un an que ça dure? s'indigne Vincent.

... elle a passé pas mal de temps avec la directrice des vocations de l'Ordre, elle a rencontré la directrice spirituelle, elle a subi des tests psychologiques, elle a vu également la directrice de la formation...

— Une *secte*, voilà ce que c'est! clame son père.

... afin d'établir le programme le mieux adapté à ses capacités et à ses besoins.

— Je serai infirmière, dit-elle. C'est la meilleure façon pour moi d'aider les gens. La meilleure façon de servir Dieu. Je sais que je renonce à avoir un foyer, une famille.

Je sais que je sacrifie mon confort et mon indépendance. Mais devenue épouse du Christ...

— J'y crois pas ! s'écrie Vincent.

Unie au Christ, elle se sacrifiera aussi pour la rédemption des âmes. Comme le Christ, elle mènera une vie de pauvreté, de simplicité, de pureté et de chasteté. Et comme seule une épouse peut le faire, elle offrira amour et consolation à Son Cœur Sacré.

Kate annonce à ses parents, à son frère et à Anna Hawley qu'elle partira pour la maison mère dès que certains documents auront été signés.

— Tu gâches toute ta vie en signant, prévient la mère.

— C'est totalement stupide, juge Vincent.

— Mais c'est ce que je vais faire, répond Kate.

— Non, sûrement pas ! tonne le père.

— Si, dit Kate avec le plus grand calme. C'est *ma* vie, pas la vôtre.

Ce à quoi, bien sûr, il n'y a pas de réponse.

Anna Hawley marqua un temps avant d'ajouter :

— Personne n'a rien pu faire pour l'en empêcher.

— Et donc elle est partie, dit Carella.

— Oui. Elle est partie. Fin mai.

De nouveau, elle hésita. Puis :

— Je suppose que Vincent lui aurait pardonné, tôt ou tard. Mais quand leurs parents sont morts...

A son bureau, à l'autre bout de la pièce, Meyer disait au téléphone :

— Nous arrivons tout de suite. Merci, monsieur.

— Morts ? fit Carella.

— Comment ? fit Brown.

— Dans un accident de voiture. Le père de Kate conduisait. Ils avaient trop bu.

— Steve, on y va. Un bijou vient de faire surface, annonça Meyer.

— Elle est où, la boutique? demanda Kling en sortant derrière lui.

— Vincent ne pouvait plus lui pardonner, après ça, dit Anna.

— Pourquoi?

— Il la tenait pour responsable de l'accident. Ce n'est qu'après l'entrée de Kate dans les ordres que les parents s'étaient mis à boire, vous comprenez.

— Vincent fait ce raisonnement, hein? dit Brown.

— Oui, et il a raison. Si elle n'avait pas quitté la maison, ils seraient encore en vie.

— Mm.

— C'est de sa faute.

— Mm.

— Et c'est pour ça qu'il ne veut pas venir s'occuper du corps? dit Carella.

— Ça ne signifie pas qu'il l'a tuée.

Brown songea que certaines personnes devraient apprendre à la fermer.

— Il préfère vous envoyer, c'est ça? suggéra-t-il. Pour nous raconter cette histoire.

— Non. De toute façon, je devais venir.

— Vous venez tous les mercredis!?

— Je viens quand j'ai terminé.

— Terminé quoi?

— La correction des épreuves.

— La dernière fois que vous êtes venue, c'était quand, mademoiselle?

— Vendredi dernier.

8

Il faisait étouffant dans la petite boutique encombrée des débris d'innombrables vies qui s'étaient fracassées sur la dureté des temps. Ce mercredi, à une heure de l'après-midi, Meyer et Kling portaient des vestes sport malgré la canicule, non par souci d'élégance mais pour dissimuler leur holster d'épaule et éviter que la population de cette bonne ville ne se mette à courir dans les rues, prise de panique. Le propriétaire de la boutique portait, lui, une chemisette au col déboutonné. Une loupe de bijoutier pendait à son cou au bout d'une cordelette de soie noire.

Il se présenta comme Manny Schwartz, ce que confirmait la licence encadrée de noir accrochée derrière lui et établie au nom d'Emanuel Schwartz. Elle partageait le mur avec un accordéon, un saxophone, un trombone, plusieurs trompettes, un tambourin et une guitare hawaïenne. Meyer se demanda si tout un orchestre était venu mettre ses instruments au clou.

Le prêteur sur gages prit une bague dans une vitrine, la posa sur le comptoir.

— Voilà ce qu'elle m'a vendu, dit-il. C'est islamique. Fabriqué probablement en Syrie. Entre les neuvième et onzième siècles.

Le sceau carré de la chevalière portait gravé le dessin

d'une chèvre ou d'un animal à longues oreilles, c'était difficile à dire. Il était entouré de pétales ou de feuilles, là encore, difficile à dire. Sur chaque côté de l'anneau fuselé, deux serpents, ou peut-être des crocodiles, flanquaient un oiseau à longue queue. Deux poissons nageaient du bas de l'anneau vers le sceau. Meyer regrettait de ne pas connaître le sens de ces ornements talismaniques. Au total, le bijou dégageait une impression de gaieté, et Meyer se demanda pourquoi il y avait tant de conflits au Moyen-Orient.

— Les califes, ils ont fait venir des artisans formés dans les traditions grecque et romaine, qui ont dû ensuite s'adapter au goût des clients arabes, expliqua Schwartz. Cette chevalière a sûrement été commandée par un notable. C'était une bague chère, même pour l'époque. Aujourd'hui, elle vaut environ douze mille.

— Vous l'avez achetée combien ?

— Trois mille. Je ne me doutais pas qu'elle était volée. Maintenant, je l'ai dans le cul, hein ?

Le prêteur se référait à la curieuse distinction juridique entre « acheteur de bonne foi » et « personne possédant sciemment des biens volés ». Schwartz avait lu la liste distribuée par le 87e, il savait que la bague syrienne était « chaude ». Il aurait pu la vendre quand même en prétendant qu'il n'avait jamais vu la liste. Mais si jamais on établissait un lien entre la chevalière et lui, il était passible d'une peine de deux à sept ans de zonzon. Il avait décidé d'appeler plutôt la police, qui saisirait sans aucun doute le bijou comme preuve. On ne peut pas toujours gagner.

— Elle vous a donné un nom ? demanda Meyer.

— Oui. Mais c'était sûrement pas le vrai.

— Quel nom elle vous a donné ?

— Marilyn Monroe.

— Qu'est-ce qui vous fait penser que ce n'était pas son vrai nom?

— Marilyn Monroe?

— Un jour, on a arrêté un nommé Ernest Hemingway, ce n'était pas Ernest Hemingway.

— Comment il s'appelait, alors?

— Ernest Hemingway. Mais ce n'était pas le *grand* Ernest Hemingway. Juste un type qui s'appelait comme lui.

— Et c'est qui, Ernest Hemingway? demanda Schwartz.

— Je parie que si vous regardez dans l'annuaire, vous trouverez une douzaine de Marilyn Monroe...

— Ce qui n'était pas son vrai nom, d'ailleurs, fit remarquer le prêteur sur gages.

— C'était quoi, son vrai nom? voulut savoir Kling.

— De la fille qui m'a vendu la bague?

— Non. De Marilyn Monroe.

— J'en sais rien.

— Elle ressemblait à quoi, cette femme? demanda Meyer, agacé de ne pas se rappeler le vrai nom de Marilyn Monroe.

Kling avait le chic pour poser des petites questions qui vous turlupinaient toute la journée.

— Elle devait avoir dans les trente, trente-cinq ans, un mètre soixante, cinquante-cinq kilos, cheveux bruns, yeux marron, bien foutue, récita Schwartz. Vêtue d'un short et d'un T-shirt, avec ce temps... Des sandales. Des sandales bleues.

— Vous avez remarqué ce qu'elle avait aux pieds?

— Une femme en short, bien foutue, on remarque ses jambes et ses pieds.

— Elle a aussi donné une adresse?

— Oui. C'est pour ça que je me dis que Marilyn Monroe, c'est peut-être son vrai nom, finalement. Quand on donne un faux nom, on cherche quelque chose de moins connu.

— Exact, approuva Meyer.

— C'est ce que je me dis.

— Norma quelque chose, proposa Kling.

— Non, je crois pas, répondit Meyer.

— Elle m'a aussi filé un numéro de téléphone.

— Elle vous a montré des papiers d'identité ?

— Non. Elle m'a expliqué que c'était un bijou de famille qu'elle devait mettre au clou parce qu'elle avait oublié son portefeuille dans un taxi, avec plein de fric dedans.

— Vous l'avez crue ?

— Ça peut arriver. Dans cette ville, *tout* peut arriver. En plus, c'était une bague de douze mille dollars que je pouvais avoir à trois mille.

— Il ne vous est pas venu à l'idée qu'elle pouvait être volée ?

— J'y ai pensé. J'ai pensé *aussi* qu'elle avait peut-être été simplement *perdue*. En général, les gens ne signalent pas à la police les objets perdus. Donc, si la perte n'a pas été signalée, la bague ne figure sur aucune liste. Si elle ne figure sur aucune liste, je peux pas savoir qu'elle a été volée et je suis un acheteur de bonne foi. C'est ce que j'ai pensé.

— On peut avoir l'adresse et le numéro de téléphone qu'elle vous a donnés ?

— Bien sûr. Vous gardez la bague, je suppose ?

— Nous sommes obligés.

— Bien sûr.

— Je vous ferai un reçu.

— Bien sûr, soupira Schwartz. Y a des jours où je regrette d'être aussi honnête.

— Jean quelque chose? fit Kling.

Il faisait plus frais dans le parc. Une légère brise soufflant de la rivière émoussait la chaleur de l'après-midi et promettait une amélioration, peut-être même de la pluie. Carella était assis sur un banc avec sa sœur, face à l'eau lointaine. Les jumelles d'Angela s'ébattaient sur le terrain de jeux. Cynthia et Melinda, réduites à Cindy et Mindy comme leur oncle l'avait craint dès que leur mère avait choisi leurs prénoms. La fille aînée d'Angela était mieux lotie avec Tess, abréviation moderne et simple de Teresa, qui évoquait des rues pavées dans un village de montagne de Potenza. Tess surveillait les jumelles, en ce moment. A sept ans, elle s'occupait de ses cadettes, Cindy et Mindy, nées le 28 juillet, onze jours après la mort du père de Carella. Elles lui rappelaient ses propres jumeaux quand ils étaient petits. L'idée le traversa que sa sœur était l'une des rares personnes au monde à l'avoir connu quand il était petit. Quarante ans, se rappela-t-il. En octobre, tu auras quarante ans.

— C'est gentil d'être venu me retrouver ici, dit Angela.

— Pas de problème.

Il était quatre heures de l'après-midi et Carella rentrait chez lui, mais il aurait retrouvé sa sœur n'importe où, parce qu'il l'aimait à en mourir. Au parc, avait-elle précisé, il fera plus frais que dans l'appartement. Il faut qu'on se parle, avait-elle dit. Il attendait maintenant qu'elle commence. Avec son boulot, il savait attendre que les gens se mettent à parler.

— Finalement, ce sera une séparation nette et sans histoires, dit Angela.

Elle se référait à son divorce. Douze ans de mariage, et

maintenant un divorce. Il se souviendrait toujours du jour des noces : il avait dû conduire précipitamment Teddy du vin d'honneur à la maternité. Douze ans en juin dernier. Les jumeaux avaient eu douze ans le 22. Et lui en aurait quarante en octobre. Arrête, s'ordonna-t-il. C'est pas la fin du monde. Ah! non?

— Tommy part vivre en Californie, reprit Angela. Je crois qu'il a rencontré une fille qui vit là-bas, il part à la fin du mois. C'est mieux comme ça, Steve, je le pense sincèrement. Ça fait encore mal, tu sais. Chaque fois qu'il passe prendre Tess et les jumelles, je me souviens de notre vie avant et c'est douloureux. Un divorce, ça fait mal.

Les gens qui ont des jumeaux ne les appellent jamais « les enfants » ou « les gosses » mais toujours « les jumeaux ». Carella se demanda ce que ça devait être pour les jumeaux eux-mêmes d'être toujours considérés comme une *moitié* d'un tout, l'un des membres d'un duo comique. La dernière fois qu'il avait vu son beau-frère, c'était quand Tommy lui avait annoncé qu'il entamait une cure de désintoxication. C'était après le naufrage de leur couple, après qu'il eut mis au clou quasiment tout ce qu'Angela et lui possédaient, après qu'il l'eut frappée à coups de poings un soir qu'elle tentait de l'empêcher de prendre les anneaux en argent des jumeaux, cadeaux de la tante Josie de Floride. Carella avait eu envie de le tuer. Maintenant, Tommy partait vivre en Californie et Angela pensait que ça valait mieux — elle avait probablement raison —, mais alors, pourquoi lui avait-elle demandé de la retrouver au parc à quatre heures de l'après-midi?

Il attendit.

Il excellait à ce jeu. Vraiment.

— Steve, commença-t-elle. (Elle prit une profonde

inspiration.) Steve chéri, je sais que ça ne va pas te plaire...

Il comprit immédiatement de quoi il s'agissait. Effectivement, ça n'allait pas lui plaire, ça ne lui plaisait *déjà* pas du tout, mais Angela était sa sœur et, en voyant son expression tourmentée, il eut envie de la prendre dans ses bras et de lui dire : « Hé, sœurette, je suis là, ça ne peut pas être si grave, hein ? » Il savait pourtant que c'était terrible, ce qu'elle allait lui dire, et se demanda s'il pourrait le supporter.

— Je connais tes sentiments envers Henry, poursuivit-elle. Tu penses qu'il aurait pu envoyer Sonny Cole en prison et qu'il a tout gâché...

— Angela.

— Non, je t'en prie, laisse-moi finir. J'en ai beaucoup discuté avec lui, Steve, il a vraiment fait de son mieux, il a été surpris par ce que la défense...

— Il n'aurait pas dû être surpris, répliqua Carella. C'est son boulot, de ne pas l'être. Sonny Cole a tué Papa ! Et Lowell l'a laissé s'en tirer.

— Toi aussi, murmura-t-elle.

Elle n'aurait pas dû lui renvoyer ça. Il lui avait fait une confidence de frère à sœur en lui racontant ce moment où il s'était retrouvé seul dans un couloir désert avec Sonny Cole et un flic noir nommé Randall Wade qui ne cessait de lui murmurer à l'oreille « Vas-y ! ». Il n'en avait parlé à personne d'autre au monde, excepté sa femme, et Angela lui renvoyait maintenant cette histoire à la figure. Il avait fait ce qu'il croyait juste. S'il avait pressé la détente de l'arme appuyée contre la gorge de Sonny Cole, ce soir-là... Non, il n'aurait pas pu.

— Je fais confiance au système, dit-il.

— Moi aussi.

— J'ai cru que le système...

— Moi aussi. Mais Henry n'est pas le système. C'est le *système* qui a acquitté Cole après que Henry a fait tout ce qu'il pouvait pour le faire condamner. Tu dois le croire, Steve.

— Pourquoi je devrais ?

— Parce que nous allons vivre ensemble, lui et moi.

— Super. L'homme qui a...

— Non.

— *Si !* Il a tout fait foirer. C'est de sa faute si Sonny Cole est encore quelque part dans cette ville... (le bras levé, le doigt pointé vers la petite butte dominant le parc) en train de tuer le père de quelqu'un d'autre, peut-être !

De l'endroit où il était étendu sur le ventre, en haut du tertre herbeux, Sonny Cole crut d'abord que Carella l'avait repéré. Il ne savait pas qui était la meuf assise sur le banc avec le flicard mais, d'un seul coup, ils s'étaient levés tous les deux, et la fille avait serré Carella contre elle, et il était resté un moment sans bouger, l'air de pas savoir quoi faire, et puis il avait levé la main pour la poser sur la tête de la nana, simplement la poser. Sonny s'était alors rappelé le jour où une de ses petites sœurs s'était écorché le genou en tombant, et où il avait posé sa grosse patte sur la tête de la gamine, exactement comme Carella venait de le faire, pour la consoler, la dorloter, et Sonny comprit que cette bonne femme était la petite sœur de Carella, comme Ginny avait été la sienne.

Il ne savait pas pourquoi il s'était mis à trembler, tout à coup.

Il se leva, laissa de nouveau son regard glisser le long de la pente couverte d'herbe. Carella étreignait à présent sa frangine, ils restaient tous les deux sans bouger, comme une statue, pleurant, peut-être, Sonny ne pouvait pas voir. Pleurant peut-être le père qu'il avait buté, pleurant peut-être à cause de lui.

Il dévala l'autre versant du promontoire pour échapper à la scène d'en bas, chercha où il avait garé la Honda verte en se disant : Faut que je le fasse vite, faut que je le fasse *vite*, putain.

Avant de passer son coup de fil, Carella demanda à l'opératrice des appels longue distance le tarif pour la Californie. Il n'était qu'un pauvre serviteur de la loi surmené, sous-payé, qui espérait se faire rembourser quand il téléphonait de chez lui pour le boulot. Il était vingt heures ici dans l'Est et ils venaient de finir de dîner. Là-bas, à San Luis Elizario, il était cinq heures de l'après-midi. Carella espérait que les religieuses n'étaient pas encore aux vêpres ou quelque chose comme ça. Il espérait que sœur Carmelita Diaz, la supérieure de l'Ordre des sœurs de la Miséricorde du Christ, avait pu se reposer depuis qu'elle était rentrée de son long voyage à Rome, la veille. Il espérait que Dieu lui avait murmuré à l'oreille le nom de l'assassin de Mary Vincent. Ou Kate Cochran, comme on voudra.

— Allô ? Inspecteur Carella ?

— Oui, comment allez-vous, ma sœur ?

— Oh ! très bien. Un peu chamboulée par le décalage horaire, mais sinon, ça va très bien.

Elle n'avait qu'un soupçon d'accent espagnol. Pour une raison ou une autre, il se représenta une femme corpulente. Grande, bien charpentée, large des hanches. Portant l'habit traditionnel de l'ordre comme sœur Beryl, au couvent de Riverhead. Il imagina une bâtisse de style espagnol, tout en stuc et en dalles, en arches et en murets, couleur crème, un monument à Dieu élevé au bord de la mer.

— Ce sont des oiseaux que j'entends?

— Oh oui, toutes sortes d'oiseaux, on dirait que saint François est venu nous rendre visite.

La voix était jeune et ferme. Une femme robuste d'une quarantaine d'années.

— Vous êtes au bord de la mer?

— La mer? Grand Dieu, non. Nous sommes au centre de San Luis Elizario, la mer se trouve à quatre-vingts kilomètres. Racontez-moi ce qui est arrivé. Nous sommes littéralement abasourdies ici. Nous connaissions toutes si bien la pauvre Katie.

Carella expliqua qu'elle avait été assassinée, qu'on avait retrouvé son corps...

— Comment? le coupa-t-elle aussitôt.

— Etranglée. Dans un parc au cœur de la ville...

— Grover, dit sœur Carmelita.

— Oui. Vous êtes déjà venue ici?

— Très souvent.

— On l'a retrouvée pas très loin du 87e, en fait. Vendredi soir, le 21.

Carella ajouta qu'il avait parlé aux amies et collègues de travail de sœur Mary, à un prêtre, le père Clemente...

— De Notre-Dame-des-Fleurs.

— Oui.

— Un homme formidable.

... mais que jusqu'ici, les inspecteurs n'avaient aucune idée de la raison pour laquelle on l'avait assassinée. Peut-être avait-elle confié à sœur Carmelita Diaz quelque chose qui pourrait...

— Oh, appelez-moi Carmelita. J'ai toujours l'impression que si je dois me faire appeler « ma sœur » pour faire savoir que je suis religieuse, c'est que je ne parviens pas à transmettre le message de Jésus. On devrait comprendre qui je suis au premier coup d'œil.

— Le problème, c'est que je ne vous vois pas, moi...

— Je mesure un mètre soixante-deux, je pèse cinquante-cinq kilos, j'ai des cheveux bruns coupés court, des yeux marron. En ce moment même, je fume une cigarette assise au soleil dans un petit jardin devant mon bureau. Ce qui explique le raffut que font les oiseaux. Qu'est-ce qui vous fait penser que Kate cachait quelque chose ?

— Je n'ai pas dit ça.

— Mais il y a quelque chose qui vous tracasse. Quoi, inspecteur ?

— Okay, nous pensons que quelqu'un la faisait peut-être chanter.

Carmelita s'esclaffa et son rire sonore ramena dans l'esprit de Carella l'image d'une femme grande et forte dans un habit ample. Un mètre soixante-deux, se rappela-t-il.

— C'est absurde. Que peut-on espérer tirer d'une sœur ?

Echo de la remarque du lieutenant Peter Byrnes, merci.

— Des dettes, alors ? suggéra-t-il. Elle avait apparemment de gros soucis d'argent...

— Vous parlez de son budget ? De ce côté-là, elle s'est toujours plainte, j'en ai peur. Elle n'avait jamais assez d'argent à dépenser et me demandait toujours un petit supplément. « S'il vous plaît, Carmelita, laissez-moi acheter une bonne paire de chaussures une fois de temps en temps. » Le problème venait peut-être de ce qu'elle vivait à l'extérieur. Chaque sœur de l'Ordre reçoit une allocation diocésaine fixe, voyez-vous, dix mille dollars par an dans notre cas. La moitié de cette somme va à San Luis, pour faire vivre la maison mère et les sœurs en retraite ou malades. Le salaire de Kate était aussi versé ici. Comme infirmière auxiliaire, elle gagnait presque cinquante mille dollars par an. En retour, la maison mère lui donnait de quoi subvenir à ses besoins. Elle avait fait vœu de pauvreté, je vous le rappelle. Cela ne signifiait pas qu'elle devait mourir de faim, mais elle ne pouvait se permettre aucune extravagance.

— Donc ce n'était pas nouveau? Ces problèmes d'argent?

— Certainement pas. Pendant un moment, elle a géré elle-même son budget, cependant. Et quand on vit à l'extérieur, on acquiert une sorte d'indépendance.

— Qu'est-ce que vous voulez dire? J'avais cru comprendre qu'elle était religieuse depuis six ans. Ce n'est pas exact?

— Oh! si. Elle est entrée au couvent il y a six ans, elle a entamé sa formation, d'abord comme postulante... Vous connaissez le système, inspecteur?

— Pas trop, non.

— Dans *notre* ordre, je précise. Il y a beaucoup d'ordres de religieuses catholiques dans le monde et chacun d'eux a son propre mode de fonctionnement. Ce qui nous est commun, c'est notre dévotion pour le Christ. Quant au reste... mon Dieu, fit-elle (il l'imagina levant les yeux au plafond comme Annette Ryan). Les parents de Kate étaient opposés à ce qu'elle entre dans les ordres, et je pense qu'ils auraient eu une attaque s'ils l'avaient vue passer par ce que j'appelle notre camp d'entraînement...

C'est comme si Vatican II n'avait jamais eu lieu.

La maîtresse des postulantes est une sorte de virago qui porte l'habit comme une armure. C'est elle qui conduit la postulante Katherine Cochran à l'espèce de casernement où elle suivra une formation pendant quelques années avec dix-huit autres femmes. La pièce dans laquelle elle entre est austère à tous égards : sol de larges planches, murs de stuc blanc. Une petite fenêtre, percée haut dans le mur, donne sur un jardin où Kate entend les mêmes chants d'oiseau que sœur Carmelita expliquant la scène, six ans plus tard, à un policier qui se trouve à plus de cinq mille kilomètres. Un mince matelas recouvre un châssis sous un crucifix en bois. Il y a une chaise. Un rideau, qui ferme un placard muni d'une étagère et d'un cintre. Une table de toilette, avec un broc et une cuvette. Toute la nuit, Kate se demande si elle a bien fait, si elle *fait* bien. Elle entend une autre postulante ronfler doucement dans la cellule voisine, finit par s'assoupir.

Une cloche sonne, appelant à la prière les postulantes, les novices et les soixante-quatorze professes qui habitent la maison mère. Il ne fait pas encore jour. Derrière la lucarne de Kate, l'aube rosit le ciel. Ce soir, avant de se coucher, elle ira aux douches communes, au bout du couloir, mais pour le moment elle lave son visage, ses mains et ses aisselles avec un pain de savon blanc et l'eau froide du broc. Si, plus tard, elle pourra choisir elle-même la tenue décente qu'elle souhaitera mettre, pendant cette période de formation, elle porte l'habit traditionnel de l'ordre : une longue jupe noire, un T-shirt noir, des socquettes noires et des chaussures noires à semelle de caoutchouc. Sur la tête, un bonnet noir sur lequel elle drape le voile blanc. En silence, elle suit les autres le long d'un couloir aux murs blancs jusqu'à la chapelle, les mains jointes.

La maîtresse des postulantes, sœur Clare, se tient derrière l'autel et inspecte les jeunes femmes qui s'avancent, la tête et les yeux baissés.

— Seigneur, dit-elle, ouvre mes lèvres.

Les matines sont la première prière du jour.

L'emploi du temps de Kate est structuré autour de la prière.

Les sept heures canoniales.

Prime à six heures, tierce à neuf heures, sexte à midi. None est la prière de trois heures de l'après-midi. Les vêpres sont la prière du soir, et on dit les complies avant le coucher.

Structuré.

Ritualisé.

Ici, les règles sont strictes.

Bien que le nombre de femmes entrant dans les ordres chute régulièrement — la « promotion » de Kate ne comprend que dix-huit postulantes, contre cent quatre en 1965 —, la formation de l'OSMC n'a rien perdu en intensité. Les postulantes ne doivent parler ni aux novices de seconde année ni aux sœurs professes, qui ont toutes la cinquantaine ou la soixantaine. Elles n'ont pas le droit d'entrer dans la cellule d'une autre postulante, elles ne doivent pas enfreindre la règle du silence, elles ne doivent pas être en retard aux prières du matin. Elles ne doivent pas avoir de tête-à-tête avec une autre sœur. Elles ne doivent pas...

— Cela ressemble *beaucoup* à un camp d'entraînement, reconnaît Carmelita en riant. Mais elles apprennent à renoncer au monde matériel et à se concentrer sur leur être spirituel. Elles apprennent à se sacrifier dans la joie, car ceux qui suivent le chemin du Christ recevront au centuple.

Pour Kate, les six mois de postulat paraissent une éternité.

Quand enfin on lui demande si elle a bien la vocation, elle répond par l'affirmative.

— Vous sentez-vous prête à entrer dans une année de préparation spirituelle à vos premiers vœux ?

— Oui, ma sœur.

— Etes-vous prête à vous consacrer entièrement à l'apostolat ?

— Oui, ma sœur.

— A tout abandonner pour servir Notre Seigneur Jésus-Christ ?

— Oui.

— « Car Celui qui vêt les lis des champs et donne la pâture aux petits oiseaux se soucie infiniment plus des besoins de Ses épouses... »

On demande à Kate de choisir un nouveau nom.

Elle opte pour Mary, comme la mère du Christ, et « Vincent », qui est le prénom de son frère, mais aussi le nom d'un des saints de Dieu. Quand, plus tard, elle deviendra professe, elle pourra décider si elle souhaite continuer à porter le nom qu'elle a choisi au début de son noviciat. Mais au moment où débute son apprentissage de la Sainte Règle, des obligations des vœux et de la vie spirituelle, elle est sœur Mary Vincent.

Un an plus tard, juste avant de prononcer ses premiers vœux, elle annonce à sœur Carmelita qu'elle veut quitter l'ordre.

9

— On appelle ça un acte qualifié d'exclaustration, expliqua Carella.

— Ça fait penser à un truc porno, dit Brown.

— Une sorte de mise en congé du diocèse. En fait, Kate voulait une permission d'un an.

— C'est la Pingouin-chef qui te l'a dit?

— Hier soir au téléphone.

— Ça se fait, ça? « Hé, j'ai envie de passer un an à la maison, à plus tard, les sœurs! »

— C'est pas si facile. L'Eglise a des règles compliquées pour ce genre de chose. D'après Carmelita, l'exclaustration qualifiée n'est pas une punition, c'est une *faveur.* Elle a pour objectif d'aider une religieuse à surmonter une crise de la vocation, et on l'accorde uniquement quand il y a bon espoir de guérison.

— Ce qui veut dire qu'on pense qu'elle reviendra.

— Exactement. Carmelita en a discuté avec les membres de son conseil, et, toutes ensemble, elles ont cherché le meilleur moyen d'aider Kate. Qui était déjà devenue Mary Vincent, n'oublie pas. Je me demande pourquoi elle a choisi le nom de son frère.

— Elles ont le droit de prendre des noms d'homme?

— Carmelita dit qu'elles peuvent le faire du moment

que c'est un nom de saint. Tu crois qu'il y a des sœurs Pierre et Paul ?

— Dans un mausolée, des archéologues ont retrouvé un fossile. D'après la forme, et le renflement qu'il y avait au bout, ils ont pu établir que c'était le popaul de saint Pierre.

— Tu n'es pas vraiment croyant, toi, hein ?

— Tu crois ? fit Brown. Elle t'a dit quoi d'autre, la reine des cornettes ?

— Elle m'a dit, crois-le ou non, qu'elles n'ont pas cherché à retenir Kate mais à la soutenir, à l'aider à prendre la meilleure décision possible. Elle m'a dit que des tas de sœurs quittent l'ordre pour une raison ou une autre. Elles en ont marre, elles ne savent plus où elles en sont, elles tombent amoureuses, elles veulent faire le point.

— Et Kate ? Pourquoi elle est partie, elle ?

— Pour devenir chanteuse de rock.

Brown se tourna vers Carella. Les deux hommes étaient assis côte à côte dans le train de neuf heures vingt pour Philadelphie, arrivée prévue à la gare de la 30e Rue à dix heures quarante-deux. Avec leur costume-cravate, ils avaient l'air d'hommes d'affaires, à ce détail près qu'ils n'avaient pas emporté une brassée de journaux. Vincent Cochran savait qu'ils venaient, Carella l'avait prévenu le matin au téléphone.

— Chanteuse de rock, répéta Brown.

— Oui.

— Une bonne sœur qui chante.

— C'est comme ça qu'elle a commencé à s'intéresser à l'Eglise, rappelle-toi. Sa voix, un don de Dieu...

— Alors, elle voulait quitter l'ordre...

— Pour un an seulement. Prendre des leçons de chant, se faire engager par un groupe...

— Ça a dû beaucoup plaire à Carmelita, cette idée.

— En fait, elle a pris ça calmement. Elle a suggéré à Kate de voir un psy...

— Oh ouais, c'est calme, ça.

— ... de ne rien précipiter. Elle lui a exposé les avantages de l'exclaustration...

— On dirait toujours un truc porno.

— ... et ses inconvénients. Elle lui a expliqué qu'il y aurait des documents à signer si elle restait sur sa décision, et que l'ordre n'accepterait peut-être pas de la reprendre si elle revenait au bout d'un an.

— Je croyais que c'était un congé exceptionnel.

— Plus ou moins. Carmelita m'a fait l'effet d'une femme peu ordinaire, Artie. Une visionnaire, presque. D'après elle, si Kate croyait très fort à ce qu'elle voulait faire, c'était peut-être ce que *Dieu* voulait pour elle. Une vocation d'un autre genre. Et si c'était la volonté de Dieu, le rôle de Carmelita consistait à encourager Kate. Essayez, elle lui a dit. Si vous voulez vraiment devenir chanteuse...

— Chanteuse de *rock*?

— J'ai eu l'impression qu'elle aurait préféré l'opéra. Mais les voies de Dieu sont impénétrables...

— Alors, elle l'a laissée partir.

— Finalement, oui. Ça a pris quatre mois. Tout s'est passé à San Diego : apparemment, on doit régler l'affaire avec son diocèse d'origine. Kate s'est retrouvée seule, gérant son propre budget...

— Encore le fric.

— ... restant en contact avec le couvent, comme convenu.

— Elle est vraiment devenue chanteuse de rock?

— La dernière fois que Carmelita en a entendu parler, elle venait de signer un contrat avec un imprésario.

— Qui ?
— Elle ne sait pas.
— Ici ? A L.A. ?
— Elle ne sait pas.
— C'est l'un ou l'autre. Y a pas d'imprésarios ailleurs.
— En tout cas, ça n'a pas marché.
— Comment ça ?
— Elle est revenue frapper à la porte du couvent six mois après son départ. Elle a dit qu'elle avait vu la lumière, qu'elle voulait qu'on la reprenne.
— Elle devait être aux anges, la mère sup'.
— Tu penses. En juin dernier, Kate a prononcé ses vœux définitifs.
— Et maintenant elle est morte.
— Maintenant elle est morte, répéta Carella. On arrive.

Il était difficile de discerner un air de famille. Les inspecteurs n'avaient vu Kate qu'après sa mort, quand son visage commençait déjà à se boursoufler dans la chaleur de l'été. Vincent Cochran était un grand type mince avec les mêmes yeux bleus que Kate — mais ceux de la jeune femme étaient fixes et vitreux lorsqu'ils l'avaient vue pour la première fois —, les mêmes cheveux blonds — mais ceux de Kate étaient emmêlés après la lutte qui avait entraîné sa mort dans l'allée d'un parc. Cochran avait l'air aussi agacé que son ton au téléphone, la première fois qu'il leur avait parlé et raccroché au nez, la fois *suivante* aussi, le matin même, lorsqu'il avait finalement accepté de les voir s'ils venaient à Philadelphie. S'il avait accepté, c'était à cause des relevés téléphoniques que Carella était en train de lui montrer.

— Bell Atlantic nous les a envoyés ce matin, précisa l'inspecteur. Les relevés de Kate pour le mois passé.

— C'est ce que vous m'avez dit au téléphone, marmonna Cochran.

Il avait l'expression et la voix d'un enfant gâté pleurnicheur. Brown eut envie de lui botter les fesses.

— Votre sœur vous a appelé trois fois ces quinze derniers jours, fit-il observer.

— Et alors?

— Vous nous avez déclaré que vous ne lui parliez plus depuis quatre ans.

— Je ne voulais pas être mêlé au meurtre.

— Ben, maintenant, vous l'êtes. De quoi vous avez parlé?

— La première fois, de rien du tout. J'ai raccroché.

— Mauvaise habitude, commenta Carella.

— C'est une histoire de bonne sœur? C'est *moi* le comique, inspecteur.

— De quoi vous avez parlé la fois suivante? demanda Carella.

— D'argent.

Toujours le blé, pensa Brown.

— Mais encore? dit-il.

— Elle voulait m'emprunter deux mille dollars.

Un chantage, pensa Carella. C'est *forcément* un chantage.

— La même histoire que quatre ans plus tôt, poursuivit Cochran. Elle m'avait téléphoné dès sa sortie du couvent pour m'annoncer qu'elle était dans l'Est et qu'elle voulait me voir. Je lui ai demandé si c'était fini avec ses putains de bonnes sœurs, et elle m'a dit que oui. Alors elle est venue à Philly et, d'entrée, elle m'a tapé de *quatre mille* dollars. Pour redémarrer, elle disait. Moi, comme un idiot, je les lui ai donnés. Six mois plus tard, elle retournait au bercail, faire *pénitence*, je suppose. Il y a deux *semaines*, elle me téléphone. Pas un mot en quatre ans mais la revoilà. « Salut, Vince chéri, je peux t'emprunter deux mille dollars, ce coup-ci ? » Sans faire allusion aux quatre mille qu'elle ne m'avait jamais remboursés ! Devait pas y avoir au monde de bonne sœur plus gonflée !

— Elle a indiqué pourquoi elle avait besoin de cet argent ?

— Je ne lui ai pas demandé. J'ai raccroché.

— Mais elle a rappelé.

— Ouais. Quelques jours plus tard. « Vincent, je t'en supplie, j'ai désespérément besoin de cet argent, j'ai de gros ennuis, Vince, je t'en prie, je t'en prie. » (Cochran soupira.) J'ai refusé. Je lui ai demandé pourquoi elle n'était pas venue à l'enterrement de nos parents. Elle ne connaissait pas la route de la Pennsylvanie ?

— Elle n'était peut-être pas au courant, monsieur Cochran.

— Alors, Dieu aurait dû lui envoyer un messager.

— Vous avez donc refusé de lui prêter cet argent.

— J'ai refusé.

— Elle a précisé quel genre d'ennuis elle avait ?

— Vous essayez de me culpabiliser ?

— Non, nous essayons de trouver celui qui l'a tuée.

— Vous insinuez qu'elle a été assassinée parce que je lui ai refusé les deux mille dollars ?

— Nous ne savons pas pourquoi on l'a tuée, monsieur Cochran. Vous venez de dire qu'elle avait de gros ennuis. Si nous découvrons quel genre d'ennuis...

— Elle avait l'air... je ne sais pas. Elle n'arrêtait pas de parler du passé et du présent, du passé affectant le présent, tout un tas de fadaises religieuses. Elle m'a dit qu'elle prierait pour moi, et j'ai répondu qu'elle pouvait prier pour que je récupère les quatre mille dollars que je lui avais prêtés quatre ans plus tôt. Elle a dit... (Cochran secoua la tête.) Elle a dit « Je t'aime, Vince » et elle a raccroché.

Silencieux, ayant l'impression d'empiéter sur ce qui était essentiellement une réflexion privée, les deux policiers lui accordèrent un moment de répit, puis Carella revint à la charge :

— Elle vous a parlé d'une lettre qu'elle aurait reçue?

— Non.

— D'une décision qu'elle aurait prise récemment?

— Non. Elle a simplement dit qu'elle avait de gros ennuis et qu'il lui fallait deux mille dollars.

— Elle n'a pas précisé pour quoi?

— Non, répondit Cochran, qui secoua de nouveau la tête. Quel problème une *religieuse* peut bien avoir, vous le savez, vous? Son problème, c'était d'être une bonne sœur, pour commencer. C'était ça son problème.

Il y eut un nouveau silence embarrassé.

— Avant, dans mon numéro, je racontais plein d'histoires de bonnes sœurs, reprit-il. C'était ma façon de me venger. Tous les soirs, une nouvelle histoire de bonnes sœurs. Il doit bien y en avoir un millier au répertoire. Même quand elle a quitté le couvent, j'ai continué. C'était comme si je savais qu'elle y retournerait un jour. J'espérais que c'était fini pour de bon et qu'elle reviendrait bientôt à la maison, mais, au fond de moi, je savais sûrement qu'elle n'avait pas vraiment tiré un trait. Le jour où j'ai appris qu'elle était retournée là-bas, j'ai pensé : A quoi bon? Le soir même, j'ai arrêté les blagues de bonnes sœurs. Je n'en ai plus raconté une seule depuis. Parce que, vous voyez, Kate était la plus énorme de toutes les histoires de bonnes sœurs qu'on puisse raconter.

Cet après-midi-là, les événements se précipitèrent.

Et les éléments : d'abord, il se mit à pleuvoir.

Il n'avait pas plu depuis près de deux semaines et l'orage qui éclata sur la ville à trois heures et quart semblait déterminé à regagner le temps perdu. Des gouttes grosses comme des melons — du moins, certains vieux habitants l'affirmèrent — tombèrent du ciel noir, criblant les trottoirs, éclaboussant et aspergeant, clapotant et gargouillant jusqu'à ce que les gouttières et les conduites débordent comme le baquet de *L'Apprenti Sorcier* devant le pauvre Mickey affolé. Une pluie implacable. Qui rendait tout le monde content de ne pas être dehors, même les flics.

En particulier Brown et Carella qui, à leur arrivée au 87ᵉ, trouvèrent un fax d'un médecin nommé George Lowenthal déclarant qu'il avait pratiqué une opération de chirurgie esthétique sur une certaine Katherine Cochran, au mois d'avril, quatre ans plus tôt.

Contents aussi, Meyer et Kling. L'adresse et le numéro de téléphone que Marilyn Monroe avait donnés au prêteur sur gages étaient — ô surprise — bidon. Mais après avoir essayé les six « M. Monroe » des annuaires de la ville, dont aucun n'avait Marilyn pour prénom, ils eurent l'idée brillante que la femme s'appelait peut-être Munro ou Munroe, variantes orthographiques de Monroe. Les cinq annuaires leur livrèrent trois « M. Munro » et quatre « M. Munroe ». Ainsi qu'une « M.L. Munro » à Calm's Point, de l'autre côté du pont.

Meyer appela la compagnie de téléphone, qui leur fournit les prénoms correspondant aux initiales de leurs abonnés. Pas de surprise, quatre de ces M correspondaient à Mary, deux remplaçaient Margaret et un seul s'était substitué à Michael. Il n'y avait pas une seule

Marilyn… mais la M.L. Munro de Calm's Point avait pour prénom Mary Lynne.

— Putain ! s'exclama Meyer.

Une ville de ponts.

Isola était une île — son nom même signifiait « île » en italien — reliée par des ponts, sur l'un de ses flancs, au reste de la ville, et sur l'autre flanc à l'Etat voisin. De tous les ponts enjambant les eaux de la ville, celui de Calm's Point était le plus beau. Les gens écrivaient même des chansons sur Calm's Point Bridge. Sur les joies simples qu'on découvrait de l'autre côté de Calm's Point Bridge. Le ciel sur lequel se profilait le pont cet après-midi-là à quatre heures était un lavis doré, la ville semblant propre et neuve après le soudain orage. Ils roulaient fenêtres baissées, inspiraient de grandes goulées d'air sentant le frais. Les câbles dégouttaient encore d'eau de pluie. La River Dix miroitait dans le soleil de fin d'après-midi. Il y avait parfois des jours comme ça dans cette ville, l'été.

La compagnie de téléphone leur avait communiqué l'adresse de Mary Lynne Munro, mais ils n'avaient pas appelé pour prévenir de leur visite parce que cette dame avait mis au clou un objet volé et ne serait peut-être pas ravie de les voir. Ils ignoraient ce qu'ils allaient trouver derrière la porte de l'appartement 4C. La chevalière syrienne n'avait pas été volée dans l'appartement des Cooper où Cookie Boy — ou tout au moins quelqu'un ayant laissé tomber des miettes de cookie aux pépites de chocolat — avait peut-être assassiné une ménagère de quarante-huit ans et un garçon livreur de seize. Mais elle avait disparu d'un appartement où le cambrioleur avait laissé en partant, sur un oreiller de la chambre, une petite boîte blanche de cookies aux pépites de chocolat. Donc *si* la femme qui avait engagé la bague connaissait l'homme qui l'avait volée, et *si* cet homme était en fait Cookie Boy, et *si* Cookie Boy était en fait le meurtrier de deux personnes retrouvées dans un autre appartement qu'il avait cambriolé, il fallait être prudent. Beaucoup de « si », reconnaissons-le, mais en approchant de la porte, ils n'en dégainèrent pas moins leur arme et se préparèrent au pire.

Le pire se matérialisa sous la forme de la femme que Manny Schwartz leur avait décrite la veille, un mètre soixante, cinquante-cinq kilos, cheveux bruns, yeux marron, vêtue d'un jean et d'un T-shirt, les pieds nus. Les inspecteurs tenaient encore leur arme réglementaire à la main quand elle ouvrit la porte. Ils avaient décliné leur identité de policiers mais M.L. Munro ne s'attendait pas à voir des flingues et faillit refermer aussitôt.

— Tout va bien, madame, la rassura Meyer, parcourant rapidement la pièce du regard. (Il gardait son arme à la main et ne la rengainerait qu'une fois sûr que la femme était seule.) Il y a quelqu'un avec vous?

— Non, répondit-elle. Pourquoi vous jouez du pétard comme ça?

— On peut entrer? demanda Kling.

— Montrez voir vos papiers.

Les deux hommes inspectèrent la pièce, tendirent l'oreille. Ils ne virent rien, n'entendirent rien. Meyer tira de sa poche sa plaque et sa carte d'identité, que Mary Lynne examina attentivement. Les inspecteurs étaient restés dans le couloir, devant la porte de l'appartement en rez-de-jardin, à Calm's Point, dans un quartier agréable et tranquille. Personne ne s'attendait à y voir débouler des flics le flingue à la main.

— Vous cherchez qui? demanda-t-elle.

— On peut entrer? répéta Kling.

— Non. Pas avant que vous m'ayez expliqué de quoi il s'agit.

— Vous avez engagé une bague volée, madame, dit Meyer. Nous voulons savoir d'où elle vient.

— Oh, fit-elle. C'est *ça*. Entrez, je suis toute seule.

Elle s'écarta pour les laisser passer et ils se déployèrent dans l'appartement, l'arme à la main, il fallait faire gaffe. Ça devait lui paraître ridicule, à cette femme, deux adultes jouant aux cow-boys comme à la télé. Ils se foutaient d'avoir l'air idiots, ils ne pensaient qu'à éviter de s'en prendre une en pleine tête.

— On peut jeter un coup d'œil? dit Meyer.

— Touchez à rien.

— Vous êtes Mary Lynne Munro?

— Oui.

Ils firent le tour de l'appartement...

— On peut ouvrir cette porte?

... s'assurèrent qu'elle était bien seule et remisèrent alors seulement leur arme pour porter leur attention sur la femme qui s'était rendue dans la boutique de Schwartz.

— C'était un cadeau, cette bague, lâcha-t-elle tout d'un coup. Si tant est que ça vous regarde.

— Un cadeau de qui?

— D'un mec que j'ai rencontré. Pourquoi? C'est une sorte de voleur?

— C'est une sorte de voleur, oui, confirma Meyer. Comment il s'appelle?

— Arthur Dewey.

— Où il habite?

— Je sais pas.

— Il vous a offert une bague de douze mille dollars et vous ne sav...

— *Douze* mille ? Ce salaud de Juif m'en a donné seulement trois !

Remarque qui ne la rendit pas particulièrement sympathique à Meyer. Quand il était gosse, des gamins irlandais le coursaient dans les rues en scandant « Meyer Meyer, Juif à la chaudière ! »... Cela ne plut pas davantage à Kling, qui déclara :

— Mon collègue est juif.

— Et alors ?

— Alors, surveillez votre langage.

— Oh ! vous voulez dire que ce fumier de prêteur n'est pas juif ?

— Ne tirez pas trop sur la ficelle, l'avertit Meyer. Comment se fait-il que vous ne sachiez pas où vit ce type ?

— Parce que je l'ai rencontré dans un bar, voilà pourquoi.

— Quand ?

— Y a une quinzaine de jours.

— Vous le rencontrez dans un bar et il vous offre une bague de douze mille dollars ?

— Pas dans le bar.

— Où, alors ?

— Ici même.

— Il vous a donné la bague que vous avez mise au clou l'autre jour ?

— Je pouvais pas la porter, elle est trop grande pour mes doigts.

— Pourquoi il vous l'a donnée ?

— Je pense qu'il a été ébloui par ma beauté.

— Ah bon ?

— Qu'est-ce que vous faites dans la vie, mademoiselle Munro ?

— Pour le moment, je suis au chômage.

— Quand vous n'êtes pas au chômage, qu'est-ce que vous faites ?

— Toutes sortes de boulots.

— Ça remonte à quand, le dernier ?

— Ça remonte à loin.

— Quand ?

— Y a deux ans, environ.

— Vous faisiez quoi ?

— Je travaillais dans un Burger King.

— Et depuis ?

— C'est quoi, toutes ces questions ?

— Nous essayons de savoir pourquoi un inconnu vous a fait cadeau d'une bague de douze mille dollars.

— Je pense qu'il devait pas connaître sa valeur. Pour tout vous dire, ça m'a surprise quand le Juif m'en a offert trois mille. Je croyais qu'elle valait cinq cents maxi, comme il avait dit.

— Comme avait dit qui ?

— Arthur. Si c'est bien son nom.

— Qu'est-ce qui vous fait croire que ça ne l'était pas ?

— J'en sais rien. Je rencontre pas beaucoup d'hommes qui me disent leur vrai nom.

— Vous racolez, mademoiselle Munro ?

— Ciel, vous m'avez percée à jour.

— Et il vous a filé la bague en paiement de vos services, c'est ça ?

— Superflic.

— Vous avez déjà été arrêtée ?

— Jamais. Vous allez me boucler ?

— Arthur — si c'est bien son nom —, il vous a dit que la bague était volée ?

— Vous me l'auriez dit, vous ?

— Je vous demande ce qu'il a fait, *lui*.

— Non, il l'a pas dit.

— Il a dit comment il était entré en possession de cette bague?

— Allons, inspecteur...

— Il vous l'a dit ou pas?

— Bien sûr que non.

— Quand vous avez engagé cette bague...

— Ouais, je sais.

— Vous avez déclaré à Mr Schwartz que c'était un bijou de famille dont vous deviez vous séparer parce que vous aviez perdu votre portefeuille avec tout votre argent et vos cartes de crédit. C'est exact?

— Dans un taxi, j'ai dit.

— Pourquoi?

— Qu'est-ce que je pouvais raconter? Qu'un client me l'avait filée en échange d'une pipe extra?

— C'est pour ça qu'il vous l'a donnée?

— Extra, je sais pas, mais on dit que je suis plutôt bonne. Quand j'ai annoncé le tarif, deux cents dollars, il a dit qu'il me donnerait une bague en or qui en valait cinq cents. Je l'ai regardée, j'ai pensé qu'elle en valait peut-être trois, quatre cents. Et on a fait l'échange.

— Vous n'avez pas pensé qu'elle pouvait avoir été volée.

— Pourquoi j'aurais pensé ça?

— Un type qui trimballe une bague ancienne dans sa poche...

— Pas dans sa poche, il l'avait au doigt.

— Il l'a enlevée de son doigt?

— Avant qu'on commence, ouais.

— Et ensuite?

— Un coup de chapeau et au revoir.

— Il portait un chapeau?

— Non, c'est juste façon de parler.

— Qu'est-ce qu'il portait?

— Comment je pourrais me souvenir de ça?

— Vous n'avez rien remarqué de spécial : une cicatrice, un tatouage, une tache de vin...?

— Vous enquêtez sur quoi? La bite à Clinton?

— Aucun signe particulier?

— Il lui manquait un doigt à la main droite. Je l'ai vu quand il a enlevé la bague.

— Quel doigt?

— Le petit. Ça avait quelque chose d'écœurant.

— Merci, mademoiselle Munro.

Le silence se fit tout à coup. Leur brève rencontre était finie, il n'y avait plus rien à dire. Comme si elle venait d'en terminer avec deux clients et qu'elle leur montrait la porte.

— Fait bon après la pluie, hein? dit-elle, presque à regret.

La salle d'attente du docteur George Lowenthal était pleine de femmes quand Carella et Brown y arrivèrent, sur les coups de quatre heures de l'après-midi. Le cabinet se trouvait dans Stoner, juste derrière Jefferson Avenue, quartier à loyers élevés et taux de criminalité bas, dans le centre-ville. Les clientes levèrent vers eux des regards curieux : deux hommes dans un lieu réservé normalement aux femmes. L'une d'elles, coiffée d'un chapeau vert, les dévisagea tandis que les autres replongeaient dans *Vogue* et *Cosmopolitan*. Les inspecteurs se présentèrent à la réceptionniste, la dame au chapeau vert continuant à les fixer. Elle les fixait encore dix minutes plus tard quand ils furent introduits dans le bureau du médecin.

Lowenthal était un homme d'une cinquantaine d'années aux cheveux grisonnants et aux yeux pâles. Il avait l'air fatigué. Comme s'il venait d'achever une opération délicate, ce qui n'était pas le cas. Derrière lui, les stores baissés masquaient le soleil bas sur l'horizon. Devant lui, le dossier de Kate Cochran, ouvert sur le bureau.

— Je me souviens très bien d'elle, dit-il. Elle avait un peu l'air d'une enfant abandonnée, avec une sorte de naïveté hors de ce monde. Pour être tout à fait franc, je n'essaie pas souvent de dissuader une femme de se faire opérer pour avoir de plus gros seins. C'est son corps, après tout. Si elle vit mal avec ce qu'elle a et qu'elle souhaite changer, c'est son problème, pas le mien. Mon travail consiste à satisfaire les envies des patientes. Mais Kate...

Il s'interrompit pour chercher ses mots, reprit :

— Disons que son corps me paraissait parfaitement adapté à ses manières douces et enfantines. D'après le dossier, elle avait vingt-trois ans, mais elle en faisait quatorze.

— Elle vous a dit qu'elle était religieuse ?

— Religieuse ? Non.

— Sœur Mary Vincent ?

— Non. Ça alors !

— Ouais, elle était bonne sœur, dit Brown.

— En congé exceptionnel quand elle est venue vous voir, ajouta Carella.

— Je l'ignorais.

— Nous essayons de raccorder présent et passé, docteur. Si vous voyez quoi que ce soit qui pourrait nous aider...

— Quoi, par exemple ?

— Eh bien... D'après le rapport du médecin légiste, ce n'était pas une opération de chirurgie réparatrice. C'est exact ?

— Oui. C'était strictement esthétique. Après une mastectomie, nous insérons la coquille derrière le muscle pectoral et devant les côtes. Mais les implants de Kate étaient sous-glandulaires, ce qui signifie que la coquille est placée derrière les tissus mammaires et devant le muscle pectoral. Nous pratiquons une petite incision, généralement dans le pli, sous chacun des seins. Avec des implants à solution saline... c'était une solution saline, le gel à la silicone a été interdit en 1992.

— C'est ce qu'on nous a dit.

— Avec des implants à solution saline, nous insérons l'enveloppe vide et nous la remplissons quand elle est en place. Cela nous permet d'ajuster la taille. Kate ne voulait pas des seins énormes. Certaines femmes, si, vous savez. Les implants mammaires occupent le troisième rang parmi les opérations de chirurgie esthétique les plus courantes aux Etats-Unis. Pour Kate...

— C'est quoi, les deux autres ? voulut savoir Brown.

— Liposuccion en premier, ensuite opération de la paupière.

— Les femmes font de ces trucs, soupira Brown en secouant la tête.

— Pour *nous*, généralement, répondit Lowenthal avec un sourire un peu triste. Nous posons quelque cinquante mille implants à solution saline par an dans tout le pays. Avant l'interdiction de la silicone, et la peur du cancer qui l'a motivée, nous faisions deux, voire trois fois plus d'implants. Les Américaines sont soumises à de très fortes pressions. Elles voient tous ces top models dans les magazines, à la télévision, et elles s'imaginent que c'est ce que veulent les hommes. Peut-être est-ce ce que nous voulons. Je ne me pose pas vraiment la question. Mon travail consiste à satisfaire les envies des patientes... (Deuxième fois, pensa Carella.) Kate s'est fait opérer pour des raisons professionnelles, bien sûr. Elle voulait des seins qui... qui fassent plus femme qu'adolescente.

— Combien ça lui a coûté ? demanda Brown.

— Je ne me rappelle pas ce que les fabricants prenaient à l'époque. C'était il y a quatre ans. Je crois que Mentor et McGhan sont restés les seuls sur le marché après que le couperet est tombé. Il fallait probablement compter trois, quatre cents dollars pour une paire d'implants. Quant à mes honoraires, ils n'ont pas changé.

— C'est-à-dire, docteur ?

— Trois mille dollars.

C'est pour ça qu'elle avait taxé son frère de quatre mille tickets, pensa Brown.

— Je dois dire qu'elle était assez contente des résultats, dit Lowenthal. Elle n'arrêtait pas de les toucher. Comme la plupart des femmes, d'ailleurs. Elles sourient, elles les touchent. C'est remarquable.

Il hésita un moment, le front plissé, avant d'ajouter :

— Il y a quelque chose que je ne comprends pas.

— Oui ?

— Elle est retournée au couvent ?

— Oui. Au bout de très peu de temps.

— Alors, ça explique tout. Elle voulait être chanteuse, vous savez. C'est pour cette raison qu'elle s'est fait opérer. Pour avoir le bon look sur scène. Elle avait déjà un agent — en fait, c'est Herbie qui me l'avait envoyée...

— Herbie comment ? demanda aussitôt Carella.

10

Herbie Kaplan officiait au douzième étage de la tour Krimm, 734 Stemmler Avenue, dans le district Midtown North. A dix heures du matin, ce vendredi-là, l'ascenseur était bondé d'auteurs, de compositeurs, de musiciens et d'agents parlant tous un langage mystérieux que ni Carella ni Brown ne comprenaient. Le bureau de Kaplan se trouvait tout au bout d'un couloir où s'alignaient des portes dont le panneau inférieur était en bois et la partie supérieure en verre dépoli. De toutes s'échappaient des accords de piano et des voix de chanteur. Cette cacophonie rappela à Carella les répétitions d'une représentation d'*Annie* à l'école primaire, dans laquelle sa petite fille chérie avait joué le rôle de la méchante Miss Hannigan, et son superbe fils celui de Papa Warbucks. Derrière les portes fermées des salles de classe, les gosses chantaient d'une voix bêlante « Tomorrow » et « A Hard Knock Life », fermement accompagnés par les professeurs de musique. La porte de Kaplan portait l'inscription *Agence artistique HK.* Carella frappa, tourna le bouton ; Brown le suivit à l'intérieur.

Ils se retrouvèrent dans un petit hall tapissé d'affiches de spectacles de Broadway, probablement ceux qui faisaient appel aux artistes de l'agence artistique HK. A gauche, des fenêtres ouvertes donnaient sur Stemmler Avenue et le bruit de la circulation. Face à la porte, il y avait un bureau, et, derrière, une blonde, le téléphone à l'oreille. Elle leva les yeux quand les policiers entrèrent puis poursuivit sa conversation. Ils attendirent. Elle finit par raccrocher et leur lança :

— Bonjour, vous désirez ?

— Inspecteurs Carella et Brown, dit Carella. Nous avons rendez-vous avec Mr Kaplan.

— Oui, bien sûr, une seconde...

La blonde reprit le téléphone, appuya sur un bouton, écouta, annonça « Les flics sont là », écouta de nouveau puis reposa l'appareil sur son socle.

— Allez-y, entrez, leur dit-elle, désignant d'un mouvement de tête une porte située à droite de son bureau.

Herbie Kaplan devait avoir quarante-cinq ans environ. Courtaud, le visage pas désagréable, les cheveux et les sourcils roux, il était assis derrière son bureau, en manches de chemise et gilet. Il se leva à l'entrée des inspecteurs, les gratifia d'un « Salut, comment ça va ? », leur indiqua deux chaises d'un grand geste. Ils s'assirent. Derrière l'agent, des fenêtres s'ouvraient sur une rue latérale. Sur le mur, à gauche, au-dessus d'un piano droit, on avait accroché des partitions encadrées, œuvres, probablement, de clients d'HK.

— J'aurais dû vous passer un coup de bigo dès que j'ai vu sa photo dans le journal, je sais, reconnut Kaplan. Mais je me suis dit : Une *bonne sœur* ? Katie Cochran bonne sœur ? Enfin, vous m'avez trouvé, de toute façon, hein ? Une semaine plus tard, mais vous m'avez trouvé, alors, tout va bien, finalement. Vous voulez boire quelque chose ? Un café ? Un verre ?

— Non, merci, déclina Carella.

— Monsieur Kaplan, dit Brown, nous croyons savoir

que vous avez envoyé Kate à un chirurgien nommé George Lowenthal, c'est exact ?

— Ouais, je lui envoie des tas de clientes. Les nénés et les miches, hein ? C'est ce qui compte avant tout.

— Dites-nous comment vous avez fait la connaissance de Kate.

— Elle a débarqué dans mon bureau, comme ça. C'était quoi ? y a quatre ans. Mignonne comme tout, elle avait vingt-trois balais, on lui en donnait treize, quatorze. Une voix incroyable. A l'époque, j'avais un pianiste pour les auditions, Frank DiLuca, il est mort depuis. Elle a chanté deux tubes de Janis Joplin, vous connaissez « Cry Baby » ? « Me and Bobby McGee » ?

— Non, répondit Carella.

— Oui, répondit Brown, qui regarda son collègue.

— Elle a crevé le plafond. Incroyable, répéta Kaplan. Cette voix puissante sortant d'une gamine qui avait l'air d'une réfugiée de guerre. Elle m'a dit : « Je veux être chanteuse de rock, est-ce que vous pourriez me faire engager par un bon groupe ? » Elle pensait à des groupes comme R.E.M, Stone Temple Pilots ou Alice in Chains — tiens, sûrement. Je lui ai dit qu'elle devait d'abord prendre un peu de poids et s'acheter une paire d'ananas. Elle a voulu savoir combien ça coûterait, j'ai répondu trois, quatre mille, avec un docteur que je connais. Alors, elle m'a demandé — vous allez tomber raides —, elle m'a demandé si je pouvais pas lui faire l'avance, le temps qu'elle devienne une rock star. Je lui ai dit : « Va voir ailleurs, petite. » Deux semaines plus tard, elle revient avec quatre mille balles, elle me demande le nom du docteur. Je l'ai envoyée à Georgie, lui et moi, on a été au lycée ensemble, à Majesta. Il fait du très bon travail. Quand elle s'est repointée ici, elle portait un sweater moulant, pas de soutif, je lui ai dit : « *Maintenant*, on peut parler. »

On a changé son nom et j'ai commencé à m'occuper d'elle.

— Vous l'avez changé en quoi ?

— *Katie* Cochran. C'était mieux que Katherine ou Kate.

— Vous lui avez trouvé un groupe ?

— Vous devez comprendre que c'est rare qu'un groupe rock ait besoin d'un chanteur ou d'une chanteuse. Très rare. Ces jeunes commencent au complet, tout le monde est déjà en place, y compris le chanteur. Ils composent eux-mêmes leur musique, ils gravent un CD de démonstration, ils essaient de le faire passer sur des chaînes de radio locales, dans l'espoir de décrocher un gros contrat avec une maison de disques. De temps en temps, ça arrive que quelqu'un soit remplacé, comme Pete Best par Ringo Starr. Mais c'est rare. Très rare. Le vrai coup de chance, c'est que je représentais à l'époque un groupe dont la chanteuse avait décroché pour se marier parce que son mec l'avait mise en cloque. Les Racketeers.

— Les Racketeers ? fit Brown.

Il n'avait jamais entendu parler d'eux. Il connaissait tous les groupes rock qui avaient fait un disque, mais pas les Racketeers.

— Plus tard, ils sont devenus Accord 5, ajouta Kaplan.

Brown n'avait jamais entendu parler non plus d'Accord 5.

— Vous savez, je vois passer ici des jeunes qui s'appellent Vomi Vert, ils trouvent ça cool. Vous auriez envie de danser sur Vomi Vert, vous ? Les rappeurs, c'est autre chose, ils trouvent classe de s'appeler 4Q2[1]. Il

1. Qu'on peut transcrire en « Fuck you too », « Moi aussi je t'emmerde ». *(N.d.T.)*

m'arrive de regretter de plus faire dans le rag, je peux vous le dire.

— Qu'est-ce qui s'est passé ? demanda Carella.

— Ce qui s'est passé ? Vous voulez dire, est-ce que Katie Cochran est devenue une star du rock ? Vous savez bien que non. Elle a fini bonne sœur.

— Je veux dire avec Accord 5.

— Oh. Une heureuse coïncidence, comme on dit. Katie cherchait un groupe, ils cherchaient une chanteuse. Les gars, je vous présente Katie Cochran. Katie, les Racketeers. Qui prendraient bientôt le nom d'Accord 5. Ça accroche, non ?

Brown ne trouvait pas que ça accrochait.

— Donc elle est entrée dans le groupe, résuma-t-il.

— Accord 5, ouais. Ils étaient *cinq*.

— Et ensuite ?

— Je les ai envoyés à un agent qui s'occupait d'engagements.

— Et... ?

— Il leur a trouvé des engagements.

— Qui c'était ?

— Un nommé Hymie Rogers, aucun lien de parenté avec Richard Rodgers. Ni même avec Buck Rogers. Il est mort, maintenant.

— Vous vous rappelleriez le nom d'un des membres du groupe ?

— Je me les rappelle tous. Les adresses et les numéros de téléphone, c'est autre chose. Voyez avec le syndicat des musicos.

La femme qui répondit au numéro que le syndicat des musiciens leur avait donné se présenta comme la mère d'Alan, Adelaide Figgs. Lorsque Carella lui demanda s'il pouvait parler à son fils, s'il vous plaît, il y eut un long silence sur la ligne.

— Alan est mort, dit-elle enfin.

Des mots glaçants, non seulement parce que la femme avait une voix sépulcrale mais parce qu'ils faisaient surgir l'horrible possibilité que quelqu'un était en train d'éliminer méthodiquement les membres d'Accord 5. Carella n'avait vraiment pas besoin d'un meurtrier en série. Il laissait ça aux autres inspecteurs. Lui-même pouvait compter sur les doigts d'une seule main tous les tueurs en série qu'il avait rencontrés au cours de sa carrière.

— Je suis navré, dit-il.

— Il est mort le mois dernier.

Ce qui renforçait l'hypothèse d'un assassin s'en prenant aux membres du groupe, l'un après l'autre. Par pitié, ne me dites pas qu'il a été étranglé, supplia-t-il *in petto*. Le silence se prolongea et il crut un moment que la communication avait été coupée.

— Madame Figgs ?

— Oui ?

— Comment est-il mort ?

— Du sida.

Homo, pensa-t-il.

— Il était homosexuel, dit-elle, confirmant sa supposition.

Cette courte phrase était chargée d'une telle amertume qu'il n'osa pas poursuivre.

— Excusez-moi de vous avoir dérangée.

— Y a pas de dérangement, murmura-t-elle avant de raccrocher.

Sal Roselli arrosait sa pelouse quand ils le trouvèrent. Petit brun bouclé maigre et nerveux, vêtu d'un short et d'un débardeur, il aspergeait son gazon d'un air heureux, les pieds nus.

— Je pourrais brancher le tourniquet mais j'aime manier le tuyau, expliqua-t-il. C'est freudien, je suis sûr.

La pelouse s'étendait derrière une maison de lotissement de Sand's Spit, près de l'aéroport. Il avait fallu une demi-heure aux inspecteurs pour s'y rendre, dans une circulation fluide, et il était un peu moins de midi. La température recommençait à monter. L'eau crachée par le tuyau d'arrosage les fit penser à la pluie de la veille, pourvu qu'il pleuve encore aujourd'hui.

— Vous avez eu mon numéro par le syndicat, hein?

— Oui.

— Ils ont dû croire que c'était pour un boulot.

— Non, ils savaient qu'on était de la police.

— Alors, comme ça, Katie est morte, hein?

— Vous n'étiez pas au courant?

— Non. Je l'ai appris quand vous m'avez téléphoné. C'est quelque chose, hein? Les autres savent?

— Nous ne leur avons pas encore parlé, répondit Brown.

— La dernière fois que je les ai vus, c'était à l'enterrement d'Alan. Il est mort le mois dernier, vous le saviez?

— Oui.

— Du sida. Ça ne m'étonne pas. J'ai toujours pensé qu'il penchait de ce côté-là. Enfin, on était tous à l'enterrement. Sauf Katie, bien sûr. Dieu seul savait ce qu'elle était devenue. Et d'un seul coup, la revoilà. Morte. Religieuse. C'est difficile à croire.

— Vous l'aviez vue quand pour la dernière fois?

— Quand le groupe s'est séparé. Il y a quatre ans? Juste après la fin de la tournée. Elle nous a annoncé qu'elle laissait tomber. On a fait un petit dîner d'adieu et elle est partie.

— Vous saviez qu'elle réintégrait son ordre ?

— Je savais même pas qu'elle y était entrée. J'ai pensé qu'elle retournerait peut-être à Philadelphie. Elle avait un frère là-bas, il avait hérité un paquet quand les parents étaient morts dans un accident de voiture.

— C'est la dernière fois que vous l'avez vue.

— Oui. Y a quatre ans, quelque chose comme ça.

— Et les autres membres du groupe, le mois dernier...

— Oui. C'était vraiment triste. Je me suis rendu compte à quel point Accord 5 me manquait. Ce groupe... D'abord, y avait pas de leader. Comme les Beatles, vous voyez ? Tout le monde occupait la même place sur l'affiche. Davey à la batterie, moi aux claviers, Alan à la guitare, Tote à la guitare basse. Davey Farnes, Alan Figgs et Tote Hollister. Des noms à la Dickens, sauf moi. Tote, c'était le diminutif de Totobi, ce qui n'est pas précisément dans le style des *Grandes Espérances* non plus. Il est noir, mais vous devez le savoir...

— Non.

— Noir, oui. Ça nous a posé quelques problèmes dans le Sud, mais c'est une autre histoire. En fait, il s'appelait Thomas. Thomas Hollister. Totobi, c'était sa façon d'essayer de retrouver ses racines. Pour vous dire la vérité, le groupe était plutôt quelconque, un simple « garage band [1] » cent pour cent américain — jusqu'à l'arrivée de Katie...

« Vous dites The Supremes, vous pensez à Diana Ross, vous dites The Mamas and The Papas, vous pensez à Mama Cass ; vous dites Big Brother and The Holding Company, vous pensez à Janis Joplin. Vous prononcez les

1. Groupe qui, faute de moyens, répète et enregistre dans un garage, ce qui donne un son très particulier qu'on a par la suite essayé de recréer en studio. *(N.d.T.)*

mots Accord 5, et une fois retombés les applaudissements frénétiques et l'hystérie incontrôlable, vous pensez à Katie Cochran. Vous connaissez la scène, c'est devenu un cliché : la chanteuse entame sa chanson, tout le monde arrête de se balancer. Bouches bées, mâchoires pendantes, même les dieux sont stupéfaits. Ou stupéfiés ? Bon, peu importe...

« C'est ce qui s'est passé la première fois qu'elle est entrée à l'Oriental, là où on répétait. Vous savez, les studios à la sortie de Langley ? On lui aurait donné seize ans, elle aurait pu être la petite sœur de n'importe lequel d'entre nous. Herbie Kaplan nous l'avait envoyée, il nous représentait, à l'époque, on s'appelait encore les Racketeers. Elle nous a interprété « Satisfaction » en donnant du vieux tube des Stones une version dont le vieux Mick n'aurait jamais rêvé dans son univers, et qui nous a tout de suite fait décoller du sol. Cette gosse qui donnait l'impression de devoir encore demander l'autorisation de sa mère pour aller au bal de son lycée avait dans la voix et dans le regard une maturité, une intelligence qui gueulaient « Faites-moi signer, Faites-moi signer » — bien qu'à l'époque les Racketeers n'aient pas eu le moindre contrat à faire signer, même sur des nappes en papier...

« On tenait notre nom du père de Davey, à propos. Il était rentré un jour qu'on répétait dans son living, et il avait commenté de son Ton Parental Délibérément Obtus : « Ce boucan que vous faites ! Vous appelez ça de la musique[1] ? » D'où les Racketeers, qui se transformeraient en Accord 5 le jour où le père de Davey filerait une autre idée de nom au groupe. C'était après l'arrivée de Katie, on était maintenant *cinq*. Ce coup-là, il avait pris

1. Boucan : en anglais *racket* *(N.d.T.)*

son ton de Vieux Sage pour expliquer que la plupart des groupes rock jouaient en ré, et le cinquième accord, en clé de sol, c'est l'accord parfait ré, fa dièse et la, essayez sur votre accordéon. Donc ce que Mr Farnes, le père de Davey, Anthony Farnes — ça sonne très Dickens aussi, je viens de m'en rendre compte, en plus, il avait *l'air* d'un personnage de Dickens —, bref, ce qu'il voulait nous faire remarquer, c'est qu'on était un groupe rock de *cinq* membres. Un accord entre nous *cinq*, vous pigez? Et l'accord 5, en clé de sol, le ton préféré des rockers... Bon, laissez tomber, fallait y être pour comprendre, conclut Roselli, qui braqua son tuyau sur une autre partie de la pelouse. Une bonne sœur, hein? Qui aurait cru ça?

— Les Sœurs de la Miséricorde du Christ, dit Carella.

— Ce n'était pas le genre déjanté, Katie, au contraire, mais finir religieuse... Katie? Elle avait peut-être *l'air* de la petite frangine du batteur mais elle écrivait des chansons qui auraient fait fondre la banquise. Un mètre soixante-quinze, cinquante-cinq kilos, maigre comme un moineau mais de beaux seins. Elle coiffait ses cheveux en queue de cheval depuis la première fois qu'elle avait chanté pour nous, jamais on se serait attendu à ce qu'une voix aussi sexy sorte de sa bouche. On s'est aperçu qu'elle connaissait tout le répertoire de R&B, qu'elle pouvait chanter aussi les rocks dernier cri — *tout*, en fait. Le pop, les airs des comédies musicales de Broadway, ce que vous vouliez. Je crois qu'on est tombés amoureux d'elle tous les quatre dès le premier jour. L'été pointait le bout de son nez, ça doit être en avril qu'on lui a fait passer une audition...

« Je me souviens que l'agent à qui Herbie nous avait envoyés se demandait s'il valait pas mieux appeler le groupe les 5 Accords, au pluriel. Hymie Rogers, c'était, son nom, un gros lard qui n'arrêtait pas de mâchonner son cigare. “Les 5 Accords, ce serait pas mieux? — Non, c’est Accord 5”, a répondu Davey, un peu énervé qu’il ait pas saisi l’allusion, l’agent d’un groupe rock, bon Dieu! A l’époque, je pensais que c’était une erreur de Davey d’en faire toute une histoire. On n’était pas les Pink Floyd, on était un garage band avec une chanteuse dont la voix pouvait casser du béton. Ce que Rogers a compris dès que Katie a ouvert la bouche...

« Pour abréger, il nous a trouvé une “tournée d’été dans le bon vieux Sud”, comme il disait, ce qui signifiait un circuit des boîtes à travers la Virginie et les Carolines, puis le Tennessee, l’Alabama et la Géorgie, avant de passer en Floride, où on jouerait à Tampa, à St Pete et dans une petite ville près des Everglades, ensuite on remonterait vers le nord pour finir à Calusa. La tournée rêvée de tous les rockers, hein? C’était il y a trois ans.

« J’avais vingt-cinq ans, à l’époque. Non, attendez, si c’était il y a *quatre* ans, j’en avais seulement vingt-quatre. Seigneur. On portait tous la barbe, tous les membres du groupe. Davey avait exactement mon âge, à quelques semaines près. Tote était un peu plus vieux. Vous devriez lui parler, il vous donnerait sûrement un point de vue différent. De nous tous, c’était lui qui connaissait le mieux Katie...

« On est partis fin juin pour la première étape de la tournée, un engagement le week-end du 4 juillet à Richmond, Virginie. On voyageait dans une vieille camionnette que Davey avait rachetée pour pas grand-chose à un bassiste qui avait trouvé du boulot à Londres. Il y avait de la place pour nous cinq plus les instruments, les haut-parleurs, les amplis, etc. Chaque soir, on portait *tout* le matos à l’intérieur du motel bon marché où on descendait. Dans certaines des petites villes où on jouait, il aurait pas fallu laisser une plaquette de chewing-gum dans le bahut, encore moins des instruments et du matériel qui valaient des milliers de dollars...

« Je me rappelle une de nos plaisanteries favorites : “T’es sûr que les Beatles ont commencé comme ça ?” On la sortait chaque fois que quelque chose n’allait pas. Comme le jour où on s’est garés devant une boîte appelée le *Roadside Palace*, ou quelque chose de ce genre, rien qu’une taule minable au bord d’une falaise, en l’occurrence. Et le soir où en branchant le matériel — c’était quelque part en Géorgie — on a pété toutes les lampes de la boîte. Le proprio a piqué une crise mais on lui a suggéré de mettre des bougies sur les tables, de nous trouver des guitares acoustiques et un piano droit — qui marchait remarquablement bien pour la Géorgie. Katie a chanté toutes sortes de merdes bluesy pendant qu’on jouait en sourdine derrière elle, une espèce de soirée *intime*, si vous aimez ça. Et puis la fois où...

Roselli n’arrêtait plus, évoquant des moments de cette tournée d’été, quatre ans plus tôt, la peignant en rose tandis que l’après-midi suffocant touchait à sa fin et que les deux flics s’inquiétaient de devoir rentrer en ville à l’heure de pointe. Finalement, il ferma la boîte à souvenirs et le tuyau d’arrosage.

— J’espère que je vous ai été utile, conclut-il.

Ben voyons.

Il craignait de ne plus jamais faire un cambriolage.

C’était toute sa vie, la cambriole. Il aimait vraiment ça mais il avait peur maintenant de ne plus jamais pouvoir goûter ce plaisir. Il avait eu une sacrée frousse, ce jour-là, il le reconnaissait à présent. Et à cause de cette frousse, il n’avait pas fait un seul coup depuis. Pas de cookies non plus. Le plaisir de l’un était lié au plaisir des autres, et il se retrouvait maintenant privé des deux à cause d'un malencontreux accident. Il ne pensait plus qu'à une chose : d'une minute à l'autre, la police allait frapper à sa porte.

Les flics devaient savoir qu'il était passé dans l'appartement. Comment ils l'avaient découvert, il n'en avait aucune idée, mais il savait qu'ils savaient. Sinon, pourquoi on ne parlait plus de Cookie Boy à la télé, d'un seul coup ? Plus de jolies petites histoires sur le cambrioleur qui laissait sur l'oreiller des cookies au chocolat. La police était derrière ce silence, il en était sûr. Probablement un truc pour qu'il se sente en confiance pendant qu'on resserrait le filet autour de lui. D'un instant à l'autre, ils frapperaient à sa porte. Ils devaient interroger tous les habitants du quartier en ce moment même. Connaissez quelqu'un qui fait des cookies ? Z'avez vu quelqu'un qui ressemble à cet homme ? Est-ce qu'ils avaient un portrait-robot de lui ? Est-ce que quelqu'un l'avait vu entrer dans l'immeuble ou en sortir ce jour-là ?

Il s'efforça de penser aux erreurs qu'il aurait pu commettre dans l'appartement. Avait-il essuyé tout ce qu'il avait touché ? Il était incapable de s'en souvenir. Il le faisait toujours parce que, depuis son passage à l'armée, ses empreintes se trouvaient quelque part dans un fichier central, mais cette fois il n'arrivait pas à se rappeler. Il avait eu tellement peur. Quelle histoire idiote. Il se disait parfois qu'il ferait mieux d'aller à la police, d'expliquer qu'il n'avait tué personne, que c'était la *femme* qui avait tiré, que c'était la *femme* qui tenait l'arme, bon Dieu ! Est-ce qu'il avait laissé des empreintes dessus ? Non, ses mains étaient sur celles de la femme, c'était elle qui avait le doigt sur la détente, elle qui avait tué le jeunot et ensuite elle-même. Peut-être qu'il devrait vraiment aller à la police. Salut, comment ça va, c'est gentil d'être venu, diraient les flics. Ça nous fait deux meurtres commis pendant un vol, au revoir, mon gars, à dans cent ans...

Si seulement...

Bon, ça ne servait à rien de ruminer. Ce qui était arrivé était arrivé. Il aurait dû être plus prudent, il aurait dû écouter plus attentivement, il n'aurait pas dû mettre le pied dans ce bon Dieu d'appartement avant d'être absolument sûr qu'il n'y avait personne.

Avait-il laissé quelque chose derrière lui ?

Il ne le pensait pas.

Est-ce que les flics avaient quand même réussi à retrouver sa trace, d'une manière ou d'une autre ? Est-ce qu'ils étaient en train de monter l'escalier, est-ce qu'ils s'apprêtaient à cogner à sa porte ? Vous êtes en état d'arrestation, vous avez le droit de garder le silence...

La bague.

Celle qu'il avait donnée à la pute.

Est-ce qu'on pouvait établir un lien entre lui et cette bague ?

Même s'ils l'avaient fait...

Marilyn Monroe, c'est bien le nom qu'elle lui avait donné ? Bon Dieu, pourquoi est-ce qu'il ne lui avait pas demandé son vrai nom ? Comment peut-on être aussi bête ?

Mais même si les flics...

Une minute.

Supposons qu'ils aient remonté jusqu'à la fille ; supposons qu'elle leur ait dit comment elle avait eu cette bague, et supposons qu'ils sachent qu'il avait volé cette bague quelque part, trois semaines *avant* que cette conne de bonne femme tue cet abruti de livreur et se tue elle-même, supposons tout ça. Comment les flics pourraient-ils lier les deux meurtres à la bague ?

Impossible.

Supposons quand même qu'ils aient réussi à le faire.

D'une manière ou d'une autre. Supposons.

Il avait donné à la fille une fausse identité, comme elle. Il ne se souvenait même pas du nom qu'il lui avait donné. Pas de danger de ce côté-là.

Supposons quand même qu'elle l'ait identifié.

Non, *impossible* qu'ils aient retrouvé une radeuse minable qu'il avait levée dans un bar merdique. Mais supposons qu'ils l'aient fait, qu'elle leur ait montré la bague, et qu'elle leur ait parlé : Oui, ce mec me l'a filée en échange de mes services, il s'appelle je-sais-plus-quel-nom-bidon-j'avais-donné. Et il lui manque le petit doigt de la main droite, supposons qu'elle ait mentionné ce détail. Supposons qu'elle ait été révulsée, comme la plupart des femmes, par ce petit doigt manquant. Supposons qu'elle se soit rappelé uniquement *ça*, indépendamment de tout le reste, indépendamment de la vague ressemblance que les gens lui trouvaient avec John Travolta jeune, rien que ce foutu *petit doigt*!

Et alors?

Il n'avait pas de casier judiciaire. Les flics auraient beau taper sur le clavier d'un ordinateur pour faire apparaître les noms de tous les cambrioleurs à qui il manquait un petit doigt, il n'y serait pas. Je t'emmerde, ma p'tite dame, tu t'es souvenue du petit doigt, et alors?

On ne pourrait remonter jusqu'à lui que s'il avait laissé des empreintes dans l'appartement. Grâce à son dossier à l'armée : Hé, vieux, amène-toi par ici.

Comme il aurait voulu se rappeler s'il avait ou non tout essuyé dans l'appartement avant d'en sortir!

Il avait *dû* le faire.

Il le faisait toujours.

Meyer avait reçu le coup de fil de l'unité mobile du laboratoire à six heures et demie ce soir-là, au moment où il prenait dans le tiroir de son bureau son arme de service pour rentrer chez lui. Le technicien était un nommé Harold Fowles qui, avec son coéquipier, avait passé à la céruse et à l'aspirateur l'appartement des Cooper afin de retrouver des empreintes, des cheveux, etc.

— C'est moi qui ai trouvé les miettes de cookie, vous vous rappelez? dit-il.

— Tout à fait. Comment ça va, Harold?

— Bien, merci. Enfin, un peu chaud, mais sinon, ça va.

— Vous avez quelque chose pour moi?

— On a examiné les empreintes relevées, elles correspondent toutes à celles du mari, de la femme, du jeune qui la tronchait et d'autres membres de la famille, tout le monde s'est montré coopératif, la femme de ménage, le gardien qui était monté trois semaines plus tôt pour déboucher les toilettes. Tous ceux qui avaient légitimement accès à l'appartement. Pas d'empreintes déplacées, c'est ce que je veux dire, d'accord?...

Meyer attendit.

— Nous savons que le type est entré par la fenêtre de la salle à manger qui donne sur l'escalier d'incendie, poursuivit Fowles. Des traces indiquent qu'il a essuyé la fenêtre, intérieur et extérieur. On a aussi retrouvé l'empreinte de ses pieds sur la moquette là où il a sauté par terre, puis là où il a traversé la pièce. Il a laissé la fenêtre ouverte derrière lui. Nous savons aussi qu'il est sorti de l'appartement par la porte. Elle n'était pas fermée à clef et les boutons avaient été essuyés, à l'intérieur et à l'extérieur. Bon. J'ai eu une idée...

Meyer ne moufta pas.

— S'il s'est donné la peine d'essuyer la porte et la fenêtre, c'est qu'il ne portait pas de gants. Peut-être pour éviter de se faire repérer, des gants par cette chaleur, je sais pas, je suis pas cambrioleur. Mais s'il ne portait *pas* de gants, et s'il n'est *pas* ressorti par où il est entré — ce dont je suis sûr —, il y a quelque chose qu'il n'a pas pu essuyer.

— Quoi ? demanda Meyer.

— L'échelle.

— Quelle échelle ?

— L'échelle de l'escalier d'incendie. Qu'il a attrapée en sautant. Je suis retourné là-bas cet après-midi, j'ai relevé de jolies empreintes sur le dernier barreau, celui sur lequel il a tiré pour faire descendre l'échelle, et aussi quelques empreintes assez nettes qu'il a laissées sur les autres barreaux en montant au premier. Je les passe maintenant dans l'ordinateur. Si le gars a un casier ou un fichier quelque part, on tient peut-être quelque chose. Ça risque de prendre un moment mais...

— Je vous donne mon numéro à la maison, dit Meyer.

Sonny l'avait finalement retrouvé à dix heures du soir, dans un club privé appelé *La Siesta*, tout là-haut dans Hightown. A l'ombre du pont reliant Isola à l'Etat voisin, vous aviez plus de dealers que dans le reste du pays, tous dominicains, tous en cheville avec le cartel colombien. Terrain dangereux. Dans ce quartier, ça peut te coûter la peau de regarder de travers un mec qui se tient au coin d'une rue et qui s'imagine que tu envahis son secteur. Sonny ne comprenait pas ce que Juju branlait là-haut où on parlait espagnol, où la moindre remarque pouvait être prise pour un défi. Il était content d'avoir l'Eagle glissé sous sa ceinture. Il fit trois fois le tour du pâté de maisons en cherchant une place, finit par garer sa caisse devant le club sur un emplacement clairement interdit. Rien à cirer, se dit-il en poussant la porte.

Le taulier de la boîte était un nommé Rigoberto Mendez. Sonny se présenta, dit qu'il cherchait son vieux copain Juju Judell. Un lecteur de CD susurrait une musique rêveuse de danse rapprochée ; une odeur suave de marijuana flottait dans l'air enfumé ; des filles maigrichonnes en robe d'été collante se balançaient dans les bras de types noirs ou basanés. Assis dans un coin, Juju baratinait une grande Noire avec des cheveux blonds décolorés et des boucles d'oreilles longues comme des doigts, une robe moulant des fruits lourds prêts à jaillir du décolleté. Il avait la manière pour les belettes, le Juju.

— Regarde un peu qui se ramène, fit-il quand Sonny s'approcha.

Il se leva de la table, tendit le bras, serra la main de Sonny avec effusion.

— Sonny Cole... Tirana — j'ai pas saisi ton nom de famille, ma caille...

— Hobbs, répondit la fille.

Sonny lui trouva un ton dédaigneux, comme si elle le regardait de haut pour une raison qu'il n'arrivait pas à imaginer.

— Tirana Hobbs, dit-il, comment ça va, trésor ?

Il tendit une main qu'elle ne prit pas et il en conclut qu'il la mettrait dans son pieu cette nuit, Juju ou pas. Il tira une chaise à lui, s'assit à la petite table, la fille en face de lui, Juju à sa droite. Les trois paires de genoux se touchaient presque sous le plateau en bois.

— Qu'esse tu bois, mec ? demanda Juju en faisant signe à un gars vêtu d'un jean et d'un T-shirt blanc frappé du logo NFL[1]. Ils ont de tout, ici, t'as qu'à choisir.

— Qu'est-ce que tu bois, toi, Tirana? demanda Sonny.

Pour se montrer amical, lui faire comprendre qu'elle finirait au plume avec lui, de toute façon, alors, pas la peine de faire ton étroite, ma poule.

— Mince, qu'est-ce que ça peut bien être? ironisa Tirana. Ça sort d'une bouteille brune, c'est blond et ça mousse?

En guise de démonstration, elle versa encore un peu de bière dans sa chope. Sonny eut un sourire épanoui.

— Une bière, moi aussi, décida-t-il.

Il préférait garder les idées claires pour ce qui allait suivre. S'il buvait quelque chose de plus fort, il risquait de déconner.

— Alors, qu'est-ce que tu deviens, Juje?

— C'est le diminutif de quoi, Juje? demanda Tirana.

Elle avait les yeux jaunes, remarqua Sonny, un peu vitreux, comme si elle avait fumé avant qu'il arrive. C'était peut-être pour ça qu'elle était agressive. L'herbe fait quelquefois cet effet aux gens. Ils deviennent tout doux, ou hargneux. Les nanas hargneuses, c'était pas pour lui déplaire, pourvu qu'elles oublient pas qui tenait le manche.

— Juju, c'est l'abréviation de Julian Judell.

— Il est beau ce nom, estima la fausse blonde. Pourquoi le raccourcir en Juju?

— J'ai pas choisi. Les gosses ont commencé à m'appeler comme ça, et c'est resté.

— Tirana, c'est joli aussi, je trouve, mentit Sonny.

---

1. Fédération américaine de football... américain. *(N.d.T.)*

(Une pensée lui traversa l'esprit : Encore un de ces blazes à la con que des tas de mères noires piquent dans des recueils de noms africains pour leur bébé.) D'où ça vient ? ajouta-t-il.

— Au départ, ça devait être Tawana.

— Ah ! ouais ? Tawana ?

— Ma mère savait pas comment l'écrire. Elle pensait qu'à la télé, ils disaient *Tirana*. Tu te rappelles Tawana Brawley, la fille qui s'est fait violer par tous ces Blancs qui l'ont ensuite couverte de merde ?

— De la merde, elle en a raconté, plutôt, estima Juju.

— Je pense pas, fit Tirana.

— Je pense qu'elle disait la vérité, fit Sonny.

Tirana sourit.

— Et Sonny, ça vient d'où ?

— Je sais pas. Mon vrai nom, c'est Samson.

— Ooooh, roucoula la fille. Puissant.

— Et j'ai encore tous mes cheveux, déclara-t-il avec un sourire charmeur.

— Je veux bien te croire.

Si Juju avait remarqué le manège, il n'en montrait rien. En tout cas, Sonny n'avait pas l'intention de laisser les histoires de cul le détourner de son véritable objectif, ce soir. Il se demanda tout à coup si Tirana se décolorait aussi la touffe, ce serait la cerise sur le gâteau. Mais priorité à Juju. Priorité à ce qu'il fallait faire avec Juju. Ensuite, il s'occuperait d'autre chose. S'il devait y avoir autre chose.

— Comment t'as su où j'étais ? s'étonna Juju.

— Je me suis rencardé, à droite à gauche.

— Pourquoi tu voulais me voir ?

Sonny se demanda si Juju se méfiait, décida que non.

— Un ou deux trucs dont je veux te parler, si t'as une minute, répondit-il.

— Tu veux qu'on fasse un tour dehors ? proposa Juju.

— Ça te dérange pas, Tirana ? Juste quelques minutes.

— Le temps et la marée n'attendent personne, récita-t-elle.

— C'est la marée qui serait perdante, répartit Sonny en repoussant sa chaise.

Elle leva les yeux vers lui. Avec le même sourire mauvais que lorsqu'il s'était assis à leur table. Il était certain qu'elle serait en train de l'attendre quand il en aurait fini avec Juju.

Dehors, la nuit était fraîche.

Ils remontèrent en flânant des rues grouillant de gens qui baragouinaient en espagnol. Sonny se demanda tout à coup si Juju était d'origine latine. Julian, ça sonnait espagnol, ouais, mais Judell ? Sûrement pas. N'empêche, qu'est-ce qu'il foutait là-haut à Hightown ? Beaucoup de rires aussi, dans l'air de l'été. Des gens penchés aux fenêtres, regardant la rue. Des gens buvant, dansant. Il y avait une atmosphère de carnaval, on se serait cru en début de soirée avec tous ces gens dans les rues.

— Alors, qu'est-ce que tu veux ?

— J'ai du mal à trouver un feu.

Juju eut l'air surpris.

— Tu peux trouver n'importe quelle arme, dans cette ville. T'as cherché où ?

— Ben, faut être discret.

— Naturellement. Mais t'as cherché où ?

— Un peu partout. Tu pourrais pas m'aider ?

— Tu veux me mêler à un meurtre ?

— Qui c'est qui parle de meurtre ?

— 's'cuse-moi. Je croyais que tu voulais trucider un inspecteur de police.

Juju avait bu, sinon il aurait pas ouvert sa gueule comme ça. Les gens dans la rue parlaient tous espagnol, mais ils comprenaient l'anglais, et la voix de Juju était trop forte. Tu prononces les mots « inspecteur de police » dans ce quartier, les oreilles se dressent.

— Je sais pas où t'as pêché cette idée, se défendit Sonny.

— Peut-être qu'elle vient de *moi*! s'esclaffa Juju.

Sonny se força à rire, lui aussi. Ils marchaient vers le nord, en direction du pont. La foule commençait à s'éclaircir, il ne restait que les ados descendant vers l'eau pour se palucher. Derrière lui, Sonny entendit les rires et les cris s'estomper. C'était une nuit claire, fraîche, magnifique.

— Bien sûr que je peux t'aider à trouver un calibre.

— C'est sympa, Juje.

— Ce que je vais faire, c'est prendre contact, te brancher. Ensuite, tu fais l'affaire toi-même. Comme ça, je reste en dehors.

— Ça me paraît bien.

Deux jeunes de douze ou treize ans se tenaient l'un près de l'autre sur les rochers, au bord de l'eau; la blouse de la fille était ouverte, la braguette du gars aussi. En voyant deux grands Noirs balaises approcher, ils se reboutonnèrent en vitesse et détalèrent. Les deux hommes s'installèrent sur les rochers que les adolescents venaient d'abandonner. Juju offrit un joint à Sonny, celui-ci refusa de la tête. Garder les idées claires, rester cool. Juju alluma son pétard; l'odeur écœurante de l'herbe dériva vers l'eau.

— J'ai réfléchi au conseil que tu m'as donné, l'autre jour, en cabane, dit Sonny.

En même temps, il inspectait le secteur, s'assurait que personne d'autre ne traînait dans le coin. Deux autres ados descendaient la berge mais il n'eut pas à les chasser.

Dès qu'ils avisèrent Sonny et Juju assis sur les rochers, ils firent demi-tour. Black Power, pensa Sonny, et il sourit.

— Qu'est-ce qu'y a de drôle? voulut savoir Juju.

Il tira sur le joint, dont l'extrémité rougeoya dans le noir.

— Ce que tu m'as dit. L'autre soir, au trou.

— J'ai dit quoi?

— De faire ça proprement, mec.

— Ouais, mais qu'est-ce qu'y a de drôle?

— Avec un flingue pas catalogué...

— On t'en trouvera un, te bile pas.

— ... pas de complice, tu entres, tu sors, enchanté de vous avoir connu.

— Ben, je t'ai donné un bon conseil, mec, déclara Juju avant d'inhaler une autre bouffée.

— Seulement, je viens juste de m'en rendre compte, j'ai déjà un complice...

Juju leva les yeux vers Sonny.

— *Toi.* C'est toi, le complice. T'es le seul à savoir ce que je vais faire.

Juju se retrouva soudain face à face avec le canon d'un Desert Eagle.

— Je croyais que t'avais pas réussi à trouver un feu, fit Juju, la bouche sèche.

— Ben, tu vois...

— Pas la peine de faire ça, mec. C'est moi qui t'ai donné ce conseil.

— Justement.

— Allez, range ce flingue.

— Je crois que je vais le suivre, dit Sonny, en tirant deux fois à la tête.

Dans ce quartier, le bruit d'un coup de feu était aussi banal que celui de la salsa. Quatre jeunes qui longeaient la berge en riant entendirent les détonations et obliquèrent aussitôt. Sonny traîna Juju au bord de l'eau.

— Enchanté de t'avoir connu, dit-il avant de le pousser dans la flotte.

Il y avait une contravention pour stationnement interdit sous le pare-brise de la voiture de Sonny quand il revint au club. Il jeta un coup d'œil au PV, le déchira et jeta les morceaux dans le caniveau. Rigoberto Mendez le regardait du seuil de sa boîte, les bras croisés sur la poitrine. Il informa Sonny que Tirana et sa tignasse blond décoloré s'étaient tirées avec un Dominicain à la peau très blanche.

— Et Juju ? s'enquit le patron de *La Siesta*.

— La dernière fois que je l'ai vu, il emballait une meuf sacrément bonne qu'on a rencontrée dans la rue.

— C'est bien du Juju, ça, dit Mendez.

— Ouais, c'est tout lui, approuva Sonny.

11

La matinée commençait bien, ce samedi vingt-neuvième jour du mois d'août.

Pas trop chaud, pas trop moite. Une journée idéale pour la plage mais il n'y aurait sans doute pas trop d'embouteillages sur les routes : la plupart de ceux qui en avaient les moyens étaient partis le vendredi. Au total, cela s'annonçait bien. Un net changement avec la veille. Le début du week-end, il faut s'attendre à ce qu'il se passe des choses.

La veille, par exemple, un jeune de Calm's Point avait abattu sept ou huit passants en cherchant à atteindre une fille de quinze ans qui avait eu la témérité de quitter une bande violente. Le tireur ne l'avait pas touchée, et il était parvenu à s'enfuir, en plus. La veille aussi, parce que c'était une grande ville et que c'était l'été, et que la chaleur de l'été tape sur les nerfs, un homme avait jeté le pigeonnier d'un voisin du haut d'un toit à Cascabel, la partie latino de Diamondback. Pour faire bonne mesure, il avait aussi balancé le propriétaire du pigeonnier. Personne ne savait ce qui avait provoqué leur dispute.

Dans une autre partie de la ville, un ado essayant d'allumer une pipe de crack avait mis le feu à son T-shirt, il avait rapidement ôté le vêtement, l'avait jeté dans un coin où, malheureusement, s'entassaient de vieux journaux. Le feu s'était rapidement propagé dans cet appartement de Riverhead où la petite sœur de l'adolescent, âgée de trois mois, dormait dans son berceau. Elle souffrait de brûlures au troisième degré sur tout le corps. Les parents étaient partis danser.

Toujours vendredi soir, on avait repêché un cadavre flottant dans la Harb River, en aval du pont Hamilton, et on l'avait identifié comme celui d'un petit dealer, maquereau à ses heures, connu sous le nom de Juju — Julian Judell —, arrêté la semaine précédente pour détention de drogue et libéré sous caution en attendant de passer en jugement. Quelqu'un l'avait abattu avec une arme de gros calibre qui lui avait emporté la moitié du visage. Les rats d'eau avaient grignoté l'autre moitié avant qu'on ne découvre le corps coincé par des pilotis au niveau de Hector Street.

Rien de tout cela n'était arrivé dans le secteur du 87ᵉ.

C'était une grande ville.

Le samedi matin à huit heures précises, parce que les flics et les techniciens du labo se mettent au travail de bonne heure, Harold Fowles avait appelé le 87ᵉ et demandé à parler à l'inspecteur Meyer Meyer, qui était arrivé vingt minutes plus tôt et buvait un café à son bureau. Fowles déclara qu'ils avaient eu du bol pour le double meurtre, et communiqua à Meyer le nom de l'homme dont il avait relevé les empreintes sur l'échelle de l'escalier d'incendie. Il lui donna aussi une adresse vieille de trois ans et qui ne correspondait probablement plus à rien.

La belle journée commençait à se gâter.

Ce que Sonny commençait à comprendre, c'est qu'en dehors du temps qu'il passait chez lui avec sa femme et ses gosses, Carella était quasiment soudé par la hanche à son coéquipier, le grand Noir balaise dont il ne connaissait même pas le nom. A moins de vouloir mitrailler tout le service de police ou la famille de Carella, il fallait le choper soit au moment où il rentrait chez lui, soit au moment où il en sortait. Seul. Pour éviter de blesser des innocents.

Il ne venait pas à l'idée de Sonny que le père de Carella avait été un innocent spectateur tué pendant un hold-up qui ne le concernait en rien. Il ne lui venait pas à l'idée que Juju Judell avait été un innocent dont le seul tort était d'avoir fait une remarque judicieuse sur la rancune que les flics vous gardent pendant des années. Il ne lui venait pas à l'idée que Carella — l'objet de toute cette surveillance — était lui aussi une personne innocente qui n'avait pas descendu Sonny quand il avait eu l'occasion de le faire. Non, rien de tout cela ne lui venait à l'idée.

Il se concentrait maintenant sur une seule chose : *faire* ce boulot.

Parce que, comprenez-vous, ça commençait à le perturber, d'entrevoir cet homme embrassant sa femme lorsqu'il quittait la maison le matin, ou riant et plaisantant avec son coéquipier, ou quittant le 87e le soir, le front plissé, l'air préoccupé, perdu dans ses pensées. Sonny commençait à avoir l'impression que c'était quelqu'un qu'il *connaissait*, quelqu'un avec qui il aurait pu traîner, comme son collègue noir le faisait sûrement quand ils ne traquaient pas des mecs comme Sonny. Si les circonstances avaient été un peu différentes, il n'aurait pas tiré sur le père de cet homme — il ne se rappelait même plus l'enchaînement des faits qui avait conduit à la fusillade — et il ne serait pas obligé maintenant d'effacer Carella lui-même parce qu'il représentait une menace pour sa vie.

C'était le fond du problème.

Le mec devait dégager parce que, Juju avait raison, Sonny serait jamais tranquille tant qu'il vivrait. En même temps, si les circonstances avaient été juste un peu différentes...

Arrête tes conneries, les circonstances étaient *pas* différentes ! Les circonstances étaient ce qu'elles étaient depuis le jour où un docteur, d'une bonne tape sur son cul noir, l'avait fait débarquer dans ce putain de monde blanc. Il fallait qu'il s'occupe de Carella. Et vite. Avant de virer ramollo. Avant que ça commence à se gâter.

Il ne savait pas que ça avait déjà commencé à se gâter là-haut, à Hightown, où le patron d'un club appelé *La Siesta* avait déclaré à un inspecteur du 88ᵉ que la dernière personne qu'il avait vue en compagnie de Juju était un nommé Sonny Cole.

Les empreintes appartenaient à un certain Leslie Blyden.

Agé de vingt-sept ans, il avait servi dans une unité de cavalerie motorisée pendant la guerre du Golfe. Il avait eu la main droite prise entre une roue motrice et une chenille ; le petit doigt, écrasé, avait dû être amputé. Blyden avait eu droit à un Purple Heart [1], à une réforme médicale et à un billet d'avion pour rentrer chez lui. Son dernier domicile connu était un immeuble de Beasley Boulevard, à Majesta, mais le gardien leur avait déclaré qu'il n'avait personne de ce nom parmi ses locataires. Comme il était nouveau, il ne pouvait pas leur dire non plus quand Blyden avait déménagé.

---

1. Décoration attribuée aux blessés de guerre. *(N.d.T.)*

Blyden n'était pas un nom courant. L'annuaire d'Isola n'en comptait que six, dont aucun Leslie. Quatre à Riverhead, une demi-douzaine à Calm's Point, deux seulement à Majesta. Pas de Leslie non plus. Mais l'un des trois Blyden figurant dans l'annuaire de Bethtown était prénommé Leslie. Homme ou femme, les inspecteurs n'auraient su dire mais ils pensaient qu'une femme aurait plutôt donné l'initiale *L* que son prénom complet[1]. Ils n'osaient pas téléphoner pour s'en assurer. Si Leslie Blyden était un homme, *leur* homme, il avait tué deux personnes. En outre, c'était une belle journée pour une balade en ferry.

Ça commencerait à se gâter pour eux d'ici trois quarts d'heure environ.

Thomas Hollister, guitare basse du groupe Accord 5, né Racketeers, avait cessé de se faire appeler Totobi le jour où il s'était rendu compte qu'en choisissant délibérément un nom qui vous désignait comme Afro-Américain, vous limitiez considérablement vos possibilités de trouver un emploi. Tote Hollister, c'était parfait pour un bassiste de rock, pas pour un avocat. Dès que le groupe s'était séparé, Hollister avait repris ses études ; il avait obtenu son diplôme de droit l'année précédente à Ramsey, dans cette ville même. Il travaillait depuis juillet dernier — plus d'un an, maintenant — pour le cabinet Gideon, Weinberg et Katzman.

— Le groupe s'est séparé quand ? demanda Brown.

— Tout de suite après la fin de cette tournée d'été. Katie avait décidé qu'elle en avait assez, au revoir les gars. Sans elle, on redevenait un garage band quelconque...

---

1. Les Américaines vivant seules évitent ainsi de se signaler à d'éventuels maniaques. *(N.d.T.)*

Les trois hommes étaient assis dans un petit jardin public, en face du cabinet juridique. Hollister y était passé malgré le week-end pour terminer la préparation d'un procès qui s'ouvrirait le lundi matin. Frêle, il portait des lunettes de soleil design, un costume tropical tabac qui s'harmonisait avec la couleur noix de coco de sa peau. Plus claire que celle de Brown. Dont la femme affirmait que n'importe quel autre frère de la ville avait la peau plus claire que la sienne. Il prenait ça pour un compliment. Il aimait avoir l'air dur et mauvais. Il aimait être un grand flic noir baraqué.

— Pourquoi elle a décidé d'abandonner, d'après vous? dit Carella.

— Je... je suis pas sûr de savoir pourquoi.

— Vous en avez discuté?

— Jamais.

— Vous étiez proches, tous les deux, à ce qu'il paraît.

— Oui, je pense, répondit Hollister. Vous savez ce que c'est, dit-il à Brown. Il y a certaines limites...

L'inspecteur noir acquiesça de la tête.

— Ce serait mieux s'il n'y en avait pas, mais il y en a, philosopha l'ancien bassiste. En l'occurrence, nous étions très bons amis. Ce qui en soi relevait déjà du miracle. Un pauvre gosse noir du ghetto, une Blanche d'une famille bourgeoise de Philadelphie? Le père prof de fac, la mère psychiatre? Ma mère à moi bosse dans un supermarché, elle met les achats des clients dans des sacs; mon père est chauffeur de bus. Ce ne serait probablement pas allé plus loin, de toute façon. Au moins, comme ça, on est restés bons amis.

— Vous auriez voulu que ça aille plus loin? demanda Carella.

— Oui. Bien sûr. En fait, je crois que j'étais amoureux de Katie. En fait, je crois qu'elle était peut-être amoureuse de moi, elle aussi. C'est drôle, vous savez. Il n'y a pas de barrière de race dans les milieux musicaux. Si tu joues bien, peu importe qui tu es ou ce que tu es. Si tant est qu'il y ait des préjugés, ils sont dans l'autre sens. Musiciens noirs, musiciens blancs, il y a toujours eu une sorte de rivalité pour savoir qui est le meilleur. Par exemple, *vous*, vous avez inventé l'harmonie, mais *nous*, nous avons inventé le rythme. Je me dis que tout aurait pu arriver entre Katie et moi si la tournée n'avait pas traversé le Sud. Ça compliquait simplement les choses. Ça soulignait nos différences au lieu de nos ressemblances, vous voyez ce que je veux dire? Nous étions tous les deux d'excellents musiciens. C'est *ça* qui aurait dû compter...

Derrière eux, l'eau coulait en rideau sur un haut mur, cascade artificielle qui semblait rafraîchir l'air et le rafraîchissait peut-être vraiment. Une bruine mouillait leur visage. Carella et Brown ne tenaient pas à ce que Hollister tombe dans la même rêverie que son copain Roselli la veille. En même temps, ils voulaient savoir quel événement survenu dans le Sud profond avait amené Katie Cochran à quitter le groupe à la fin de la tournée.

— Le Sud n'est plus ce qu'il était, vous savez, reprit Hollister. Entrez dans n'importe quel grand restaurant de Géorgie, vous y verrez plus de Noirs qu'ici. L'intégration est un *fait*, là-bas. Ici, c'est un mythe. Ici, il n'y a même pas un semblant de mélange de races. Dans le Sud, vous n'êtes plus obligé de vous asseoir à l'arrière du bus, ni de boire à d'autres fontaines que les Blancs, mais, en même temps, on ne voit pas de couples poivre et sel, du moins, je n'en ai pas vu. Je me rends souvent à San Francisco pour mon travail. Là-bas, j'ai vu plus de couples mixtes qu'ici ou dans le Sud, la plupart Blanc-Asiatique, mais mixtes quand même. Les préjugés s'accrochent, ils s'accrochent dur...

Brown hocha de nouveau la tête.

— Dans le Sud, il y a intégration mais pas *fusion*, vous me suivez? continua Hollister. Les gens ne *disent* plus « nègre », mais ils le *pensent* encore. Comme ici. Le mot N... est interdit mais ça n'empêche pas un Blanc de le penser. S'il ne le dit pas tout haut, c'est parce qu'il sait qu'il risquerait de se faire tuer. Excusez-moi, inspecteur, c'est déjà un préjugé en soi, non?

— Mais vous avez peut-être raison, répondit Carella.

Brown regarda son coéquipier.

— Je me rappelle une chose qui m'avait vraiment révolté, un soir. Ça me tracasse encore, en fait... C'était dans l'Alabama, on en était au tiers de la tournée, à peu près. Dans la boîte où nous jouions, une bande de jeunes profs d'université buvait beaucoup, s'amusait, appréciait vraiment la musique. Un groupe de Blancs très branchés. Certains célibataires, d'autres venus avec leur femme, tous cultivés, tous dépourvus de préjugés, d'accord? Un des profs nous a invités à venir chez lui quand on aurait fini, sa femme et lui voulaient prolonger la fête, il était une heure, un samedi soir, pourquoi pas? Ils pouvaient tous faire la grasse matinée le lendemain. C'était le *Nouveau* Sud, personne n'avait besoin de défendre mes droits. Il était entendu que si le groupe allait là-bas, Tote aussi. Il n'y a pas eu de querelle à ce sujet, pas même un murmure de dissentiment. On a rangé nos instruments et on est partis...

« Ouais... L'un des célibataires, un type qui enseignait l'anthropologie, l'archéologie ou je ne sais quoi, a invité une Noire à se joindre à nous sous prétexte de me mettre à l'aise. C'était assez condescendant, vous ne trouvez pas? J'étais *déjà* parfaitement à l'aise. Etudiant en rupture de fac, bassiste de talent, j'étais en compagnie de mes confrères et amis musicos qui venaient de donner un spectacle superbe dans une boîte qui ne les méritait pas. Mais le professeur avait décidé de me mettre à l'aise en invitant une des serveuses...

« Ce n'était pas une étudiante qui subvenait ainsi à ses besoins, ni une actrice en herbe, rien qu'une tarée de dix-huit ans qui parlait essentiellement l'anglais noir, qui buvait trop de bourbon et qui s'est rendue ridicule pendant que le professeur tournait autour d'elle en attendant de la sauter. C'était le but de la manœuvre. Il ne voulait pas plus de cette négresse — oui, cette *négresse* — à leur soirée qu'il ne voulait de moi. Il n'avait qu'une seule idée : l'humilier et la tringler. Et ce faisant, il m'humiliait, moi aussi. Il nous violait tous les deux...

« Je n'oublierai jamais cette nuit. J'ai confié à Katie ce que j'éprouvais. Les autres étaient allés se coucher, nous étions assis dans la véranda du motel où nous étions descendus, un de ces vieux motels délabrés du Sud entourés d'arbres festonnés de mousse.

Il demeura un moment silencieux, perdu dans son souvenir.

— Cette nuit-là, elle m'a embrassé. Juste avant qu'on regagne chacun notre chambre. Elle m'a embrassé et m'a souhaité bonne nuit. C'est le seul et unique baiser que nous avons échangé. Je me souviendrai toute ma vie de cette nuit-là. Du baiser de Katie Cochran dans la véranda de ce vieux motel du Sud. Deux mois plus tard, elle quittait le groupe.

— Qu'est-ce que t'as voulu dire, tout à l'heure? demanda Brown.

— Quand? fit Carella.

— Quand tu lui as répondu qu'il avait peut-être raison. Sur les Blancs qui *pensent* « nègre ». Tu le penses pas, toi?

— Non.

— Alors pourquoi t'as dit qu'il avait peut-être raison?

— Parce que beaucoup de Blancs le pensent.

— Laisse-moi te raconter ma propre histoire de musico. J'ai joué de la clarinette dans la fanfare du lycée, c'était y a longtemps. Certains gars...

— Je savais pas que tu jouais de la clarinette.

— Si. Du sax ténor aussi, plus tard. Mais à l'époque, je jouais que de la clarinette. Et certains gars du lycée que je connaissais, tous des Blancs, avaient décidé de former un groupe. Ils m'ont demandé si je voulais en être. Il y avait aussi un trompette, ce qui donnait une formation un peu bizarre pour un groupe rock, mais on avait un son plutôt bon. On était cinq : guitare, guitare basse, batterie, clarinette et trompette. On jouait seulement le week-end, on était encore au lycée...

« Un samedi soir, on débarque dans une salle à Riverhead où on devait jouer pour un mariage. Le père de la fille me regarde, il prend notre leader à part — un jeunot appelé Freddy Stein, j'oublierai jamais son nom — et il lui dit : « Ou le Noir s'en va ou vous pouvez faire une croix sur la soirée. » Je crois qu'à l'époque on disait « type de couleur ». Ou le type de couleur rentre chez lui ou vous perdez votre engagement. Le groupe a voté, Freddy est retourné voir le père de la mariée et lui a mis le marché en main : ou le type de couleur reste, ou votre fille se passe de musique pour son mariage. Le papa a revu sa position. On a joué, et tout le monde est rentré content à la maison.

— Belle histoire.

— Histoire vraie. C'était un mariage italien.

— M'étonne pas, dit Carella.

— Tu crois que ce mec pense *encore* « négro »?

— J'en suis sûr.

— C’est ça qui est dommage, soupira Brown. On a drôlement bien joué, ce soir-là.

Ils portaient tous les quatre un gilet pare-balles parce qu’il y avait peut-être un meurtrier dans l’appartement. Meyer était en fer de lance, avec Kling juste derrière lui, Parker et Willis de chaque côté de la porte, prêts à faire irruption en soutien. Ça se gâterait dans les trois minutes, mais aucun d’eux ne le savait. L’arme à la main, ils se tenaient prêts à foncer dès que Meyer aurait pété la porte d’un coup de pied. Ils étaient munis d’un mandat « Entrez sans Frapper » : il y avait peut-être un meurtrier à l’intérieur.

D’ici une minute, ça allait tourner en eau de boudin.

Meyer colla l’oreille au panneau de bois, écouta.

Pas un bruit.

Il haussa les épaules, se tourna vers les autres, secoua la tête, fit signe qu’il n’entendait rien.

Dans trente secondes...

Il écouta encore.

Se tourna de nouveau vers ses collègues.

Hocha la tête, s’éloigna de la porte, leva une jambe, bras écartés tel un joueur de foot pour sa reprise de volée. Le talon et la semelle de sa chaussure frappèrent la serrure, fendillèrent le bois, firent sauter les vis. « Police ! » gueula-t-il. Derrière lui, Kling beugla « Police ! » lui aussi et ils se précipitèrent tous les quatre dans la pièce.

Dans dix secondes...

Un homme portant des lunettes à monture dorée se tenait en caleçon devant le comptoir de la cuisine, un grand couteau-scie dans la main droite, la gauche refermée sur une miche de pain italien.

— Leslie Blyden ? cria Meyer.

— On bouge pas ! ordonna Kling.

Cinq secondes...

Derrière eux, Willis et Parker s'étaient déployés.

Trois secondes...

— Leslie Blyden ? cria de nouveau Meyer.

Tout fut fini avant d'avoir commencé.

L'arme brandie au-dessus de sa tête comme Anthony Perkins dans *Psychose*, l'homme marcha sur Meyer d'un pas raide et décidé.

Un instant, Meyer hésita, mais un instant seulement car la lame s'abaissait vers sa poitrine avec une rapidité quasi aveuglante, le geste de l'homme semblait puissant et déterminé, il allait plonger son couteau dans la poitrine de Meyer. Ses yeux le disaient, le pli grimaçant de sa bouche le disait, et plus encore le couteau qui s'abaissait vers lui.

Meyer fit feu.

Les trois autres flics aussi.

La poitrine de l'homme explosa comme celle du méchant dans un film de Sylvester Stallone, des trous apparurent partout, des fontaines de sang jaillirent. Il expira avant même que le couteau tombe de sa main et qu'il s'effondre sur le sol.

— Bordel de Dieu, murmura Parker.

Le type étendu mort par terre avait tous ses doigts aux deux mains.

Ollie Weeks « le Gros » appela le 87e à midi et quart ce samedi et demanda à parler à son vieux pote Steve Carella. Le sergent Murchison, trônant au bureau d'accueil, lui répondit que Carella et Brown étaient sortis, est-ce qu'il pouvait faire quelque chose pour lui ?

— Paraît que vous devenez des dingues de la gâchette, hmm ? fit Ollie.

Assis à son propre bureau du 88ᵉ, plus au nord, il regardait par la fenêtre en engloutissant un sandwich jambon-beurre-moutarde dont la moitié reposait sur sa cravate. On disait d'Ollie qu'il était le seul homme au monde capable de manger et de péter en même temps. En fait, il procédait alternativement, mordait dans son sandwich, avalait, buvait à son gobelet de milk-shake au chocolat, lâchait un vent, prenait une nouvelle bouchée, mastiquait, pétait, buvait, rotait parfois, véritable machine à digérer perpétuelle.

— D'abord, vous flinguez un mec armé d'un cran d'arrêt dans la cage du 87ᵉ, ensuite vous en descendez un qui joue du couteau à pain dans sa cuisine. Vous essayez de débarrasser le monde de tous les surineurs, c'est ça?

Murchison ne comprit pas ce que Weeks voulait dire avec son histoire de couteau à pain, parce que Meyer et les autres étaient encore au Central, en train d'expliquer pourquoi ils avaient estimé nécessaire d'abattre l'homme qui se jetait sur eux, et le sergent ne savait donc pas qu'il y avait eu une bavure. Pour ne pas avoir l'air idiot, il y alla d'un « Ouais, ça doit être ça », et il sourit au téléphone. L'idée d'éliminer tous les dingues du couteau lui plaisait. A ses yeux, les couteaux et les rasoirs étaient les armes les plus terrifiantes au monde. C'était une des raisons pour lesquelles il prenait moult précautions en se rasant chaque matin.

— Paraît aussi que Steve s'occupe d'une bonne sœur morte, reprit Ollie.

— D'où vous savez tout ça?

— Je suis les yeux et les oreilles du monde, mon garçon, ah! oui, fit Ollie, lancé dans l'imitation de W.C. Fields qui lui valait une renommée mondiale. J'avais une histoire de bonne sœur pour lui, dommage qu'il soit pas là.

— Vous pouvez me la raconter, si vous voulez.
— T'es sûr que t'es assez vieux pour entendre ça?
— Bien sûr, allez-y, dit Murchison, souriant déjà.
— Bon, c'est une bonne sœur qui roule en bagnole...
— L'histoire de pot de chambre de Parker?
— La *quoi* de Parker?
— Son histoire de pot de chambre.
— Non, non, c'est une histoire de crevaison. Tu la connais?
— Allez-y, dit le sergent, dont le sourire s'élargit.
— Donc, cette bonne sœur roule dans sa tire et elle crève — tu la connais?
— Non, racontez.
— Elle descend pour changer la roue mais elle sait pas comment faire, les bonnes sœurs, elles y connaissent rien aux bagnoles. Alors, elle tripote le cric, elle essaie de voir comment ça marche... Un camion s'arrête, le chauffeur descend, il lui propose de lui donner un coup de main... Tu l'as déjà entendue?
— Non, continuez.
— Le mec place le cric sous le châssis, il commence à tourner la manivelle, vlam, la voiture glisse du cric. « Bordel de merde! » il crie, le mec. La bonne sœur est choquée. « Ne jurez pas comme ça, ce n'est pas bien. — Pardon, ma sœur », fait le chauffeur du camion, et il recommence avec le cric, vlam, la voiture glisse encore un coup. Le mec gueule : « Bordel de merde! » Et là, la bonne sœur se met en colère : « Surveillez votre langage, voyons! Si vous n'arrivez pas à vous contrôler, je la changerai moi-même, cette roue. » Le chauffeur se répand en excuses et la bonne sœur lui fait : « Si vous sentez que vous allez jurer, dites "Doux Jésus, aidez-moi", cela vous calmera. » Alors, il recommence à faire monter la voiture... T'es sûr que tu la connais pas?

— Absolument sûr. Allez-y.

— Il recommence à tourner la manivelle, la bagnole glisse encore un coup, le chauffeur va pour gueuler « Bordel de merde ! » mais il se rappelle ce que la bonne sœur lui a conseillé, et il dit à la place : « Doux Jésus, aidez-moi. » Et alors, là, devant leurs yeux, la voiture se soulève toute seule. Et la bonne sœur, sciée : « Bordel de merde ! »

Le Gros éclata de rire, mais comme il bouffait, buvait, rotait et pétait en même temps, il s'étrangla, et il lui fallut un moment pour se rendre compte que Murchison ne rigolait pas avec lui.

— Quoi ? grogna-t-il. Tu la trouves pas bonne ?

— Si, mais je la connaissais.

— Pourquoi tu me l'as pas dit tout de suite ?

— Je l'avais pas reconnue.

— Il te faut une heure pour reconnaître l'histoire de la bonne sœur qui a un pneu crevé ?

— Je croyais que c'était la même que Parker, le pot de chambre...

— Tu me laisses aller jusqu'au bout d'une blague que tu connais déjà ?

— Je savais pas que je la connaissais.

— J'ai failli m'étrangler.

— Désolé.

— Tu diras à Steve que j'ai appelé ! fit Ollie, rageusement, avant de raccrocher.

En oubliant d'informer Murchison que, la veille, on avait repêché un cadavre nommé Juju Judell sous les quais au niveau de Hector Street, et que ce mec avait été vu pour la dernière fois de son vivant en compagnie de l'homme qui avait assassiné le daron de Carella.

Le restaurant s'appelait le *Davey's* et il appartenait à Davey Farnes, batteur dans le groupe que son père avait d'abord baptisé les Racketeers puis Accord 5. Son père lui avait aussi acheté l'établissement, restaurant à steaks du quartier de la finance, désert et silencieux comme une tombe ce samedi à treize heures.

— Ce n'est pas comme ça la semaine, s'empressa de souligner Farnes. Nous avons beaucoup de clients pour le déjeuner, du lundi au vendredi. Mais le samedi, c'est Tombstone, Arizona.

Le restaurant se trouvait dans la vieille ville, bâtie par les Hollandais, encore traversée par des rues étroites et pavées. Le monde mercantile y côtoyait les milieux judiciaire et administratif, les tours de pierre et de verre de la finance dansant joue contre bajoue avec les magnifiques temples à colonnades des tribunaux et les bâtisses grises anonymes des autorités de la ville et de l'Etat. Ces secteurs se déversaient l'un dans l'autre, tous déserts le week-end quand la Bourse était fermée et que les citoyens de la ville ne cherchaient ni l'aide de la magistrature ni celle de la municipalité — ni même un bon steak, si l'on se référait au *Davey's*.

Davey Farnes lui-même était un homme grand et svelte approchant de la trentaine, épaules larges et hanches minces, queue de cheval retenue par un morceau de cravate bleue, vêtu ce jour-là d'un débardeur rouge et d'un jean coupé. Il avait des cheveux châtain roux, des yeux bleus. Quand les inspecteurs arrivèrent, il surveillait le déchargement d'une livraison de fruits et légumes à l'arrière du restaurant, pointant les cageots sur le formulaire de commande.

— Vous savez, dit-il, j'ai bien pensé que ça pouvait être Katie quand j'ai vu la photo de cette religieuse à la télévision, mais ça m'a paru trop gros quand même. Katie? Bonne sœur? Pas la Katie que j'avais connue.

Deux employés du restaurant portaient aux cuisines les cageots de choux-fleurs, d'épinards, de brocolis et de fraises que le chauffeur du camion posait sur le quai de chargement. Un bruit de circulation s'élevait parfois de la route longeant la rivière, quelques rues plus bas. En ce samedi caniculaire, les gens étaient à la plage ou assis sur les marches d'un escalier d'incendie, dans le courant d'air d'un ventilateur électrique. On entendait aussi de temps à autre un grondement de tonnerre lointain mais il semblait bien que l'averse, si averse il devait y avoir, passerait au large de la ville, pas de pot.

— Mr Hollister nous a parlé d'une soirée, après un spectacle en Alabama. Vous vous en souvenez ? demanda Brown.

— Partout où on a joué, il y a eu des soirées après le spectacle, répondit Farnes. Il veut parler de celle où la fille s'est soûlée ?

— Une Noire qu'un des professeurs avait invitée, précisa l'inspecteur.

— Ouais, c'est ça. Et alors ?

— Ça n'a pas plu à Mr Hollister, apparemment.

— Ça n'a plu à aucun de nous. Le groupe était daltonien, question couleur de peau. On n'aimait pas du tout ce genre de connerie.

— Et *Katie ?*

— Je n'en ai pas discuté avec elle.

Explication de Carella :

— Ce que nous essayons de découvrir, c'est la raison pour laquelle elle a quitté le groupe et est retournée au couvent. Est-ce qu'il est arrivé quelque chose qui aurait pu provoquer...

— Pas que je sa... Attends, laisse-moi voir ça, dit Farnes. (Il fit signe à un Latino courtaud de poser le carton de melons qu'il portait, s'agenouilla, ouvrit la caisse, examina les fruits.) J'avais demandé des melons d'Espagne.

— C'en est, assura le chauffeur.

— Non, ce sont des cantaloups. C'est écrit sur le carton. Cantaloups. Et c'est ce qu'il y a dedans, dit Farnes, prenant un des fruits. C'est un cantaloup. Les melons d'Espagne sont verts.

— Si vous en voulez pas, je les remets dans le camion, soupira le chauffeur.

— Vous avez des melons d'Espagne dans le camion?

— J'ai pas d'autres melons que ceux-là. Mais c'est pas un problème : si vous en voulez pas, je les reprends.

— Pourquoi je devrais prendre des cantaloups quand j'ai commandé des melons d'Espagne?

— Vous êtes pas *obligé*. Je vais les remettre dans le camion.

Remets-les dans ce foutu camion, gémit intérieurement Brown. Il se rappela que Davey Farnes avait fait toute une histoire quand leur agent avait voulu mettre le nom du groupe au pluriel, les 5 Accords, au lieu d'Accord 5.

La discussion dura cinq minutes encore, Farnes se plaignant que c'était la troisième fois dans le mois qu'il commandait une chose et qu'on lui en livrait une autre, le chauffeur expliquant qu'il n'y était pour rien, qu'il se contentait de livrer, alors pas question de lui couper la tête, d'accord? comme aux messagers porteurs de mauvaises nouvelles. Finalement, Farnes accepta de prendre les cantaloups, signa le bordereau, et le chauffeur repartit.

L'arrière du restaurant redevint silencieux.

— Entrez boire une bière, proposa Farnes.

Les deux policiers se contentèrent d'un thé glacé. Ils ne savaient pas encore que quatre de leurs collègues essayaient en ce moment même de justifier leur conduite devant le chef des inspecteurs, mais ils étaient de service de toute façon, et on ne sait jamais si un citoyen modèle ne téléphonera pas pour signaler deux flics buvant de la bière à une heure et demie de l'après-midi. A l'intérieur, le décor était celui d'un vrai restaurant de steaks, acajou et cuivre, boxes en cuir vert et pichets d'étain accrochés aux murs. Si la cuisine était aussi bonne que le cadre, le *Davey's* était une trouvaille, quoique un peu en dehors des sentiers battus. Carella eut envie de demander un menu pour l'emporter chez lui. Au lieu de quoi :

— Le groupe n'avait pas de leader, n'est-ce pas?

— Non. Nous prenions les décisions par vote. Nous étions très proches, vous savez. C'est vraiment dommage, ce qui s'est passé...

— Vous parlez de quoi?

— Eh bien, du départ de Katie, pour commencer. Et puis de la disparition du groupe. Et de la mort d'Alan, le mois dernier. Et de Sal, bien sûr.

— Sal?

— Je ne devrais pas vous le dire, je suppose...

Carella eut un hochement de tête, non d'approbation mais d'encouragement.

— A l'enterrement, le mois dernier, il a pris de la cocaïne.

— Du crack? dit Brown.

— Non, il a sniffé de la poudre.

— Vous l'avez vu?

— Oh oui! Je n'aurais pas dû être étonné, d'ailleurs. Déjà, à l'époque, il fumait de l'herbe.

— A l'époque?

— Pendant la tournée. Il y a quatre ans.

— C'est courant, non, des musiciens qui fument un peu d'herbe? relativisa Carella.

— Pas *un peu*. Lui, il fumait jour et nuit. Mais je ne pensais pas qu'il en viendrait là.

— Katie Cochran se droguait aussi quand elle chantait avec vous? demanda Brown.

— Non. Elle venait d'une bonne famille de Philadelphie. Le père prof de sciences politiques à Temple, la mère psychiatre. D'après ce qu'elle nous avait raconté, ses parents étaient aisés. Jamais je ne l'ai vue toucher à quoi que ce soit.

— Et vous?

— Un joint de temps en temps, mais c'est tout.

La question suivante vint de Carella :

— Elle a parlé à qui? Pour annoncer qu'elle quittait le groupe?

— A tout le monde, je crois. Si je me souviens bien, nous étions en train de discuter de nos projets pour l'automne quand elle nous a dit qu'elle laissait tomber.

— Elle vous a donné une raison?

— Simplement qu'elle pensait que ce n'était pas une vie pour elle.

— Elle a précisé qu'elle retournait dans son ordre?

— On ne savait même pas qu'elle avait appartenu à un ordre. Jamais elle n'a fait allusion à son passé de religieuse.

— Elle a simplement dit que ce n'était pas une vie pour elle?

— Peut-être pas en ces termes, mais c'était le sens.

— Qu'est-ce qui ne lui plaisait pas dans votre genre de vie?

— Elle ne l'a pas dit. Jusque-là, je pensais qu'elle était plutôt heureuse avec le groupe.

— C'était quand, monsieur Farnes, le jour où elle vous a annoncé son départ?

— Juste après la Fête du Travail [1]. Nous avions terminé

---

1. Premier lundi de septembre dans la plupart des Etats. *(N.d.T.)*

la tournée, nous étions de retour dans cette ville. La fin avait été géante, en particulier dans les Everglades. Nous avons joué dans un bled appelé Boyle's Landing, juste en dessous de Chokoloskee. Un nommé Charlie Custer y tenait une boîte. Il l'avait appelée *Le Dernier Carré*, à cause de son nom à lui, et parce que c'était le dernier rade avant les marais. Ça marchait fort. Tous les soirs, on a joué devant une salle comble. Ce qui n'est pas facile dans un bled perdu au milieu de nulle part...

Boyle's Landing est située à la limite nord du parc national. La majeure partie de la ville est baignée par le golfe du Mexique, le reste s'étend au petit bonheur vers un marais intérieur grouillant d'animaux sauvages, sorte d'échantillon précurseur des Everglades mêmes. Custer a orienté sa boîte le dos au marais, l'entrée sur la 29, une route secondaire partant d'Ochopee, traversant Everglades City et Chokoloskee pour finir en cul de sac à Boyle's Landing. N'importe quel soir, la musique du groupe rivalise avec les bruits des « créatures », comme les appelle Custer, les oiseaux, les grenouilles et les insectes qui peuplent le fleuve et le marais. Il y a là des aigrettes blanches, des busards, des flamants. Et des alligators.

Les alligators, eux, ne font pas de bruit.

On sait cependant qu'ils sont dans l'eau, derrière. Si l'on se tient sur le quai, côté fleuve, et qu'on promène une torche sur la berge, on voit leurs yeux jaunes dans l'obscurité. Charlie raconte à Sal qu'ils lui ont déjà bouffé deux chiens, dont un berger allemand grand comme une panthère. Sal frissonne en entendant cette histoire, ce qui ravit Charlie. « Y a des panthères aussi, d'ailleurs, ajoute-t-il en ricanant. Fais gaffe à tes miches, Chopin. »

Engagés pour une semaine entière au *Dernier Carré*, ils

sont arrivés un vendredi matin, ils joueront tout le week-end puis la majeure partie de la semaine suivante et repartiront le vendredi d'après pour passer le week-end de la Fête du Travail à Calusa, ville située à deux cent dix kilomètres au nord. Dernière étape de la tournée, c'est, dit-on, l'Athènes de la Floride du Sud-Ouest, et Hymie Rogers leur a trouvé un engagement au *Hopwood's*, l'une des boîtes les plus jeunes de la ville, dans Whisper Key.

Ici, à Boyle's Landing, ils jouent devant une salle bondée le vendredi, le samedi et le dimanche soir, puis devant un public très fourni le lundi et le mardi. Charlie est enchanté du succès d'Accord 5. Le groupe rock inconnu qu'il a engagé attire les jeunes non seulement de villes voisines comme Copeland et Jerome, au nord, Monroe Station et Paolita, à l'est, mais aussi de localités plus éloignées comme Naples, au nord-ouest, sur le golfe du Mexique.

Le mercredi matin, la première pub de Charlie paraît dans les journaux de villes aussi lointaines que Fort Myers. L'encadré annonce que ce soir et demain verront les dernières représentations d'Accord 5 dans « le cœur sauvage de la Floride du Sud », selon les mots de Custer. Le soir, pour accueillir les clients en surnombre, il doit installer des tables sur la terrasse donnant sur le fleuve. Les alligators observent en silence. Le jeudi, après une seconde parution de l'annonce, des voitures embouteillent les routes 41 et 29. Charlie est contraint de donner trois représentations : une à vingt heures, une autre à vingt-deux heures, et la dernière à minuit. Jamais les affaires n'ont aussi bien marché. Ironie de la chose...

— Les autres vous ont raconté, je présume.
— Quoi ?
— La noyade, dit Farnes.

A la télévision ce soir-là, le chef des inspecteurs déclara que ses hommes ne pouvaient absolument pas savoir à l'avance que l'individu occupant l'appartement n'était pas le Leslie Blyden qu'ils recherchaient. Ils n'ont pas compris pourquoi il s'était rué sur eux en brandissant un couteau, il n'avait aucune raison de le faire. Ils s'étaient présentés comme des policiers, plusieurs fois. Ils lui ont demandé de s'identifier. Qu'est-ce qui lui a pris ?

— Mes quatre inspecteurs ont tous agi selon le règlement, affirma-t-il devant les téléspectateurs, estimés à quatre millions, regardant le journal télévisé de vingt-trois heures. Ils étaient munis d'un mandat ESF fondé sur de fortes présomptions. Ils avaient de bonnes raisons de croire qu'un cambrioleur ayant assassiné deux personnes se trouvait dans cet appartement. Ils y ont pénétré, leur arme de service à la main, parce qu'il était tout à fait possible que cet homme soit armé et dangereux, en cette occasion aussi. Ils ont ouvert le feu parce que le suspect s'est jeté sur l'un des inspecteurs avec un couteau et le lui aurait plongé dans la poitrine s'ils n'étaient intervenus comme ils l'ont fait...

Le chef des inspecteurs ajouta qu'en dépit de toutes ces circonstances il y aurait enquête approfondie.

En attendant, Cookie Boy courait toujours.

12

La fille s'appelait Tirana Hobbs, et elle déclara à Ollie Weeks qu'elle n'avait jamais vu ce mec, Sonny, avant vendredi soir, qu'elle ne l'avait pas revu depuis et qu'elle ne s'en portait pas plus mal, merci, c'était quoi, toutes ces salades ?

— Le patron de *La Siesta* dit que vous étiez assise en compagnie de Cole — c'est son nom de famille — et d'un certain Julian Judell vendredi soir vers les dix heures, dix heures et demie. C'est exact ?

— Je viens de vous expliquer que c'est la première et la dernière fois que je l'ai vu de ma vie, ce bonhomme.

Ils étaient dans l'appartement que la fille partageait à Diamondback avec sa mère et ses deux jeunes frères, encore endormis dans une des pièces du fond. Mama était à la messe. La fille portait une robe de chambre rouge sur un pyjama en coton. Pas de maquillage. Des cheveux blonds frisés qui ressemblaient à de la paille frappée par la foudre. Ollie et elle étaient assis à une table au plateau émaillé devant une fenêtre ouverte sur la cour. C'était un dimanche chaud et ensoleillé, les cloches sonnaient pour les fidèles et pour quiconque d'autre à même d'apprécier leur son mélodieux.

— Et Judell? insista le Gros. On le surnomme Juju. Quel genre de rapports vous aviez avec lui?

— Quel genre de *rapports*? Je l'ai rencontré pour la première fois dix minutes avant l'autre. Qu'est-ce qu'ils ont fait, de toute façon?

— Y en a un qui s'est fait refroidir, dit Ollie, tentant de prendre l'expression attristée des journalistes de télévision lorsqu'ils annoncent une tragédie dont ils n'ont rien à foutre. Ah! oui, quelle connerie, pensa-t-il sur le mode W.C. Fields. Je me demandais si Sonny et lui vous auraient pas dit ce qu'ils comptaient faire en quittant la boîte...

— Une balade.

— Une balade où?

— Pas très loin, parce qu'ils avaient promis de revenir dans les cinq minutes.

— Si j'ai bien compris, Sonny est revenu vingt minutes plus tard, pour vous chercher.

— J'en sais rien.

— Le taulier lui a dit que vous étiez partie.

— Alors, ça doit être vrai.

— A quelle heure ils sont allés faire leur balade, vous vous en souvenez?

— Aucune idée.

— Dix heures et demie, par là?

— J'ai pas regardé ma montre.

— Juju a parlé d'une fille avec qui il avait rencard, une vraie bombe?

— Juju, il venait d'essayer de me draguer.

— Donc, vous avez pas eu l'impression qu'ils allaient retrouver une autre bonne femme?

— Non. Sonny a dit qu'il aimerait discuter de certains trucs avec Juju s'il avait une minute. C'est pour ça qu'il a proposé qu'ils sortent faire un tour.

— Sonny?

— Non, c'est Juju qui a proposé de faire un tour. Sonny, c'est celui qui a dit que ça prendrait que quelques minutes.

— Okay, merci beaucoup, mademoiselle, dit Ollie.

Pour que dalle, pensa-t-il.

On se serait cru à Saint-Domingue. Les femmes avaient mis leurs plus beaux habits pour aller à la messe; les hommes, minces, bichonnés, s'étaient rasés de près. Les gens sortaient pour la petite promenade du dimanche matin, sous un soleil éclatant qui vous aurait presque fait oublier qu'on se trouvait dans un des quartiers les plus pourris de la ville, infesté de drogues en tout genre et grouillant d'immigrés résolus à quitter cette ville dès qu'ils auraient assez d'argent pour retourner au pays ouvrir un petit commerce — du moins, Ollie le supposait. Il aurait probablement été surpris d'apprendre que cela concernait autant les immigrés irlandais que les immigrés dominicains. Simplement, les Irlandais avaient l'air plus américains. Mais pour Ollie, l'air, c'était quatre-vingt-dix pour cent du problème.

Il estima que le seul chemin que Sonny et Juju avaient pu prendre vendredi soir était celui de la rivière. Dans ce quartier, deux Blacks pouvaient passer pour des métèques à condition de la fermer. C'était déjà un miracle qu'ils aient bu le coup dans une boîte dominicaine, pour commencer, mais c'était là que se trouvait la fesse, supposait Weeks. Il avait automatiquement conclu que Tirana Hobbs était une pute noire décolorée vendant sa marchandise au premier Latino venu. Il ne savait pas qu'elle était manucure et il ne l'aurait pas crue si elle le lui avait dit. Ce qu'il y avait de bien avec les préjugés d'Ollie, c'est qu'ils étaient inébranlables.

Le Gros pensait que ces messieurs noirs n'auraient pas pu débarquer dans n'importe quel rade local pour goûter la bière ou les filles parce qu'un vendredi soir pouvait facilement tourner à la baston dans ce quartier, à moins d'être dans une boîte comme *La Siesta*, où Juju était connu, d'après le patron. Patron qui avait aussi déclaré spontanément qu'il soupçonnait Juju d'être en affaires avec les dealers de Hightown, mais sans préciser *lesquels*, or il devait bien y en avoir quelques milliers. Ollie supposait que le mec lui léchait le cul parce qu'il avait un frère en cabane ou une sœur en désintox. Dans le coin, personne n'offrait d'informations à moins d'avoir un arrangement en vue. Le type n'avait cependant pas ajouté que Juju était aussi mac et qu'il drivait probablement ses filles à partir de ce bon vieux petit rade appelé *La Siesta*. Cette information-là, il la gardait pour lui, de peur de voir apparaître un cadenas sur sa porte d'entrée un beau soir.

Donc, si Sonny et Juju cherchaient un endroit tranquille où ils pourraient causer, pourquoi ne pas descendre vers la rivière? S'asseoir sur les rochers à l'ombre du pont, discuter de l'affaire urgente que Sonny avait en tête. Une hypothèse qui se tenait, ah oui, compte tenu qu'on avait retrouvé le corps de Juju, avec la moitié du visage en moins, flottant près des piliers du quai de Hector Street, pas très loin de là en aval.

Ollie alla lui-même jusqu'au bord de l'eau sans espérer y trouver quoi que ce soit, et ne fut donc pas déçu d'en revenir bredouille. Sale engeance, bon débarras, pensait-il évidemment. Un mac noir dealer, rien à secouer. Mais ça lui prenait la tête que Sonny Cole se balade en liberté en pensant que les flics étaient incapables de le choper. Ça l'agaçait d'autant plus que, d'après Fréquence Flics, Sonny était le gonze qui avait descendu le père de Carella. Pour toutes ces raisons, Ollie aurait bien aimé le coincer un soir dans une ruelle sombre.

Mais il fallait d'abord le trouver.

Sal Roselli se rappela tout à coup que le patron du *Dernier Carré* était tombé à l'eau, ivre mort, le soir même où leur engagement se terminait.

— On ne l'a appris qu'une fois à Calusa, dit-il.

— Qu'il était tombé dans le fleuve, derrière la boîte...

— Ouais.

— Et qu'il s'était noyé.

— Ouais.

— C'est ce que Davey Farnes nous a dit, commenta Brown.

— On était partis depuis longtemps quand c'est arrivé, reprit Roselli. On ne l'a appris que le lendemain. Les flics de Calusa sont venus ; ils voulaient savoir si on avait vu ou entendu quoi que ce soit, vous connaissez les flics...

Ils étaient assis près d'une piscine en plastique gonflable derrière la maison de Roselli à Sand's Spit. Ses deux petites filles s'ébattaient dans l'eau et Brown se demanda pourquoi il y avait toujours des gosses en train de faire du boucan chaque fois qu'ils interrogeaient quelqu'un. La femme de Roselli, une brune un peu rondelette en bikini marron et chaussures à semelles compensées, était retournée à l'intérieur préparer une citronnade.

Roselli portait un maillot de bain étriqué qui donnait l'impression qu'il n'avait sur lui qu'un slip noir brillant. Brown se demanda comment il avait les couilles, c'était le cas de le dire, de porter ça devant ses deux gamines, qui ne pouvaient pas avoir plus de deux, trois ans. Ça n'avait pas l'air de le tracasser, le papa. Des poils noirs frisottants sur sa poitrine étroite, des gouttes de sueur perlant à son front sous des cheveux bouclés assortis, il souriait aux anges, étendu dans une chaise longue. Brown se demanda s'il ne venait pas de se faire une ligne ou deux avant leur arrivée.

— Comment ça se fait que vous n'en avez pas parlé, la première fois qu'on est venus ?

Roselli haussa les épaules.

— J'ai pas pensé que c'était important.

— Un homme se noie, vous trouvez que c'est pas important ?

— Ça n'avait rien à voir avec nous. On faisait que passer. On joue, on touche la thune, on repart d'un pas joyeux...

— Vous en avez fait combien des boîtes où un type s'est noyé ? insista Brown.

— Pas des masses, convint Roselli. Une seule, en fait.

— Mais vous n'avez pas trouvé ça assez important pour nous en parler ?

— Désolé. J'y ai pas pensé, c'est tout.

— La décision de Katie avait quelque chose à voir avec la noyade ? demanda Carella.

Avec une légère sécheresse dans le ton : lui non plus n'aimait pas les goûts de Roselli en matière de maillot de bain.

— Quelle décision ?

— De quitter le groupe.

— De jeter l'éponge.

— De réintégrer son ordre.

— Je sais pas du tout ce qui a motivé sa décision, répondit Roselli. Josie ! N'éclabousse pas autant, chérie.

Sa femme sortit de la maison avec un plateau chargé d'un pichet et de quelques verres. La porte-moustiquaire de la véranda se referma en claquant derrière elle. Elle posa le plateau sur la table en l'accompagnant d'un « Servez-vous, je vous en prie », puis alla s'asseoir sur une chaise en plastique pliante près de la piscine où ses filles glapissaient en s'aspergeant. De temps en temps, elle jetait un coup d'œil anxieux en direction de son mari et des deux inspecteurs. Carella et Brown supposèrent que leur venue chez elle une seconde fois l'inquiétait. Les filles semblaient un peu nerveuses, elles aussi. Au total, les deux policiers sentaient une tension presque palpable autour de la piscine.

Quatre ans plus tôt, un homme s'était noyé.

La semaine d'avant, une religieuse avait été étranglée dans un parc.

Carella relança l'interrogatoire :

— Vous dites que vous étiez partis depuis longtemps quand c'est arrivé. Pouvez-vous préciser...?

— Je vais essayer de me rappeler l'ordre des événements.

Curieux choix des termes, pensa Carella. « L'ordre des événements... »

— On a joué trois fois ce jeudi soir, dit Roselli. Parce que Charlie avait fait de la pub dans les journaux. Et aussi parce qu'on était drôlement bons, ajouta-t-il, modeste. Non, vraiment. Après la tournée, si Katie n'avait pas quitté le groupe... mais c'est une autre histoire. Ce qui est fait est fait, ce qui est passé est passé...

Il souleva le pichet, servit de la citronnade à tout le monde. De la piscine, Mrs Roselli et les fillettes les observaient. Brown eut la même sensation que dans le cabinet de Lowenthal, quand la femme au chapeau vert les dévisageait.

— La dernière représentation s'est terminée à deux plombes. On avait prévu de partir pour Calusa le lendemain, dans l'après-midi, d'installer le matos à notre arrivée. C'était le vendredi avant la Fête du Travail, on devait jouer là-bas tout le week-end puis remonter vers le nord. Mais on était tous si énervés que personne ne pouvait dormir. Enfin, tout le monde à part Tote, rectifia Roselli. Lui, il pourrait dormir sous les bombardements de la Troisième Guerre mondiale. Il est retourné à sa chambre mais nous, nous n'arrivions pas à arrêter de parler. Vous avez déjà ressenti ça ? Quand vous venez de passer un moment si excitant que vous n'arrivez plus à vous calmer ?

Comme après une fusillade dans une banque, pensa Brown. Vous captez un 10-30, vous foncez sur les lieux, six gars en cagoule braquent des Uzi sur les caissiers, et tout explose. Après, quand vous buvez une bière avec les collègues, vous êtes incapable de rentrer chez vous, vous n'y pensez même pas, c'est ici que ça se passe, ce que vous venez de partager est trop fort.

— Davey a proposé qu'on touche notre cachet, qu'on charge la camionnette et qu'on parte tout de suite. A deux heures et demie, trois heures du matin, se taper deux cent cinquante bornes, quelque chose comme ça, et nous coucher en arrivant là-bas. On a tous pensé que c'était une idée géniale. On a commencé à charger le matos, Alan et moi... Il est mort, vous savez. Le mois dernier. Du sida. On s'est tous retrouvés à l'enterrement. Sauf Katie, bien sûr. Elle, personne ne savait ce qu'elle était devenue. Disparue de la surface de la terre. Forcément, une religieuse. Sœur Mary Vincent. Mais aucun de nous le savait...

— Donc, Alan et vous, vous vous êtes occupés du matériel, intervint Brown.

— Ouais. On a porté les instruments pendant que Davey et Katie allaient chercher le cacheton. La plupart des patrons de boîte paient les musiciens en liquide. Comme on avait joué une semaine entière, Custer nous devait pas mal d'argent. Il était près de trois heures du matin, le parking était désert, on entendait les insectes de la nuit faire leur tintamarre près de l'eau...

De l'endroit où Alan et lui se trouvent, Sal voit Davey et Katie entrer dans le bureau de Charlie Custer. Ici aux Everglades, l'air est toujours moite et les deux hommes suent à profusion en portant le matériel de la scène à la camionnette. Ils ont joué vêtus d'un même pantalon de toile bleue et d'un T-shirt rayé bleu et blanc. Katie porte une mini-jupe bleue et le T-shirt du groupe, sans soutien-gorge, pour mieux faire admirer ses prouesses vocales. Toutes les tenues de scène sont fripées et tachées de transpiration maintenant qu'ils se préparent à partir pour le nord.

Au cours des derniers mois, ils ont appris à charger la camionnette en perdant le moins d'espace possible, emboîtant les haut-parleurs, les amplis, les étuis à guitare, la batterie et le clavier comme les pièces d'un casse-tête chinois. C'est la batterie de Davey qui pose le gros problème, naturellement; elle prend presque toute la place. En plus, il est maniaque sur la façon de la ranger et tient toujours à le faire lui-même, généralement. Les deux hommes, Alan et Sal, font la navette de la scène à la camionnette, ils vont chercher les valises dans les chambres, Sal et Alan, ils frappent à la porte de Tote pour le réveiller, enfin ils vont à la cuisine préparer des sandwiches pour le long voyage vers le nord. Dehors, ils entendent un alligator battre l'eau de sa queue.

Il leur faut à peu près une demi-heure pour tout faire puis Alan se met au volant et klaxonne. Dans le silence de la nuit, on dirait le cri d'une des « créatures » des marais de Charlie Custer. Tote arrive en courant, jette sa valise à l'arrière. Un moment plus tard, Davey et Katie sortent du bureau de Charlie. Alan démarre. En montant dans la camionnette, Davey annonce : « On a le blé, allons-y. » Katie s'installe à côté de lui, décolle son T-shirt de sa peau pour laisser l'air climatisé passer plus librement.

— On a mis une heure trois quarts pour aller à Calusa, dit Roselli. L'après-midi, on a appris que Charlie était tombé à l'eau, qu'il s'était noyé. Et que les alligators l'avaient bouffé.

Ils n'arrivèrent pas à joindre Davey Farnes avant le lundi matin, neuf heures. Le restaurateur leur expliqua qu'il avait passé tout le dimanche à la plage, qu'il était ensuite allé dîner quelque part...

— J'aime bien aller voir ce que font les concurrents. Je ne suis rentré chez moi qu'après dix heures. Vous avez essayé de me joindre ?

— Plusieurs fois, répondit Carella. Est-ce qu'on pourrait passer maintenant ?

— Ah ? Il y a du nouveau ?

— Quelques questions que nous voudrions vous poser.

— Il faut que je parte pour le restaurant à dix heures et demie. Ça suffira ?

— Amplement. Nous serons chez vous dans une demi-heure.

Ils franchirent la porte de l'immeuble de Farnes à dix heures moins le quart. L'ancien batteur vivait dans un quartier proche de son restaurant et en cours de rénovation. Les taudis abritant des immigrés clandestins avaient fait place à des immeubles de quatre ou cinq étages avec ascenseur et portier, le plus souvent. L'appartement de Farnes se trouvait au cinquième étage d'un immeuble rénové depuis un an. Comme il n'y avait pas de portier, ils s'annoncèrent par l'interphone puis prirent l'ascenseur.

Farnes les conduisit dans un séjour modestement meublé d'un sofa en teck, de deux fauteuils assortis tendus de lin blanc et d'une table basse, en teck également. Deux lampadaires aux abat-jour de verre, l'un bleu, l'autre orange, flanquaient le sofa. Une porte ouverte menait à une petite cuisine. Une autre porte, fermée, devait conduire à la chambre. Une troisième, à côté, donnait sans doute accès à la salle de bains. L'appartement était agréablement climatisé, les fenêtres closes barrant le bruit de la circulation, le ululement incessant des sirènes de police et d'ambulance.

— Un verre ? proposa Farnes.

— Non, merci, déclina Carella. Désolé de vous déranger encore...

— Hé, pas de problème.

— ... mais est-ce que vous pourriez nous raconter de nouveau ce qui s'est passé le dernier soir à Boyle's Landing...

— Le soir où Charlie s'est noyé, vous voulez dire ?

— Oui.

— Vous ne pensez quand même pas que c'est lié au meurtre de Katie ?

— Non, mais nous nous demandons si ça n'a pas influencé sa décision.

— De quitter le groupe ?

— Oui. Samedi, vous nous avez dit qu'elle vous en avait fait part juste après la Fête du Travail. Aussitôt la tournée terminée. Alors, est-ce qu'il se pourrait que...

— Oui, je vois. Ecoutez, je pense que ça l'a *peut-être* affectée. Mais je vous rappelle que nous ne l'avons appris que le lendemain. Ce n'est pas comme si nous avions *assisté* à la noyade. Nous n'avons pas *vu* les alligators le dévorer, ni rien. Alors... je ne sais pas. Franchement, je ne sais pas.

— Vous pouvez peut-être nous aider à reconstituer ce qui s'est passé cette nuit-là.

— Euh... oui, bien sûr.

— Vous avez fini de jouer à deux heures, c'est bien ça?

— Deux heures, exact. Nous avons donné trois représentations, ce soir-là.

— Tote est allé se coucher...

— Ce type dormirait vingt-quatre heures de rang si on le laissait faire.

— Les autres sont restés à parler...

— A parler, à boire.

— Vous, Alan, Katie et Sal?

— Charlie nous a rejoints un peu plus tard.

— Quand?

— Avant de nous payer. C'est moi qui ai suggéré qu'on parte tout de suite, au lieu d'attendre le lendemain matin. En fait, c'était *déjà* le lendemain, deux heures et demie, trois heures du matin. J'ai proposé qu'on roule tout de suite — deux cent cinquante kilomètres environ — et qu'on se mette au lit en arrivant. Ils ont tous été d'accord. Alors Alan et moi nous avons commencé à charger...

— Une minute, coupa Brown. C'est Alan et *Sal* qui se sont occupés du matériel, non?

— Ce n'est pas le souvenir que j'en garde. Qui vous a dit ça ?

— Sal. C'est le souvenir qu'il en garde.

— Non, il se trompe. Je n'aurais pas laissé quelqu'un toucher à ma batterie.

— Autant que vous vous souvenez, c'est Alan et *vous* qui avez chargé la camionnette ce soir-là ?

— Absolument.

— Vous avez chargé et vous êtes partis.

— Oui. Vers les trois heures et demie.

— Et les flics de Calusa sont venus vous trouver le lendemain ?

— Oui.

— Ils vous ont demandé si vous saviez quoi que ce soit sur ce qui s'était passé la veille...

— Exact.

— Mais personne n'a pu les renseigner...

— Personne.

— Parce qu'aucun de vous n'était là quand Charlie Custer s'est noyé.

— Aucun de nous.

— Bien, merci, monsieur Farnes, dit Carella.

— Et qu'il s'est fait manger par les alligators, ajouta Brown.

— Aucun de nous, répéta Farnes.

Il était près de midi à Calusa, en Floride, lorsque Cynthia Huellen prévint Matthew Hope par interphone que l'inspecteur Carella demandait à lui parler sur la ligne 5.

— Hé, fit Matthew, surpris. Comment va ?

— Bien. Quel temps il fait, chez vous ?

— Chaud.

— Ici aussi. Qu'est-ce que vous devenez? Toujours pas revenu aux affaires criminelles?

— Je prépare un voyage en République tchèque.

— Pourquoi là-bas?

— Parce qu'il y a Prague.

— Vous partez quand?

— Faut que je me trouve une femme, d'abord.

— C'est pas ça qui manque là-bas, je parie, dit Carella.

— Je peux pas courir le risque. Je me fais vieux, Steve.

— Moi aussi. J'aurai quarante ans en octobre.

— Ah, *ça*, c'est vieux.

— A qui le dites vous!

Ils bavardèrent encore quelques minutes, deux vieux amis qui ne s'étaient jamais rencontrés, l'un avocat à Calusa, petite ville endormie de Floride, l'autre inspecteur dans une mégapole bruyante du Nord, étrangers l'un pour l'autre quand ils s'étaient parlé pour la première fois au téléphone, étrangers peut-être encore, bien que chacun ressentît une affinité qu'il ne pouvait expliquer.

— Qu'est-ce qui me vaut le plaisir? demanda enfin Matthew.

— Si vous avez *vraiment* laissé tomber les affaires criminelles...

— Vraiment.

— Alors, vous ne pourrez pas me dire ce que la police de Calusa a appris de quatre musiciens et d'une chanteuse qui sont passés dans votre ville il y a quatre ans, à peu près à cette période de l'année.

— Pourquoi les flics de Calusa s'intéressaient à eux?

— Parce qu'un nommé Charlie Custer s'est noyé et s'est fait manger par des alligators.

— Du gâteau, soupira Matthew.

L'homme que Murchison passa aux inspecteurs déclara à Meyer qu'il connaissait le Leslie Blyden qu'ils recherchaient.

— J'ai entendu le chef des inspecteurs parler d'un Leslie Blyden à la télé samedi soir. Je me suis dit : Tiens? Et puis j'ai lu dans les journaux d'hier qu'il lui manque un petit doigt, au Blyden que vous recherchez. Je me suis dit : Ça doit être le Les que j'ai connu pendant la guerre du Golfe... Ce que je voudrais savoir...

— Oui?

— Y a une récompense?

— Non, monsieur.

— Alors, merci beaucoup, fit l'homme avant de raccrocher.

Il ignorait, supposa Meyer, que les services de police étaient équipés d'un système d'identification du correspondant et que son nom s'étalait déjà sur le cadran du combiné. Frank Girardi, avec un numéro de téléphone juste au-dessus.

Meyer n'estima pas utile d'annoncer leur visite.

— Ce qu'on a, c'est un pianiste et un batteur qui prétendent tous deux avoir chargé les instruments dans une camionnette avec l'aide d'une personne à présent morte du sida, résuma Brown. Le pianiste dit qu'il a vu le batteur, et une jeune demoiselle qui finira étranglée dans un parc, entrer dans le bureau d'un zigue sur le point de se faire boulotter par des alligators. Et le batteur dit la même chose du pianiste.

— C'est ce qu'on a, confirma Carella.

— Donc y en a un qui ment.

— Pas nécessairement. Quatre ans, c'est long. Ils ne se souviennent peut-être plus très bien.

— Ils se souviennent pourtant de tous les *autres* détails, fit observer Brown. Les batteurs mentent beaucoup, Steve. Les pianistes aussi. En fait, tous les musiciens, d'après l'expérience que j'en ai. Surtout quand les seules personnes qui pourraient les contredire sont mortes.

— Tes propos vont te valoir du courrier.

— J'espère bien que non, dit Brown, regardant par-dessus son épaule. Je rêve ou cette Honda, là, nous file le train depuis une demi-heure?

— De quoi tu parles?

— Derrière nous. La petite Accord verte.

Carella regarda dans le rétroviseur.

— Pas remarqué.

— Y a un Noir au volant.

— Ça fait de lui un dangereux criminel recherché, s'pas?

— C'est la prochaine à gauche, dit Brown.

— Je sais.

Carella tourna au coin de la rue, s'arrêta presque aussitôt devant l'immeuble de son coéquipier. La petite Accord verte continua tout droit dans l'avenue qu'ils venaient de quitter. Brown la suivit un moment des yeux en fronçant les sourcils puis descendit de voiture.

— A demain, dit Carella.

— Tu montes boire un verre?

— Non, faut que je passe prendre l'argent de la dope à Riverhead...

Vieille plaisanterie entre eux.

— Dis-leur de m'envoyer le mien par la poste.

— Avec la protection qu'on leur garantit, ils pourraient quand même faire porter le blé à domicile par coursier...

— Y a plus de respect, se lamenta Brown.

Il sourit, referma la portière ; Carella lui rendit son sourire et démarra.

Frank Girardi avait perdu ses deux jambes dans la guerre télévisée de George Bush, avec frappes chirurgicales et quasiment aucun mort dans les deux camps, à en croire les généraux et les hommes politiques. Girardi avait été blessé au cours de l'attaque de diversion du 1er de Cavalerie dans le Ouadi al Batin. Il travaillait maintenant sur ordinateur dans son petit appartement de Calm's Point, assurant le publipostage de toute entreprise prête à lui payer cette tâche onéreuse.

— Si vous recevez autant de lettres avec l'adresse écrite à la main, c'est parce que beaucoup de gens ne savent pas comment se servir de l'ordinateur. Je constitue des fichiers d'adresses pour les diverses compagnies, je fais passer les enveloppes dans mon imprimante et je les renvoie par porteur. Je touche dix *cents* par enveloppe. C'est pas un mauvais boulot.

Girardi approchait apparemment de la trentaine, ce qui lui faisait dix bonnes années de moins que Meyer ou Kling. Les inspecteurs prirent soudain conscience de leurs jambes, du fait qu'ils en avaient et lui pas. Ils étaient là pour lui soutirer l'adresse de Leslie Blyden, mais pas facile de bousculer un homme assis dans un fauteuil à roulettes.

— J'ai demandé s'il y avait une récompense parce que j'estime que j'y ai droit, vous croyez pas ? se justifia Girardi. Je me suis fait esquinter dans une guerre essentiellement menée pour le *pétrole*, je pense que mon pays me doit quelque chose, non ?

Meyer ne jugea pas opportun de lui faire observer que son pays et la police de sa ville étaient deux choses différentes. Ils étaient venus prêts à lui offrir ce qu'ils auraient donné à n'importe quel indicateur, une somme allant de cent à mille dollars, selon la valeur de l'information. Ils prélevaient cet argent sur une caisse noire dont l'origine des fonds était obscure, mais dans le métier de flic, les petits détails passent souvent à la trappe, l'essentiel étant que le boulot soit fait. Si cet argent avait appartenu à un dealer et qu'il servait maintenant à acheter des renseignements pouvant conduire à un meurtrier, on avait le droit de ne pas poser de questions.

L'ennui, en l'occurrence, c'était que Girardi n'était pas un indic minable prêt à balancer son frère, assassin à la tronçonneuse, pour une tasse de café et un beignet. Girardi était un héros de guerre. Décoré du Purple Heart et de la Medal of Honor. On ne peut pas offrir de l'argent sale à un héros en échange d'informations. On ne peut pas non plus le bousculer. Lui dire par exemple : « Okay, Frank, tu veux qu'on revoie de plus près le dossier toujours ouvert sur le braquage de l'épicerie ? » On ne peut pas marchander non plus : « Au revoir, Frank, ça vaut pas plus de cent dollars, ton truc. »

— Ecoutez, nous ne voulons pas vous insulter... commença Meyer.

— Des experts s'en sont déjà chargés.

— Comme je vous en ai averti au téléphone, il n'y a pas de récompense pour cette affaire. Mais nous sommes disposés à vous donner quelque chose de notre propre poche...

— Arrêtez le pipeau.

— Peu importe. Ça me gêne, croyez-moi. Un homme qui a tant fait pour son pays... J'aimerais pouvoir vous offrir plus. Mais nous ne pouvons pas aller au-delà de mille...

— Je prends, dit Girardi.

13

Le problème, c'était l'environnement.

La gardienne avait déclaré qu'elle avait vu Blyden quitter l'immeuble vers dix-huit heures trente. En général, il allait manger un morceau au McDo de la rue d'après, avait-elle dit aux inspecteurs. Tous les soirs, apparemment. Un homme d'habitudes, Leslie Blyden.

Devant le restaurant, une pancarte revendiquait des milliards de hamburgers vendus, mais Meyer pensa que c'était sans doute une sous-estimation. A sept heures moins le quart, ce lundi soir, l'endroit était bondé de clients à l'intérieur et de voitures à l'extérieur. Ils n'avaient pas une idée précise de ce à quoi ressemblait Blyden parce que les Feds ne leur avaient pas encore envoyé la photo de son dossier militaire. Ils ne disposaient que de son signalement à l'époque où il s'était engagé, neuf ans plus tôt. Ils savaient aussi qu'il avait perdu depuis le petit doigt de la main droite.

Cette information ne les avait pas beaucoup aidés quand ils avaient abattu un Leslie Blyden qui se révélait être un nommé Lester Blier, recherché en Arizona pour escroquerie par correspondance, et vivant dans cette ville sous une fausse identité depuis près de deux ans, ce qui expliquait peut-être sa réaction de panique, samedi. Ce nouvel élément avait quelque peu calmé l'opinion publique, scandalisée par l'irruption de quatre policiers armés et protégés par des gilets pare-balles dans la cuisine d'un innocent. Mais quelque peu seulement. L'escroquerie par voie postale était perçue par le public comme un délit de gentleman, fort éloigné du vol à main armée ou du viol. On ne tire pas sur un homme recherché pour escroquerie par correspondance à Wee Mesa, Arizona. Isola était une ville civilisée, elle n'attendait pas de ses officiers de police qu'ils se comportent comme des gangsters, comme des barbares.

Il y avait une forte possibilité pour que ce lundi soir poisseux vienne renforcer cette vision erronée dans l'esprit des gens. Les voitures alignées dans la file du drive-in, la foule faisant la queue pour commander, les clients mastiquant joyeusement aux tables constituaient ce qu'en jargon de métier on appelait « l'environnement ». Dans cette ville, l'environnement était l'un des facteurs qui déterminaient quand un officier de police pouvait dégainer son arme et faire feu. Si Leslie Blyden, alias Cookie Boy, se trouvait effectivement dans cet établissement de restauration rapide pour son habituelle collation vespérale, et s'il avait bel et bien tué deux personnes, on pouvait supposer, non sans raison, qu'il était à coup sûr dangereux et peut-être armé. Deux conditions du règlement déjà satisfaites. Blyden était aussi un criminel recherché. Troisième condition remplie. Mais le coincer, c'était une autre affaire.

L'environnement limitait sérieusement leurs choix. Rien à voir avec les Anglais et les Français décidant, en gentilshommes, de régler leur vieille querelle sur le terrain plat mais boueux d'Azincourt. Le règlement le stipulait clairement : Si vous prévoyez une fusillade, les gars, agrafez votre bonhomme là où il n'y a pas d'environnement. La Bande des Quatre, comme la presse avait immédiatement surnommé Meyer, Kling, Parker et Willis, se rassembla dehors sur le trottoir pour mettre au point un plan d'attaque.

Les inspecteurs décidèrent que deux d'entre eux entreraient en éclaireurs, tâcheraient de repérer un client avec le petit doigt en moins à la main droite. Si Willis et Parker étaient chargés du meurtre de la dame et de son Roméo adolescent, Meyer et Kling suivaient les cambriolages de Cookie Boy depuis le début. Les deux affaires étaient à présent irrémédiablement liées l'une à l'autre comme des sœurs siamoises, mais la règle du Premier Sur le Coup s'appliquait, et Meyer et Kling décrochèrent la timbale.

Parker ne demandait pas mieux. L'environnement le rendait nerveux. Supposons que Cookie Boy repère la flicaille et décide de se frayer un chemin à coups de flingue ? Le règlement ne s'applique qu'aux policiers, pour les autres, c'est feu à volonté. Parker prit donc position sur le parking, devant la porte latérale, et Willis se posta devant les portes de devant tandis que Meyer et Kling entraient pour chercher un homme d'un mètre quatre-vingts environ, cheveux noirs, yeux bleus, une centaine de kilos, le petit doigt en moins à la main droite.

La climatisation offrait une oasis bienvenue après l'atmosphère moite de l'extérieur. Meyer et Kling se séparèrent, l'un se dirigeant vers le comptoir des caisses, à droite, l'autre vers les tables, à gauche. Ni l'un ni l'autre ne se distinguait des autres clients, à ceci près que peu d'hommes portaient une veste et que les deux inspecteurs en avaient mis une, uniquement pour cacher l'artillerie. Personne ne leur accorda un regard.

Meyer prit la file la plus proche de la porte, inspecta la foule, regarda alternativement les menus accrochés au-dessus du comptoir et les clients attendant leur tour. Kling fit la même chose de l'autre côté de la salle, balayant les tables des yeux comme s'il cherchait sa femme et ses trois gosses. Il se concentrait d'abord sur la taille, le poids, la couleur des cheveux et des yeux. C'est plus facile à vérifier d'un coup d'œil. Repérer un petit doigt manquant exige d'examiner les mains, ce que personne ne fait, à moins d'être un pervers. Le petit doigt ne viendrait qu'une fois les autres critères réunis.

Ce fut Kling qui le logea.

Il buvait une tasse de café assis devant une fenêtre où sa silhouette se découpait sur le soleil sombrant à l'horizon. Il ressemblait beaucoup à John Travolta, mais qu'est-ce que Travolta aurait fait dans un McDonald de Calm's Point ? Un instant, Kling eut envie de s'approcher de la table et de lui demander s'il était John Travolta, puis il remarqua l'absence de petit doigt à la main qui tenait la tasse, et toute idée de solliciter un autographe disparut de son esprit. Il se dirigea d'un pas vif vers le comptoir des pailles et des serviettes, se tourna de côté afin de garder un œil sur Blyden tout en dissimulant le talkie-walkie qui surgit de sa poche et monta vers sa bouche.

— Je l'ai, dit-il. Troisième table contre le mur ouest. Assis seul. Apparemment, il a fini son repas et s'apprête à partir.

Un silence. Puis la voix de Meyer :

— Je le vois.

— Qu'est-ce qu'on fait ? demanda Parker.

— On le laisse sortir, décida Kling.

Du coin de l'œil, il vit Meyer quitter la queue et se diriger vers les tables. Au même moment, Blyden reposa sa tasse, s'essuya la bouche avec une serviette en papier, prit son plateau et la direction de l'endroit où se trouvait

Kling. Celui-ci tourna aussitôt le dos et s'éloigna. Blyden alla à la poubelle située au bout du comptoir, vida son plateau, le rangea et gagna la porte latérale, près de laquelle Kling s'était arrêté.

— Il sort, annonça Meyer. Par le côté.

Willis, posté devant l'entrée principale, fit quelques pas vers le parking.

Blyden passa devant Kling sans le regarder, ouvrit la porte d'une poussée du coude, passa devant Parker sans le regarder. Meyer et Kling sortirent derrière lui. Parker lui emboîta le pas. Les voyant approcher, Willis prit position devant Blyden. Les trois points classiques du triangle enfermant une cible en mouvement. S'il était venu en voiture, ils devraient lui sauter dessus avant qu'il ait le temps de monter dedans. C'était ça ou le perdre. Il y avait également beaucoup de gens dehors, mais moins qu'à l'intérieur. Aucun des inspecteurs n'osait se servir de son talkie-walkie, plus maintenant. Une fausse manœuvre et Blyden détalait.

Quelqu'un la fit, la fausse manœuvre.

Peut-être que *toute* l'opération fut la fausse manœuvre : le petit gars en veste marchant trois mètres devant Blyden, le gars mal rasé, en veste lui aussi, se déplaçant parallèlement à Blyden à quatre mètres sur la gauche, les deux gars en veste derrière. Il y eut peut-être tout à coup trop de types en veste par une chaude soirée d'été, et Blyden flaira peut-être tout à coup les flics.

Quoi qu'il en soit, il obliqua soudain vers la droite, le côté ouvert du triangle de surveillance, et se mit à sprinter dans l'avenue. Quand il commença à courir, Willis, qui était le plus proche, s'élança aussitôt derrière lui et lança le premier avertissement exigé par le règlement, « Police ! Arrêtez ! », mais Blyden continua à cavaler parce qu'il savait qu'il risquait d'écoper pour cambriolage, à tous les coups, et pour un double meurtre, éventuellement. « Police ! Arrêtez ! » Deuxième avertissement, donné par une voix différente, celle de Parker. Qui grignotait Willis sur sa gauche — il avait de plus longues jambes —, le dépassait et se rapprochait de Blyden, qui aurait cru ça de lui ? Andy Parker ?

Aucun des policiers n'osait ouvrir le feu. L'environnement était tout bonnement trop dense en cette chaude soirée d'août où tout le monde était sorti faire une promenade, le ciel vers lequel Blyden filait virant maintenant au pourpre. En outre, ils étaient devenus des « mous de la gâchette » après avoir été éreintés dans les médias, après s'être fait passer un savon par un chef des inspecteurs compréhensif en public mais furieux en privé. Ils couraient donc derrière Blyden dans le soleil couchant, tels quatre flics de cinéma muet, criant, l'un après l'autre, « Police ! Arrêtez ! », la foule s'écartant devant eux, mais aucun des quatre n'osait tirer la balle qui aurait arrêté net Blyden.

Ce fut Parker...

Andy Parker ?

... qui plongea finalement la tête la première, fendant l'air comme un champion de football américain qu'il n'avait jamais été, saisissant les jambes en mouvement du suspect, réussissant un placage qu'il n'avait jamais essayé de sa vie, et s'écroulant sur le trottoir avec Blyden en un enchevêtrement de bras et de jambes. Les autres inspecteurs déboulèrent à leur tour, plus personne ne gueulant, puisque Parker...

Andy Parker ?

... avait finalement arrêté Blyden.

Il ne restait que « Police » à dire.

Ce que fit Meyer.

Qui ajouta, hors d'haleine : « Vous êtes en état d'arrestation. »

Et commença aussi sec à lui réciter le galimatias juridique de circonstance : « Vous avez le droit de garder le silence, vous avez le droit... »

Et ainsi de suite.

On était en Amérique.

Nellie Brand se demanda pourquoi, chaque fois qu'elle était d'astreinte, il y avait un meurtre dans le 87e district. Son téléphone sonna à sept heures et demie du soir. Au moment où elle et son mari s'apprêtaient à sortir. Elle avait revêtu pour l'occasion une jolie robe d'été blanche avec un col en empiècement, des chaussures à talon Louis XV bleues. Pendentif argent et turquoise sur un fil de soie couleur pêche. Cheveux sable tirés en arrière et pris dans une queue de cheval. Le flic qui lui téléphonait des bureaux du *district attorney* s'appelait Jeff Callard.

— Bonsoir, Jeff.

— Nellie, ils ont épinglé Cookie Boy.

Elle ne savait pas qui c'était, probablement un pervers qui offrait des cookies aux gosses pour les attirer dans sa voiture. Callard lui expliqua qui était Cookie Boy. Elle argua qu'elle venait de finir de s'habiller pour aller dîner au restaurant avec son mari. Désolé, répondit Callard, mais c'est le mois d'août, la moitié des gens sont en vacances. Elle répartit que son mari demanderait le divorce.

— Ça ne fait rien, je vous épouserai, *moi*, la consola-t-il.

Elle retourna dans la chambre se changer, et lorsqu'elle arriva au 87e, à huit heures et quart, elle portait un pantalon de toile et un chemisier sous une veste en lin couleur fauve. Elle avait gardé sa queue de cheval.

Nellie s'attendait à voir Carella mais le sergent à l'accueil lui annonça que Steve était déjà rentré, que c'était la Bande des Quatre qui avait agrafé Cookie Boy. Elle ne savait pas non plus qui était la Bande des Quatre. Travailler dans les services du *district attorney* ne lui laissait pas beaucoup de temps pour regarder la télévision. Elle aimait bien Carella et fut un peu déçue qu'il ne soit pas l'inspecteur ayant procédé à l'arrestation.

La Bande des Quatre attendait en haut. Meyer et Kling, elle connaissait. Ce dernier lui présenta les deux autres, Willis et Parker, puis l'informa que l'avocat de Blyden n'était pas encore arrivé, qu'ils avaient un peu de temps pour parler. Blyden, c'était Cookie Boy. Leslie Talbot Blyden. Ancien combattant de la guerre du Golfe, avait perdu le petit doigt là-bas dans un accident. Avouait le cambriolage mais déclarait ne rien avoir à faire avec le double meurtre.

— Il ressemble à John Travolta, ajouta Parker.

— Quelqu'un connaît le vrai nom de Marilyn Monroe ? s'enquit Kling.

— C'est quoi, un jeu télévisé ? fit Nellie.

— Qui est le responsable, ici ? demanda une voix.

Ils se tournèrent tous pour découvrir un homme assez corpulent en costume à fines rayures qui se tenait devant le portillon de la barrière en lattes de bois séparant la salle des inspecteurs du couloir.

— Marvin Meltzman, avocat de Leslie Blyden, dit-il. Où est mon client ?

— Nellie Brand, adjointe au DA, se présenta Nellie.

Elle s'approcha de la barrière, la main tendue.

— Désolé d'être en retard, s'excusa Meltzman en lui serrant la main.

— Je viens juste d'arriver, moi aussi, dit Nellie. Où est le suspect? demanda-t-elle à Meyer.

— En salle d'interrogatoire, répondit-il. Je vous y conduis, maître.

Tandis que l'avocat et l'inspecteur s'éloignaient, Nellie se tourna vers Kling.

— Qui l'a interrogé?

— Moi et Meyer.

— Vous dites qu'il a avoué le cambriolage?

— Il dit qu'il a *peut-être* commis le cambriolage, mais pas les meurtres.

— Peut-être, hein?

— C'est mieux que carrément non.

— Et qui a commis les meurtres, d'après lui?

— La femme. Elle a tiré sur le jeune puis sur elle-même. Accidentellement.

— Des empreintes sur l'arme?

— Uniquement celles de la femme.

— Alors Blyden dit peut-être la vérité.

— Et moi je suis Robert Redford.

— Vous lui ressemblez un peu.

— Je sais, ça me poursuit. Vous, vous ressemblez un peu à Meg Ryan.

— Allons voir Travolta. Nous pourrons peut-être tourner un film tous ensemble.

L'interrogatoire ne commença qu'après neuf heures, quand Blyden et Meltzman eurent terminé leur tête-à-tête. Les inspecteurs avaient eu le temps de communiquer à Nellie tout ce qu'ils avaient sur les deux crimes. Le jeu des Q et R débuta à vingt et une heures sept, en présence de Meyer et Kling, de Willis et Parker, du lieutenant Byrnes et du technicien des services du DA qui prendrait la séance en vidéo. Nellie lut à nouveau ses droits au suspect, obtint l'accord de son avocat pour commencer, soutira de Blyden ses noms, adresse et pedigree puis entra dans le vif du sujet :

— Monsieur Blyden, dites-moi tout ce que vous vous rappelez de l'après-midi du 25 août.

Sa ressemblance avec Travolta était un peu déconcertante. Il était pourtant loin d'être aussi cool que le comédien et semblait au contraire timide, presque timoré, Nellie se demanda tout à coup si elle ressemblait vraiment à Meg Ryan. Tout à coup, la caméra vidéo, quoique braquée sur Blyden, lui fit prendre conscience de son image.

Q : Monsieur Blyden ?

R : Oui, je réfléchis.

Q : Ce devait être un mardi.

R : Oui.

Q : Vous rappelez-vous où vous étiez cet après-midi-là ? Vers trois heures et demie, quatre heures ?

Blyden parut en difficulté. Il avait déjà déclaré aux inspecteurs qu'il avait peut-être commis le cambriolage mais pas les meurtres. Son avocat lui avait probablement conseillé non pas de mentir, bien sûr, mais d'essayer de se souvenir s'il ne se trouvait pas carrément *ailleurs* ce jour-là.

— Monsieur Blyden ? Vous répondez à ma question, s'il vous plaît ? insista Nellie.

— J'étais chez moi, je faisais des cookies.

Okay, il choisissait de mentir. Quoique d'une manière singulièrement idiote. Si les flics pensent que vous êtes Cookie Boy, pourquoi leur raconter que vous faites des cookies ? Mais Nellie ne refusait pas ce qu'on lui offrait sur un plateau.

— Il y avait quelqu'un avec vous, monsieur Blyden ?

— J'étais seul.

— Quelqu'un vous a *vu* faire ces cookies ?

— La fenêtre était ouverte. Quelqu'un m'a peut-être vu.

— Mais vous n'en êtes pas sûr?

— Non.

— Quel genre de cookies, monsieur Blyden?

Il hésita. Répondre « Des cookies aux pépites de chocolat » revenait à leur tendre une perche.

R : J'ai oublié. J'en fais de toutes les sortes.

Q : Vous aimez faire de la pâtisserie, on dirait.

R : Oh oui!

Q : Vous faites des cookies aux pépites de chocolat?

R : Peut-être.

Q : Vous en faisiez le 25 août?

R : Je ne me souviens pas.

Q : Vous n'avez jamais fait de cookies aux pépites de chocolat?

R : Je n'aime pas particulièrement ça.

Q : Mais avez-vous...

R : Les cookies aux pépites de chocolat, je veux dire.

Q : J'avais compris. Mais il ne vous est jamais arrivé d'en faire?

R : Je ne crois pas.

Q : Oui ou non, monsieur Blyden?

— Mon client a déjà répondu à la question, intervint Meltzman.

— Pas à ma satisfaction.

— Vous ne serez satisfaite que lorsqu'il vous répondra « Oui, j'ai fait des cookies aux pépites de chocolat »...

— Non, je serai satisfaite quand il me répondra clairement par oui ou par non.

Q : Monsieur Blyden, vous est-il déjà arrivé de faire des cookies aux pépites de chocolat?

R : Oui. Peut-être. Une ou deux fois.

Il n'était pas rare qu'une personne interrogée fasse

machine arrière, surtout quand elle ne déposait pas sous serment. Blyden supposait probablement que les policiers avaient appris, d'une manière ou d'une autre, qu'il faisait des cookies aux pépites de chocolat. Peut-être un des voisins avait-il déclaré, en se fondant sur leur odeur, que c'étaient des cookies aux pépites de chocolat. Peut-être les flics avaient-ils fouillé son appartement et trouvé sa recette. Plus tard, ils pourraient aussi saisir ses plats et ses plaques, les envoyer au laboratoire et établir qu'ils avaient servi à faire des cookies aux pépites de chocolat. Alors, il valait mieux admettre qu'il en avait fait une ou deux fois.

Q : Et le 25 août? Vous avez fait des cookies aux pépites de chocolat, ce jour-là?

R : Non.

Q : Qu'est-ce que vous avez fait? Quelle sorte de cookies?

R : Je ne me rappelle pas.

Q : C'était il y a six jours seulement. Vous ne vous rappelez pas quels cookies vous avez faits il y a six jours?

R : Non.

Q : Alors, comment savez-vous que ce n'étaient pas des cookies aux pépites de chocolat?

— Excusez-moi, où voulez-vous en venir? demanda Meltzman.

— Excusez-*moi*, maître, mais nous ne sommes pas au tribunal, et je vous serais reconnaissante de ne pas nous interrompre.

— J'ai parfaitement conscience que...

— C'est un simple interrogatoire, monsieur Meltzman. Pas d'objections, ni de règles de procédure, ni de preuves irrecevables, rien qui puisse m'empêcher de rechercher la vérité.

— Mais *quelle* vérité cherchez-vous?

— Vous savez que nous soupçonnons votre client d'être le cambrioleur que les médias ont surnommé Cookie Boy, je suppose ?

— C'est ce que les inspecteurs prétendent, oui.

— Vous savez aussi que Cookie Boy laisse des cookies aux pépites de chocolat sur les lieux de ses cambriolages ?

— Une singulière habitude, à n'en pas douter, mademoiselle Brand.

— Madame Brand.

— Pardonnez-moi. Nous avons affaire à un cambriolage précis, à deux meurtres précis commis pendant ce cambriolage. Mon client n'a jamais été condamné pour quoi que ce soit et il vient de vous dire qu'il n'a fait des cookies aux pépites de chocolat qu'une ou deux fois dans sa vie. Pourquoi l'a-t-on arrêté ? Cela dépasse mon entendement. Avez-vous l'intention de *l'inculper* de ces deux meurtres ?

— En effet.

— Alors, pourquoi ne le faites-vous pas ?

— J'aimerais d'abord obtenir des réponses à quelques questions.

— Je pense que vous en avez posé assez pour le moment. Si vous devez l'inculper, faites-le. Sinon, laissez-le partir.

— C'est la décision de votre client ?

— Monsieur Blyden ? dit Meltzman en se tournant vers Cookie Boy. Vous souhaitez répondre à d'autres questions ?

— Je ne le souhaite pas.

— Je pense qu'on ne peut être plus clair, conclut l'avocat.

— Alors, restons-en là, soupira Nellie en faisant signe au technicien vidéo. Attendez ici, maître. J'aimerais en discuter avec les inspecteurs...

— Cinq minutes, prévint Meltzman, qui regarda sa montre.

L'adjointe au DA, la Bande des Quatre et Byrnes allèrent dans le bureau du lieutenant, à l'autre bout du couloir.

— Ce sera dur, prédit-elle. Nous n'étions pas en position de force au départ. Maintenant qu'il refuse d'admettre quoi que ce soit, qu'est-ce qu'il nous reste? Rien qui puisse tenir devant un tribunal.

— Y a le sang dans l'appart', suggéra Parker.

— Si c'est le sien. On ne le saura qu'après un test d'ADN. Et pour lui faire une prise de sang, il faut l'autorisation d'un juge.

— Alors, demandons-la, proposa Byrnes.

— Je suis sûre que nous l'obtiendrions. De fortes présomptions, on en a tellement qu'elles nous ressortent par les oreilles. Mais en attendant, Blyden aurait le temps de filer à l'autre bout du monde.

— Pas si on l'inculpe du cambriolage, fit valoir Meyer. Cela nous donnerait six jours pour lui coller les meurtres sur le dos.

— Pendant ce temps, on obtient l'autorisation, on fait la prise de sang, ajouta Willis.

— Il vient de *revenir* sur ses aveux, concernant le cambriolage, rappela Nellie.

— Et alors? objecta Kling. On a quand même les miettes de cookies trouvées dans l'appartement. De cookies aux pépites de chocolat.

— Cela signifie seulement que quelqu'un a mangé des cookies aux pépites de chocolat dans l'appartement. Rien ne prouve que ce soit Blyden.

— Le labo est en train d'analyser les miettes, dit Byrnes. Si elles correspondent aux autres cookies qu'il a laissés derrière lui...

— Alors, nous aurons *peut-être* établi sa présence dans l'appartement. Peut-être. De toute façon, la défense produira dix mille cookies aux pépites de chocolat différents qui donneront les mêmes résultats au jeu des tests.

— Je déteste aussi, glissa Parker.

— On a ses empreintes sur l'échelle de l'escalier d'incendie, argua Meyer.

— Cela prouve qu'il est allé dans la cour, derrière l'immeuble, mais pas obligatoirement dans l'appartement. Pas obligatoirement non plus le jour des meurtres. On a relevé ses empreintes dans l'appartement ?

— Non.

— Qu'est-ce que nous avons d'autre ? demanda Nellie.

Personne ne répondit.

— Nous *avons* quelque chose d'autre ?

Tous la regardèrent.

— C'est mince, estima-t-elle.

— Ce qu'on déguste dans la presse avec cette affaire, je vous raconte pas, marmonna Byrnes.

— Vous proposez d'essayer quand même de l'inculper pour le cambriolage, dit Nellie. De tenter le coup. Moi je pense qu'on court un gros risque. Si le juge trouve le dossier un peu faible, il fixera une caution peu élevée, voire pas de caution du tout, et adieu Blyden.

Un moment, elle regretta que ce ne soit pas un film. Elle regretta de ne pas être vraiment Meg Ryan, dans un film. Au cinéma, tout s'arrange toujours ; dans la vie réelle, les tueurs s'en tirent quelquefois.

Byrnes émit un profond soupir.

— Qu'est-ce que vous voulez faire, Nell ?

— Qu'est-ce qu'on *pourrait* faire d'autre ? répondit-elle. Je vais dire à Meltzman que nous inculpons son bonhomme de vol avec effraction et que nous demandons une prise de sang pour analyse d'ADN. Demain matin, lors de la mise en accusation, ce sera au juge de décider.

— Dommage que les cookies aux pépites de chocolat n'aient pas d'ADN, déplora Parker.

— Dommage, approuva Nellie.

— Ne vous inquiétez pas pour tout ça, vous serez libéré sous caution demain, je vous le promets, assura l'avocat. Il leur faudra des mois pour obtenir les résultats de l'analyse. Et même s'ils correspondent...

— Ils correspondront, gémit Blyden. Il y a mon sang un peu partout dans l'appartement. J'ai saigné du nez.

— Ne vous inquiétez pas, répéta Meltzman.

— *Si*, je m'inquiète. Parce que je ne les ai pas tués.

— Bien sûr.

— Non, je parle sérieusement. Je ne les ai pas tués. Je suis *vraiment* innocent.

— Ne vous inquiétez pas...

Matthew Hope appela Carella chez lui le lundi soir, au moment où l'inspecteur s'apprêtait à allumer la télévision pour regarder le bulletin d'informations de vingt-deux heures. Sa journée se conformait à une routine à peu près identique chaque fois qu'il était de service de jour. Il rentrait à la maison vers quatre heures et demie, cinq heures, selon la circulation, passait un moment à se détendre et à lire le journal, dînait avec Teddy et les enfants vers six heures et demie, lisait de nouveau après le repas — sa préférence n'allait pas aux romans —, regardait les informations télévisées et se couchait à onze heures environ pour se faire réveiller à six heures par son réveil. Il quittait généralement la maison à sept heures, arrivait au 87e à sept heures et demie, huit heures moins vingt, là encore selon la circulation. Pendant les mois d'hiver, il se donnait un temps de trajet plus long. En août, avec une ville relativement tranquille comme maintenant, il pouvait même quitter la maison à sept heures et quart et arriver quand même au boulot à huit heures moins le quart.

Matthew lui téléphona à dix heures moins cinq.

— Je n'appelle pas trop tard? demanda-t-il aussitôt.

— Pas du tout. Attendez, je vous prends dans l'autre pièce.

L'autre pièce était une chambre en trop qu'ils avaient aménagée en bureau pour toute la famille. Ils y avaient installé l'ordinateur des enfants ainsi que ceux de Teddy et de Carella, une bibliothèque et un vieux bureau qu'ils avaient trouvés chez un brocanteur. Fanny, leur gouvernante, avait surnommé l'endroit le Marché aux Puces. Un nom qui lui convenait peut-être.

— Toujours là? fit Carella dans l'autre appareil.

— Toujours là. Comment ça va?

— Bien. Et vous?

— Bien. Ça me plaît. Exercer le droit au lieu de courir après les méchants.

— C'est ce que je continue à faire, dit Carella.

— Je le vois bien. J'ai les informations que vous m'aviez demandées, si vous avez de quoi écrire. Je vous faxerai les articles de journaux plus tard si vous voulez... Vous avez un fax, chez vous?

— Oui.

— Très bien. J'ai aussi téléphoné à Morrie Bloom, l'inspecteur de Calusa qui a interrogé les jeunes le lendemain de l'accident, il m'a envoyé son rapport.

— Un « accident »? L'enquête a conclu à un accident?

— Ouais. Les flics d'ici pensent que Custer était soûl quand il est tombé dans la flotte. Les analyses de sang ne sont pas concluantes — les alligators ont fait du beau boulot —, mais les jeunes ont déclaré à Bloom qu'il avait pas mal picolé ce soir-là avant de leur régler leur cachet...

— Leur témoignage est la seule preuve dont la police dispose ?

— La seule preuve qu'il avait bu ? Non, on a retrouvé une demi-douzaine de canettes de bière vides dans son bureau. Apparemment, il avait bu de la gnôle avec les musiciens, puis il avait continué à s'imbiber de bière après leur départ.

— Ça expliquerait sa chute.

— Ça pourrait. La balustrade de la terrasse, derrière son bureau, fait à peu près un mètre vingt de haut. La police présume qu'il a basculé dans le fleuve et que les alligators l'ont chopé tout de suite. Ils sont rapides. Vous avez déjà vu un alligator foncer dans l'eau ?

— Qui est allé dans le bureau avec Custer ?

— Pour toucher le cachet ? Je ne sais pas. Attendez, je regarde...

Carella entendit Matthew tourner des pages à l'autre bout du fil. Ou la photocopie d'un article de journal, ou un exemplaire du rapport de l'inspecteur Bloom.

— D'après le journaliste, ils ont été les derniers à voir Custer vivant.

— Qui ?

— L'article donne les noms de tous les membres du groupe.

— Oui, mais les deux membres du groupe qui sont allés dans le bureau de Custer ?

— Comment vous savez qu'ils n'étaient que deux ? demanda Matthew.

Bonne question, pensa Carella.

— J'ai des versions contradictoires, ici, dit-il.

— Attendez, je vérifie...

Carella attendit.

— Voilà, j'y suis. Le 2 septembre. Le vendredi avant la Fête du Travail.

— Et l'article lui-même ?

— Publié le lendemain.

— Bloom a rencardé le journal ?

— « D'après des sources policières », précise le journaliste. Le canard a sorti un autre article le dimanche, une critique du spectacle.

— Bonne ? Mauvaise ?

— « Rock sans originalité ». Mais apparemment, le groupe avait attiré un public nombreux le samedi soir. A cause de toute cette publicité.

— L'article dit quelque chose sur ceux qui sont allés toucher l'argent ?

— Je continue à chercher... Rien dans le journal, je vérifie dans le rapport de Bloom. Je vous l'enverrai par FedEx, si vous voulez. C'est trop long pour que je vous le faxe.

Carella attendit.

— Un jeune du nom de Totobi Hollister dormait pendant que les autres chargeaient la camionnette.

— Il a déclaré ça à Bloom ?

— Oui.

— Et qui chargeait la camionnette ?

— Pas précisé.

— Qui est allé dans le bureau de Custer ?

Bloom avait *forcément* posé cette question. Parce que les derniers à avoir vu Custer en vie étaient ceux qui étaient allés toucher l'argent.

— Ah ! fit Matthew. La déposition de la fille. Sous forme de Q et R, je vous la lis ?

— S'il vous plaît.

— Q, c'est Bloom, R, Katherine Cochran.
— Je vous écoute.

Q : Nous suivons cette affaire à la demande de la police de Boyle's Landing, vous comprenez, mademoiselle Cochran ?

R : Oui, je comprends.

Q : Parce que, d'après les employés du club qu'elle a interrogés, votre groupe était encore là après le départ de tous les autres. Ce qui signifie que vous avez été les derniers à voir Mr Custer vivant.

R : C'est exact.

Q : Un des serveurs a déclaré qu'il vous avait dit au revoir à tous les cinq avant de partir. Vous étiez en train de boire près du bar avec son patron. C'est exact ?

R : Pas tous les cinq. Tote était déjà allé se coucher.

Q : Tote ?

R : Totobi Hollister. Notre guitare basse. Nous l'avons réveillé plus tard. Une fois la camionnette chargée, quand nous avons été prêts à partir.

Q : Donc tous les quatre... attendez que je vérifie... vous, et David Farnes, et Alan Figgs, et Salvatore Roselli, c'est ça ?

R : Oui, nous quatre.

Q : Vous bavardiez et vous buviez avec Mr Custer ?

R : Oui.

Q : Il a bu beaucoup ?

R : Charlie ? Deux, trois verres, je crois.

Q : Deux ou trois ? Vous vous souvenez ?

R : Plutôt trois.

Q : Vous vous souvenez de ce qu'il buvait ?

R : Du scotch, il me semble. Plus tard, il a pris une bière.

Q : Plus tard?

R : Dans son bureau. Il a ouvert une canette avant d'aller prendre l'argent dans le coffre pour nous payer.

Q : Donc, à votre connaissance, il a bu trois scotches et une bouteille de bière?

R : Oui.

R : Est-ce qu'il est allé sur la terrasse pendant que vous étiez dans le bureau?

R : Non. Il nous a payés, il a dit qu'il était content de nous, qu'il espérait nous revoir bientôt. Nous avions fait un tabac, vous savez. Les gens étaient venus de toute la région.

Q : Vous êtes partis après avoir été payés?

R : Oui.

Q : Il était quelle heure, vous vous rappelez?

R : Trois heures, trois heures et demie.

Q : Et qu'est-ce que vous avez fait, ensuite?

R : Du matin. Trois heures et demie du matin.

Q : Oui, j'avais compris. Qu'est-ce que vous avez fait, ensuite?

R : Nous sommes montés dans la camionnette et nous sommes partis. Pour venir ici, à Calusa. Nous avions de la route à faire, vous voyez.

Q : Mr Custer était encore en vie quand vous avez quitté *Le Dernier Carré*?

R : Je crois que oui. En tout cas, il l'était quand nous sommes sortis de son bureau.

Q : Et vous dites que vous vous êtes mis en route tout de suite après avoir quitté le bureau?

R : Dans les minutes qui ont suivi. Le moteur tournait, il faisait déjà frais dans la camionnette quand j'y suis montée. Oui, je pense que nous sommes partis moins de cinq minutes après avoir dit au revoir à Charlie.

Q : Il n'est pas sorti de son bureau pour vous faire signe de la main, quelque chose comme ça?

R : Non. Il nous avait dit qu'il buvait une dernière bière et qu'il allait se coucher. Il y avait plein de canettes vides dans son bureau. Il buvait beaucoup de bière.

Q : Il avait déjà fini la première bouteille ? Celle qu'il avait ouverte devant vous ?

R : Il la finissait.

Q : Et il en a ouvert une autre ?

R : Pas devant nous.

Q : Mais il a dit...

R : Pas en notre présence.

Q : Il a dit qu'il allait en boire une dernière...

R : Oui.

Q : ... avant d'aller se coucher ?

R : Oui.

Q : Et vous êtes allés à la camionnette...

R : Oui.

Q : ... et vous êtes partis.

R : Oui. Les autres étaient déjà à l'intérieur. Prêts à partir dès qu'on les rejoindrait.

Q : Vous me dites que les *autres*...

Q : Etaient déjà dans la camionnette.

Q : Les *trois* autres, c'est bien ça ?

R : Oui. Ils attendaient que nous revenions avec l'argent.

Q : Donc, vous n'étiez que *deux* du groupe dans le bureau de Custer ?

R : Oui, deux seulement.

Q : Vous, bien sûr...

R : Oui.

Q : Et qui d'autre ? Qui vous a accompagnée dans le bureau de Mr Custer ?

R : Sal Roselli.

14

Le seul moment où le mec était seul, c'était quand il sortait de sa maison le matin, qu'il allait à son garage et montait dans sa caisse pour aller au boulot. Il fallait le faire à ce moment-là. Parce que, le reste du temps, il était avec sa famille ou avec d'autres keufs, et Sonny avait d'embrouilles avec personne sauf avec lui.

En fait, il avait même pas d'embrouilles avec lui. Le mec lui avait rien fait. C'était juste une assurance à prendre. Tu charcles le keum maintenant pour pas l'avoir sur le dos le reste de ta vie, c'est tout. Personne avait demandé à son daron de se mettre à gueuler, forçant Sonny à le flinguer, en légitime défense. La vie, c'est ça, mec. Les merdes, ça arrive.

Demain matin, il allait simplement clarifier les comptes. Comme quand on consolide ses dettes parce qu'on doit trop sur trop de cartes de crédit. On emprunte à une seule source, on efface toutes les autres dettes. Du coup, t'es plus tout le temps à te demander si un encaisseur va pas te tomber dessus. L'encaisseur, c'était Carella. Demain matin, Sonny respirerait mieux : plus d'encaisseur sur le dos tout le temps.

Il était passé trois fois en voiture devant la maison rien qu'aujourd'hui. C'était son quatrième et dernier passage.

La fois d'avant, une rouquine à lunettes était sortie pour porter quelque chose au garage. Ce serait dans l'allée menant de la maison au garage que Sonny ferait ça. Il attend le mec, planqué, il le prend par surprise. Quand il était passé, la rouquine avait regardé la Honda, mais pas en fronçant les sourcils comme le grand Noir baraqué hier. Juste un coup d'œil, mais assez pour que Sonny se dise qu'elle avait peut-être repéré la tire et qu'il était temps d'arrêter. Cette fois, il passa lentement, pas trop pour pas se faire remarquer. Les bonshommes partaient au boulot à l'aube, la moitié du quartier roupillait encore. Le Desert Eagle claquerait comme un coup de canon dans le silence, c'était un engin puissant qu'il avait là. Le keum sort de sa baraque, il va prendre sa tire. *Pan, pan, enchanté de vous avoir connu.*

La maison ressemblait à celle de ce film, *Psychose*, où le mec passe son temps à suriner les gens, déguisé en meuf. Dur à croire qu'un flic peut habiter dans une baraque de l'ancien temps comme ça. Un soir que Sonny était passé devant — quand il pensait encore que le meilleur moment pour le faire, ce serait le soir —, il avait vu à l'intérieur un lampadaire avec un abat-jour qui ressemblait à des bijoux de toutes les couleurs. Ça lui avait fait quelque chose parce que cet abat-jour lui rappelait une lampe de quand il était gosse, peut-être chez sa grand-mère, sauf qu'il la voyait pas bien avec un truc qui brillait comme des bijoux. Ça l'avait ramené des années en arrière. Dans un endroit dont il n'arrivait pas à se souvenir. Ça l'avait touché.

Finalement, il ferait ça en plein jour, il éclaterait la tête de ce type et il foncerait à l'endroit où il aurait garé la tire. Il rendrait la Honda à Coral ce soir, il la remercierait comme il faut au pieu, et puis il sortirait vers minuit pour tirer une autre caisse qu'il utiliserait le lendemain. Il se lèverait à cinq plombes, il monterait là-haut à Riverhead pour être en position à six heures et demie au plus tard, au cas où le mec déciderait d'aller au taf encore plus tôt.

La rouquine sortit à nouveau de la maison, vite, vite, plein de choses à faire. Porter des saloperies aux poubelles alignées sur le côté de la baraque, ce coup-ci. Sonny lui donnait soixante balais, c'était peut-être la bonne, ils ont des bonnes, les condés ? Alors, pourquoi elle était pas noire, hein ? Ou alors la nurse. Il avait des tout-petits, le Carella ? La femme s'arrêta presque, regarda de nouveau la Honda quand elle passa. Sonny n'accéléra pas, ne fit rien pour indiquer que l'attention de la rouquine le contrariait. De toute façon, elle regardait une bagnole qui serait de l'histoire ancienne d'ici ce soir. Elle plissait sûrement les yeux derrière ses lunettes pour essayer de déchiffrer la plaque d'immatriculation. Au revoir, la vioque, enchanté.

Demain matin, Carella serait de l'histoire ancienne, lui aussi.

Sal Roselli donnait une leçon de piano quand ils se présentèrent de nouveau chez lui, le mardi matin. Sa femme leur annonça qu'il aurait fini à onze heures, est-ce qu'ils voulaient l'attendre à l'intérieur, où il faisait frais ? Ils préférèrent s'asseoir derrière, au soleil. Dans la maison, un gosse massacrait ce qui avait dû être de la musique classique avant qu'il mette la main dessus. Il ou elle. Au martèlement, Carella présumait que c'était plutôt un garçon évacuant sa fureur. Cacophonie mise à part, le quartier était tranquille. Les deux fillettes de Roselli jouaient dans la piscine sous l'œil de leur mère, qui les surveillait par la fenêtre de la cuisine. Les inspecteurs faillirent s'assoupir.

Roselli portait un jean noir, des mocassins sans socquettes et une chemise blanche aux manches retroussées quand il les rejoignit, quelques minutes après onze heures. Il avait les yeux encore ensommeillés, bien qu'il fût tard dans la matinée. Il expliqua qu'il avait fait un bœuf la veille avec un groupe de types qu'il connaissait et qui avaient trouvé un engagement pour un bout de temps dans le coin.

— C'est dur de trouver un boulot régulier ces temps-ci, se plaignit-il. Je donne des leçons pour arrondir mes revenus, il faut bien payer les traites de la maison, hein ? Dans un orchestre, il n'y a qu'un pianiste, vous savez. Dans une fanfare, vous pouvez avoir soixante-quinze trombones, cent douze cornets, mais *aucun* piano. Dans un groupe rock ? Quelquefois, un clavier, mais pas souvent. Dans un orchestre symphonique ? *Un* piano, et encore, pas toujours.

— Je jouais de la clarinette quand j'étais gosse, fit savoir Brown.

Roselli lui adressa le hochement de tête indifférent du professionnel qui se fout complètement des leçons de musique que prenaient les amateurs quand ils étaient gosses.

— Qu'est-ce qui vous ramène ici ? demanda-t-il en s'asseyant en face d'eux.

Les inspecteurs, qui avaient le soleil dans les yeux, tournèrent leurs chaises.

— Boyle's Landing, dit Carella.

— Le 1er septembre, y a quatre ans, dit Brown.

— Jour de paie.

— Dans le bureau de Charlie Custer.

— Qu'est-ce qui s'est passé là-bas, Sal ?

Le prénom, maintenant. Fini les ronds de jambe. Tu nous as menti, Sal, tu n'es plus Mr Roselli. Tu es Sal, et nous, on est des flics, Sal.

— Là-bas où?
— Dans le bureau de Custer.
— Quand toi et Katie êtes allés chercher votre cachet.
— C'est Davey qui y est allé, corrigea Roselli.
— Pas d'après lui.
— Alors, il ment.
— Pas d'après Katie non plus.
Il les regarda.
— Katie est morte.
— Elle ne l'était pas quand elle a fait sa déclaration à l'inspecteur Morris Bloom à Calusa, Floride, il y a quatre ans.
— Comment vous...? commença Roselli, qui s'interrompit.
— Sal?
Il détourna les yeux.
— Tu nous racontes ce qui s'est passé ce soir-là, Sal?
Il se retourna brusquement.
— Il s'est passé que Custer s'est soûlé et qu'il est tombé dans le fleuve. Voilà ce qui s'est passé. Comme je vous l'ai dit.
— Seulement la seconde fois, Sal.
— Tu as oublié de nous parler de la noyade, la première fois.
— Tu ne trouvais pas ça assez important.
— Et être dans le bureau de Custer, tu trouves ça comment?
— Seul avec lui et Katie?
— Tu trouves pas ça important?
— D'accord, fit Roselli. Ecoutez, je ne voulais pas être mêlé à cette histoire.
— Mêlé?
— Vous enquêtiez sur le meurtre de Katie...
— On continue à enquêter, Sal.

— Et moi, je continue à ne pas vouloir y être mêlé.
— Pourquoi tu nous as menti, Sal?
— Parce que je n'ai rien à voir avec ça.
— Avec quoi?
— La noyade de Charlie.
— Mais il s'est bien noyé après ton départ, non?
Silence.
— Sal?
— Il s'est noyé après le départ du groupe, c'est bien ce que tu nous as dit, non?
— Oui.
— Alors, comment tu pourrais avoir quelque chose à voir là-dedans?
— Justement, j'ai rien à y voir.
— Alors, pourquoi tu nous as menti? Pourquoi tu nous as caché que tu étais dans le bureau de Custer?
Silence.
— Sal?
— Pourquoi tu...?
— J'essayais de protéger Katie, voilà.
— Mais elle est morte, Katie.
— Vous m'aviez dit qu'elle était religieuse...
— Oui?
— J'ai voulu éviter que ça retombe sur elle.
— Que *quoi* retombe sur elle?
— Je voulais pas que ça salisse sa mémoire.
— De quoi tu parles?
— De la mort de Charlie.
— Comment ça pourrait salir sa mémoire?
— Si on venait à savoir...
— Savoir quoi?
— Si je vous racontais...
— Si tu nous racontais quoi?
— Ce qui s'est passé.

— Qu'est-ce qui s'est passé, Sal?
Silence.
— Sal?
— Raconte-nous, Sal.
— Qu'est-ce qui s'est passé?
— Elle l'a poussé par-dessus la balustrade, répondit Roselli.

— J'peux pas vous dire tout le bien que je pense du boulot que vous avez fait, les enfants, bredouille Charlie.

Il a trop bu, il a du mal à articuler. Une canette à la main, il titube en direction du coffre, reprend l'équilibre, émet un « Houps ! » suivi d'un petit rire gargouillant, se fend d'un sourire d'excuse et adresse un clin d'œil à Katie. Levant sa bouteille, il porte un toast tardif, « A la prochaine fois », colle le goulot à sa bouche et s'octroie une rasade. Sal espère qu'il ne s'écroulera pas ivre mort avant d'ouvrir le coffre pour les payer.

Dans son costume de lin froissé, Charlie donne l'impression qu'il vient de passer une audition pour le rôle de Big Daddy dans *Sweet Bird*[1]. Il mâchonne un cigare qu'il n'ôte de ses lèvres que pour écluser une autre gorgée de bière. Finalement, il pose la bouteille sur le coffre, un vieux Mosler imposant qui trône dans le bureau. Charlie a toutes les peines du monde à s'agenouiller devant parce qu'il est obèse, et complètement soûl. Sal commence à penser qu'ils devront attendre le lendemain pour se faire payer : Charlie n'arrivera jamais à se rappeler la combinaison, encore moins à voir les chiffres sur le cadran.

---

1. *Doux Oiseau de jeunesse*, de Tennessee Williams. *(N.d.T.)*

Il fait une chaleur insupportable dans la pièce. Le climatiseur fonctionne mais au ralenti et Charlie a ouvert les portes-fenêtres de la terrasse dans l'espoir de faire entrer un peu d'air. Dehors on entend le charivari des insectes et d'autres créatures plus féroces, des cris d'animaux dans la nuit. Seuls les alligators sont silencieux.

Katie est vautrée dans l'un des gros fauteuils de cuir noir, épuisée et couverte de sueur. Ses cheveux pendent en mèches humides, son T-shirt lui colle à la peau. Les jambes étendues, la mini-jupe remontée sur les cuisses, elle a l'air d'une fille de treize ans qui vient de rentrer d'une boum. Agenouillé devant le coffre, Charlie a du mal à garder l'équilibre; il récite la combinaison à voix haute comme s'il n'y avait personne d'autre dans la pièce, trois crans vers la droite, s'arrêter sur 20, deux crans sur la gauche, passer 20, s'arrêter sur 7. Un cran à droite, s'arrêter sur 34... mais la serrure ne s'ouvre pas. Alors, il recommence une deuxième puis une troisième fois jusqu'à ce qu'il tombe sur les bons chiffres, il abaisse hardiment la poignée, ouvre la porte d'un geste théâtral. Mouvements extravagants, outrés, énormes, comme Charlie lui-même.

La recette de la soirée est là. Les clients du *Dernier Carré* sont pour la plupart des adolescents et paient en liquide. Charlie commence à compter les billets, il doit s'y reprendre à *trois* fois avant d'arriver à la somme juste. Il remet le reste de l'argent dans le coffre, referme la porte d'une grande gifle, fait tourner le cadran d'un coup de poignet spectaculaire. Une liasse de billets de cent dollars dans la main gauche, il s'appuie au métal de la main droite pour se relever et se tourne vers Katie, avachie dans le fauteuil, à moitié endormie.

— Ma p'tite demoiselle, bafouille-t-il en s'approchant d'elle d'un pas chancelant, tu le veux, c't'argent?

Elle ouvre les yeux.

— Tu veux être payée?

— C'est pour ça qu'on est ici, boss, répond Sal, souriant, en s'approchant lui aussi du fauteuil.

— Tu le veux, c't'argent? répète Charlie, agitant les billets sous le nez de Katie.

— Arrêtez, fait-elle d'une voix ensommeillée, en tendant les mains devant elle pour éloigner la liasse.

— Ma p'tite demoiselle, si tu veux ce fric, v'là ce que tu dois faire...

Charlie fourre les billets dans la poche droite de sa veste dont ils tendent le tissu comme une soudaine tumeur. Il ouvre sa braguette. Et tout à coup, il tient son sexe à la main.

— Allez, Charlie, range ça, dit Sal.

Pour une raison ou une autre, il continue à sourire. Peut-être parce que la situation lui paraît tout à fait absurde.

— Qu'esse tu veux que je range, petit? Le blé ou ma queue?

— Allez, Charlie, dit Sal, qui ne sourit plus.

— Tu veux que je mette l'argent dans le coffre? Ou ma queue dans la bouche de Katie?

— Allez, Charlie.

— Lequel des deux? Parce que c'est comme ça, mon pote : ou la petite me suce la bite, ou vous êtes pas payés.

Sal ne sait pas comment réagir. C'est un gars de la ville, il n'est pas habitué aux cinglés de la campagne. Il pense un moment courir chercher les autres, un pour tous, tous pour un, mais Charlie a saisi le menton de Katie, et il approche son ventre d'elle avec une détermination d'ivrogne, il agite son membre gonflé et violacé comme il agitait la liasse il y a quelques minutes. L'horreur indicible qui se lit sur le visage de Katie fait soudain comprendre à Sal que la situation va se dénouer dans l'instant qui suit sans l'aide du reste du groupe, sans son aide à lui, même. Petit citadin froussard qu'il est, il regarde, figé, incapable de réagir, incapable de quoi que ce soit hormis d'un nouveau « Allez, Charlie ».

Katie bondit du fauteuil comme une lionne.

Elle plaque les mains sur la poitrine de Charlie, qui recule en chancelant vers les portes-fenêtres.

— Hé, c'était seulement... marmonne-t-il.

Mais elle lui donne une autre bourrade, cinquante kilos de fureur aveugle poussant le gros abruti pété vers la terrasse, poussant, les doigts écartés sur la poitrine grasse. Un sifflement s'échappe de ses lèvres quand elle le fait basculer par-dessus la balustrade. Il tombe à l'eau avec un grand plouf, suivi aussitôt d'un bouillonnement terrible qui leur fait comprendre que les alligators se sont jetés sur Charlie avant même qu'il refasse surface.

Katie est haletante. Sous le T-shirt qui lui colle à la peau, Sal discerne les mamelons érigés d'excitation. Elle vient de tuer un homme.

— L'argent, dit-elle.

— Katie, tu l'as tué.

— L'argent, il était dans sa poche.

— On s'en fout, de l'argent...

— Tu te rappelles la combinaison ?

— Non. Tirons-nous d'ici. Bon Dieu, Katie, tu l'as *tué*.

— La combinaison. Tu t'en souviens ?

Un silence atterrant s'est abattu sur le fleuve.

Trois crans à droite, s'arrêter sur 20, deux crans à gauche, passer 20, s'arrêter sur 7. Un à droite, s'arrêter sur 34.

Sal énonce les chiffres et Katie tourne lentement le cadran, à droite, à gauche, de nouveau à droite. Elle ouvre la porte. De la grosse liasse rangée dans le coffre, elle prélève la somme due, remet le reste, referme la porte, fait tourner le cadran. Sal la regarde essuyer le cadran et la poignée. Elle essuie aussi la bouteille de bière, la repose sur le coffre, là où Charlie l'avait mise. Elle inspecte une dernière fois la pièce puis ils sortent.

Dans la camionnette, Sal se contente d'un « On a le blé, allons-y », et Katie décolle son T-shirt de sa peau pour laisser l'air climatisé passer plus librement.

Rigoberto Mendez ouvrait son bar quand Ollie Weeks lui tomba dessus, à une heure de l'après-midi. Le Gros commanda une bière, sans manifester l'intention de la payer. Assis au comptoir, il descendit bruyamment et joyeusement sa Heineken en regardant Mendez astiquer les verres, vérifier le niveau des bouteilles de whisky.

— Dis-moi un peu, il vit où, ce Sonny Cole?

— Aucune idée, répondit Mendez.

C'était un de ces Dominicains qui se croient beaux à tomber, cheveux noirs plaqués en arrière, petite moustache en brosse à dents sous le nez, marcel gonflé par des muscles probablement acquis en soulevant de la fonte au placard.

— Ce mec vient dans ta boîte...

— Première fois que je le voyais.

— Il a tué le père d'un flic, tu le sais?

— Non, je le savais pas.

— Il a peut-être tué aussi Juju Judell, pas une grande perte mais il faut que justice soit faite, hmm? Je suis pressé de lui parler. De savoir où ils sont allés en sortant d'ici. De quoi ils ont discuté. Si Sonny lui a tiré dans la tronche. Qu'est-ce que t'en penses, toi?

— De quoi?

— Sonny l'a buté?

— Je sais pas. Il avait jamais mis les pieds ici avant vendredi soir. Je sais pas où il habite, je sais pas ce qu'il fait pour vivre. Vous boxez pas la bonne porte.

— Possible, concéda Ollie. Je peux avoir une autre mousse? Elle est extra.

Mendez décapsula pour lui une autre Heineken.

— Tu crois qu'il habite le quartier?

— Je suis sûr que non.

— Comment il est venu, d'après toi?

— Il est venu chercher Juju.

— J'ai pas dit *pourquoi*, j'ai dit *comment.*

— Je vous suis pas.

— Transport, lâcha Ollie. (Mendez le regarda.) Tout le monde a un moyen de transport. Sonny a fait tout le trajet jusqu'à Hightown, comment il est venu? A pinces, par le métro, en bus, en tax...

— Il est venu en bagnole, dit Mendez.

Ollie posa sa canette sur le comptoir.

— Comment tu le sais?

— J'ai vu sa voiture.

— Quel genre de voiture?

— Une Honda.

— Quelle couleur?

— Verte.

— T'aurais pas vu aussi son numéro, par hasard?

— Non. Pourquoi j'aurais regardé le numéro?

— Elle avait quelque chose de particulier, cette tire? Une aile cabossée? Un feu arrière pété? N'importe quoi qui permette de l'identifier?

— J'ai pas vu.

— C'était quand?

— Que j'ai vu sa voiture?

— Ouais.

— Vendredi soir. Quand il est revenu ici chercher Tirana.

— La pute, ouais.

— Elle est manucure.

— Ils doivent être longs, les ongles qu'elle lime. C'est à ce moment-là que t'as vu la tire ?

— Ouais. Y avait un PV sur le pare-brise. Sonny l'a déchiré et il est parti.

Bingo, se dit Ollie.

De retour à son bureau, il appela le 107e et demanda s'ils avaient une contravention pour une Honda verte stationnée le vendredi soir 28 août en face de *La Siesta*. Un des sergents le rappela à quinze heures pour l'informer que la Honda était une Accord appartenant à une nommé Coralee Hilbert, domiciliée 1114 Clarendon Avenue, dans un quartier moins pourri de Diamondback. Le Gros prit un taxi : il n'aimait pas conduire parce que le volant et sa panse entraient toujours en concurrence. En outre, quand il prenait un taxi, il se faisait rembourser sur la caisse courante du 88e, et si quelqu'un y voyait une objection, il lui expliquait où il pouvait se la mettre. Le taxi présentait cet autre avantage de lui offrir une discussion animée avec un chauffeur pakistanais.

La première chose qu'Ollie faisait avec un chauffeur pakistanais — ou n'importe quel chauffeur ayant l'air d'un putain d'étranger, c'est-à-dire un chauffeur sur deux dans cette ville — c'était montrer sa plaque. Pour éviter que la discussion ne dégénère, ils sont quelquefois tellement susceptibles, ces bougnoules.

— Officier de police, déclara-t-il en exhibant sa brème. Je vais au 1114 Clarendon Avenue.

Le chauffeur ne dit rien.

— Si tu m'entends, cligne des paupières.

— Je vous ai entendu, monsieur.

— Bien. Tu sais où se trouve Clarendon Avenue ?

— Je sais, monsieur.

— Formidable, on progresse à pas de géant. Je suis plutôt pressé, Abdoul, mais pas la peine de foncer comme un dingue.

Le nom du chauffeur, inscrit sur une carte rouge, à gauche de la licence du taxi, était Munsaf Azhar, mais Ollie appelait Abdoul tous les Pakis. Non seulement ça lui simplifiait la vie mais ça lui procurait aussi le plaisir de voir le chauffeur bouillir à petit feu parce qu'il ne pouvait pas se permettre de se foutre en rogne contre un flic.

— J'ai vu que vous avez la bombe, maintenant, fit le Gros d'un ton amène.

— Oui, monsieur.

— Alors, vous allez bientôt déclarer la guerre à l'Amérique ?

— L'Amérique est notre amie.

— Dis pas de conneries.

— Vraiment, monsieur.

— Même si on vous envoie plus de thunes ?

— Nous allons devoir nous débrouiller nous-mêmes, je suppose.

Ollie décelait-il une pointe de sarcasme ? S'il y avait une chose qu'il ne pouvait pas saquer, c'était les enturbannés qui essayaient d'être intelligents.

— Comment vous allez porter votre bombe à la rampe de lancement ? Dans une charrette à bras ?

Le taxi garda le silence.

— A dos de chameau ?

— Nous avons des moyens de transport, monsieur.

— Oh ! j'en doute pas. Doit y avoir des taxis jaunes

partout, comme ici. Enfin, ça y est, le grand pays industrialisé a sa bombe, il peut tout faire péter.

— Nous vivons dans un environnement hostile, fit valoir le chauffeur.

— Déconne pas. *Tout le monde* vit dans un environnement hostile. Ici aussi, l'environnement est pourri, tu vois des bombes nucléaires quelque part, toi ?

— Nous avons des ennemis puissants.

— Ah ! oui, mon garçon, j'en suis sûr et c'est fort dommage. T'es pressé de rentrer chez toi maintenant que ton pays a la bombe ? D'aller défendre la patrie contre tous ces puissants ennemis ?

— Je ne suis pas pressé, monsieur.

— Je l'aurais parié. Vous vivez dans quoi, là-bas ? Des paillotes ?

— J'avais un appartement décent.

— Tu devais te faire des couilles en or, là-bas, avec ton taxi.

— Nous sommes un pays pauvre, monsieur, c'est vrai.

— Mais assez riche pour fabriquer la bombe, hein ?

— Nous cherchons uniquement à nous protéger. L'Amérique aussi a la bombe, vous savez.

— Ah ! bon ? Ouais, mais ici, on marie pas nos filles à l'âge de six ans.

— Vous confondez avec l'Inde, monsieur.

— Ah ! c'est en Inde qu'on marie les filles de six ans à leurs cousins de huit ans ? Je croyais que c'était au Pakistan. Alors, le Pakistan, c'est le pays où on se torche avec la main gauche ? La main impure ?

— Nous sommes un pays fier, monsieur. Et nous sommes fiers d'avoir fabriqué la bombe, oui, monsieur.

— Reste plus qu'à l'utiliser, hein ? Ah ! oui, vous pouvez être fiers. Deux grands pays industrialisés pressés de faire exploser le monde... C'est là, Abdoul. Clarendon Avenue.

— Je connais, monsieur.

— Oh ! je m'en doute. Je parie même que tu pourrais être taxi à Londres, tu connais si bien les rues.

Le chauffeur se gara le long du trottoir devant le 1114. Le compteur indiquant six dollars et dix *cents*, Ollie tendit un billet de dix, dit au chauffeur d'arrondir à sept et de lui faire un reçu. Le Pakistanais lui donna un reçu et lui rendit trois dollars. Ollie ouvrit la portière, le chauffeur resta silencieux.

— Quelle langue on parle, dans ton bled ?

— Ourdou ou hindi. Pourquoi ?

— Y a pas un mot pour « Merci » dans l'une des deux ?

— Pardon, monsieur ?

— Parce que dans les grandes puissances nucléaires, on a l'habitude de dire merci quand quelqu'un vous file un dollar de pourboire pour une course de six dollars. Vous êtes trop occupés à fabriquer la bombe pour être polis ?

— J'ai *dit* merci, monsieur.

— Mon cul, oui, grogna Ollie, qui descendit côté trottoir et laissa la portière ouverte pour obliger le chauffeur à descendre lui aussi de la voiture et à en faire le tour pour la fermer.

Le 1114 Clarendon était un bâtiment en brique de six étages dans une rangée d'immeubles semblables. Weeks examina les boîtes aux lettres de l'entrée, trouva un L. Hilbert au 2A. Il pressa toute la rangée de boutons, entendit en réponse un concert de bourdonnements et poussa la porte. C'était un immeuble propre et tranquille, pas de relents de cuisine, pas d'odeur de pisse dans le hall. Il monta au deuxième étage, trouva le 2A en haut des marches, chercha la sonnette, n'en trouva pas, cogna à la porte.

— Oui? fit une voix de femme.

— Police.

— Quoi?

— Police, madame, vous ouvrez, s'il vous plaît?

— La police?

— Oui, m'dame.

Ollie attendit, frappa de nouveau; la porte s'ouvrit presque aussitôt. Une fille qui ne pouvait pas avoir plus de vingt, vingt et un ans, se tenait sur le seuil en jean et T-shirt de coton.

— Coralee Hilbert?

— Coral, rectifia-t-elle.

— Je peux entrer, Coral?

— Pourquoi?

— Z'êtes propriétaire d'une Honda Accord verte immatriculée WU 3200?

— Ouais.

— C'est au sujet d'une infraction. Je peux entrer?

— Faites voir votre insigne.

— Votre *plaque*, corrigea le Gros.

— Quoi?

— Rien, grommela Ollie, en tirant de sa poche l'étui en cuir contenant sa plaque or et émaillé bleu ornée du sceau de la ville.

— Et alors? s'étonna-t-elle. De quelle infraction vous parlez?

— Juste stationnement interdit, vous en faites pas, dit Weeks. (Il entra et referma la porte derrière lui.) Vous connaissez un nommé Sonny Cole?

Ils se trouvaient maintenant dans la petite cuisine d'un appartement bien tenu. A côté, le séjour, les portes de ce qui devait être des chambres. Fenêtres orientées au sud.

Soleil de l'après-midi inondant la pièce. Bourdonnement de la climatisation. L'endroit était frais, propre, agréable, et Ollie se demanda si la fille était pute.

— Qu'est-ce que vous lui voulez?

— Il conduisait votre voiture vendredi dernier?

— Il l'a conduite pendant près de deux semaines.

— Pourquoi?

— Je la lui ai prêtée.

— Vous avez quel genre de relations avec lui, mademoiselle?

— Nous sommes amis.

— Vous le connaissez depuis longtemps?

— Trois mois.

— Et vous lui prêtez votre voiture?

— Il conduit bien.

— Ah! sûrement. Il se gare en stationnement interdit, il conduit drôlement bien...

— Pourquoi toutes ces histoires pour une contredanse? On envoie un inspecteur pour une contredanse, maintenant?

— Vous connaissez Juju Judell?

— Non.

— Sonny vous a jamais parlé de lui?

— Non.

— Vous l'avez vu quand, la dernière fois?

— Il passe de temps en temps.

— Il est passé quand, la dernière fois?

— Il y a deux jours.

— Vendredi soir, il est passé?

— Non.

— Vendredi dernier? Il est pas passé?

— Non.

— Il est passé quand?

— Dimanche?

— Il est passé ou pas?
— Je viens de vous le dire.
— On aurait dit une question.
— Non, c'était dimanche. On est allés à la fête foraine de Culver.
— Il vit pas ici?
— Non, je vis avec ma mère.
— Qu'est-ce que vous faites dans la vie, mademoiselle?
— Je suis étudiante.
— Vous êtes pas manucure?
— Manucure? Pourquoi?
— Vous savez où habite Sonny?
— Non.
— Z'êtes jamais allée chez lui?
— Jamais.
— Il passe simplement ici, c'est ça?
— Oui.
— Pour se faire faire les ongles, hein?
— Quoi?
— Où est-ce que vous étudiez, mademoiselle?
— A Ramsey U.
— Vous étudiez quoi?
— Communication.
— Vous apprenez à communiquer?
— Je suis au département radio et télévision.
— Pourquoi vous lui avez prêté votre bagnole?
— Il essaie de récupérer l'argent qu'il a prêté au mari de sa cousine.
— De sa *quoi*?
— Sa cousine a dû se faire opérer, Sonny a prêté plusieurs milliers de dollars au mari pour payer l'hôpital.
— Le mari de sa cousine?
— Oui. Sa cousine germaine. Enfin, ils sont séparés,

maintenant. C'est pour ça que Sonny a eu besoin de la voiture. Pour filer le mari, dans l'espoir qu'il le mènerait peut-être à la cousine.

— Qui c'est qui vous a raconté ces salades?

— C'est pas des salades. Sonny a besoin de retrouver sa cousine, celle qui s'est fait opérer du rein...

— Opérer du rein, je vois...

— Pour la convaincre de persuader son ancien mari de rendre l'argent.

— Et donc, il file ce type.

— Oui.

— Dans votre voiture.

— Oui. Il est flic, d'ailleurs, vous le connaissez peut-être.

— Qui est flic?

— Le type qui lui doit de l'argent.

— Sonny Cole file un *flic*?

— C'est ce qu'il m'a dit.

Oh, nom de Dieu, pensa Ollie.

15

Ollie Weeks appela le 87e dès qu'il trouva une cabine. Il était maintenant dans les trois heures et demie. Parker décrocha, répondit que Carella était en réunion avec le lieutenant.

— Préviens-le que le gonze qui a tué son père le file, dit le Gros. Dans une Honda verte.

— Sans dèc ?

— Sonny Cole. Dis-lui. Le numéro de la Honda, c'est WU 3200. Murchison t'a raconté ma blague de bonnes sœurs ?

— Non.

— Tant mieux, j'en ai une meilleure.

— Vas-y.

— C'est deux bonnes sœurs qui rentrent dans une épicerie. Elles regardent les fruits, elles choisissent deux belles bananes, elles les tendent à l'épicier. « Ah, je vends pas en dessous de la livre, il fait, le mec. Prenez-en trois. » Les deux bonnes sœurs se regardent, et y en a une qui dit à l'autre : « Ça fait rien, la troisième on la mangera. »

— J'ai pas saisi, avoua Parker.

— Demande à Murchison de t'expliquer. Et surtout, oublie pas de prévenir Carella. Sonny Cole. Une Honda verte. WU 3200.

— Ouais, ouais.
— Note-le.
— Ouais, t'inquiète.
— Laisse un mot sur son bureau.
— Ouais, ce sera fait. La blague, c'est parce que l'autre aime pas les bananes?
— Ouais, t'as tout compris, répondit Ollie avant de raccrocher.

— Donc, Roselli déclare que Katie l'a tué? résuma Byrnes.
— C'est ce qu'il raconte, confirma Brown.
— Qui pourrait le contredire? Une morte?
— Il compte là-dessus, expliqua Carella.
— Vous avez une hypothèse?
— Ben... Admettons que Roselli dise la vérité. Katie a bien tué Charlie Custer. En ce cas, elle quitte le groupe et retourne au couvent pour se cacher.
— De qui? La police locale a déjà conclu à un accident. Pour se cacher de qui?
— De Roselli.
— Le seul témoin du crime. D'accord, ça se tient.
— D'un autre côté, si elle ne l'a pas tué...
— C'est Roselli l'assassin.
— Ouais. Et elle redevient bonne sœur pour lui échapper.
— Parce qu'elle a peur de lui. Elle a été témoin de *son* crime.
— Elle disparaît complètement, elle devient sœur Mary Vincent.
— Aucun des autres membres du groupe ne savait qu'elle avait été religieuse, n'est-ce pas?
— Ils ont été sidérés en l'apprenant.

— Se réfugier au couvent était donc une bonne idée.
— Le moyen idéal de s'évaporer dans la nature.
— Mais qu'est-ce qui s'est passé? Roselli l'a retrouvée?
— C'est ce qu'il doit nous dire, Pete.
— Pourquoi il vous le dirait?
Le bureau devint silencieux.
— Tu penses que c'est lui, l'auteur de la lettre?
— Ça se pourrait.
— Mais on ne l'a pas, cette lettre.
— Exact.
— Donc, on ne sait pas ce qu'il y a dedans.
— Si c'est lui qui a fouillé l'appartement, il cherchait la lettre.
— Et s'il l'a trouvée, il l'a brûlée tout de suite.
— Ce qui nous ramène à la case départ.
— Il se drogue, Pete.
— Comment tu le sais?
— Farnes nous l'a dit. Il y a quatre ans, il fumait de l'herbe.
— On fume tous quand on est jeunes.
— Pas si jeune que ça, Pete. Il avait vingt-quatre ans.
— Même moi je fumais quand j'avais cet âge-là, avoua Byrnes.
— Depuis, il a passé la vitesse supérieure. A l'enterrement de Figgs, il sniffait de la coke.
— Toujours d'après Farnes?
— Oui.
— Il est sûr, ce type?
— Allez savoir.
— Bon, admettons que Roselli se came. Qu'est-ce que vous cherchez, au juste?
— Il marche à la cocaïne, il a besoin d'argent. Il a du mal à trouver des engagements, il donne des leçons de piano pour joindre les deux bouts. Supposons qu'il re-

trouve Katie, qu'il essaie de la faire chanter. Il menace de la balancer si elle ne lui donne pas deux plaques. Elle...

— Là tu pars du principe qu'elle est coupable. Mais on ne peut pas faire chanter un inno...

— Si. En menaçant de raconter une salade aux flics.

— La salade qu'il nous a servie, renchérit Brown. « C'est Katie qui a tué Custer. » Le voilà, le chantage.

— « Donne-moi deux bâtons ou je dis que c'est toi. »

— Vous le tirez d'où, ce chiffre ?

— C'est ce qu'elle a demandé à son frère.

— Mais il a refusé, dit Brown.

— Okay, elle se rend au parc les mains vides. Et après ?

— Il la tue.

— Pourquoi ?

Le bureau redevint silencieux.

— Trouvez quelque chose, fit le lieutenant.

Il était presque quatre heures et demie quand ils sortirent du bureau de Byrnes. Andy Parker était déjà parti, pressé, comme toujours, de quitter le boulot. C'était peut-être pour cette raison qu'il avait omis de laisser un mot sur Sonny Cole et la Honda verte. Ou peut-être pensait-il simplement que ce n'était pas important.

Dans la Chevrolet, Carella et Brown essayèrent de deviner quelle devait être la manœuvre suivante. Ils conclurent qu'il ne servirait à rien de demander un mandat de perquisition pour retrouver chez Roselli la lettre volée dans l'appartement de Katie — *si* lettre il y avait, et si, de plus, elle avait été volée par le meurtrier. Byrnes avait raison. Si la lettre était aussi importante, l'assassin l'avait détruite aussitôt après être sorti de l'appartement.

Ils ne pouvaient pas non plus chercher l'arme du crime chez Roselli parce que le tueur s'était servi de ses mains.

Ils ne pouvaient pas non plus expliquer au juge qu'ils voulaient chercher des traces de cocaïne dans la maison parce qu'ils étaient bien incapables de faire état de fortes présomptions, et ils savaient que le magistrat leur conseillerait de rentrer sagement à la maison et de s'occuper d'autre chose.

Bien sûr, ils pouvaient arrêter Roselli et le mettre au trou, dans l'espoir que, privé de sa dose, il avouerait tout : « C'est moi qui ai poussé Custer par-dessus la balustrade, pas la petite Katie Cochran. » Mais ça, c'était bon au cinéma. Dans la réalité, si Roselli avait effectivement tué Katie, il refuserait de répondre à leurs questions, et les inspecteurs n'auraient pas cette fois un cambriolage commode à lui coller sur le dos. Quelques heures plus tôt, lors de la mise en accusation de Leslie Blyden, le juge avait fixé une caution très basse de mille dollars, somme que Cookie Boy avait aisément réunie. Il pouvait maintenant quitter la ville si ça lui chantait.

Il était un peu plus de dix-huit heures. Brown ramenait Carella chez lui et ils étaient presque arrivés à Riverhead.

— Je peux pas m'empêcher de me demander si elle vivrait encore, fit l'inspecteur noir.

— De quoi tu parles ?

— Si son frère avait accepté de lui prêter un peu de ce fric qu'il a hérité...

Le silence se fit dans la voiture puis les deux hommes commencèrent en même temps :

— Roselli n'a pas... ?

— Comment il savait... ?

Au téléphone, la femme du musicien leur annonça qu'il était déjà parti pour un boulot en ville.

— Où ça, en ville ? demanda Carella.

— Qu'est-ce qui se passe? Vous commencez à faire peur aux enfants, à nous embêter comme ça tout le temps...

— Désolé, madame Roselli, s'excusa Carella. Nous avons encore quelques questions à lui poser.

— Il joue en plein air, au port de la 7e Rue. Fichez-lui un peu la paix. Franchement!

Le Port de Mer était un quartier réhabilité au bord de la Dix River. Des boutiques de souvenirs, des stands de frites ou de hot-dogs bordaient une promenade en planches débouchant sur une piste de danse de forme ovale derrière laquelle une grande coquille en plastique abritait les musiciens. Un vent pressé faisait claquer des drapeaux, près de l'eau. De la musique s'élevait dans l'air doux du soir. Roselli faisait partie d'un groupe rock de quatre membres jouant des vieux tubes que Carella connaissait par cœur. En entendant ces airs qui avaient tant signifié pour lui dans son adolescence, en voyant toutes ces jolies jeunettes dans les bras de beaux jeunots, il se rappela de nouveau qu'il aurait bientôt quarante ans. Un bateau-mouche passa et Carella entendit le guide expliquer aux passagers dans un haut-parleur qu'ils passaient devant le port de la 7e Rue. Tout lui parut soudain poignant, comme en danger d'être à jamais perdu. Il était huit heures moins vingt, et le ciel se fondait déjà dans l'eau.

— Il est là, dit Brown.

A la fin du morceau, les adolescents applaudirent sur la piste. Le groupe exécuta un petit riff de signature puis descendit de l'estrade. Carella ne parvenait pas à chasser cette sensation de perte imminente.

— Hé, fit Roselli, qu'est-ce que vous faites ici, tous les deux?

— Monsieur Roselli, comment saviez-vous que les parents de Katie étaient morts ? attaqua Brown.

— Elle me l'avait dit.

— Quand ?

— Pendant la tournée. Ça l'avait beaucoup affectée.

— Elle vous a dit qu'ils étaient morts dans un accident de voiture ?

— Oui.

— Il y a quatre ans.

— Pendant la tournée, je ne sais pas si ça fait quatre ans.

— Elle vous a expliqué que son frère, qui avait hérité tout l'argent, ne voulait pas entendre parler d'elle ?

— Oui.

— Elle a mentionné la date de l'accident ?

— Non.

— Juillet dernier, Sal.

— Le 4 juillet, Sal. De l'année dernière.

Il les regarda. Il ne faisait pas de calculs dans sa tête parce qu'il était trop tard pour l'arithmétique, il le savait. Il savait exactement la même chose qu'eux : Katie n'avait pu lui parler de la mort de ses parents que s'il l'avait revue depuis juillet dernier. Il savait qu'il avait fait une erreur, la vraie boulette, et il ne voyait pas comment la rattraper. De l'autre côté de l'eau, des lumières commençaient à éclairer les fenêtres des immeubles. Dans cette ville, la nuit tombait avec une soudaineté sidérante.

Roselli enfouit son visage dans ses mains et se mit à pleurer.

— J'peux pas vous dire tout le bien que je pense du boulot que vous avez fait, les enfants, bredouille Charlie.

Il a trop bu, il a du mal à articuler. Une canette à la

main, il titube en direction du coffre, reprend l'équilibre, émet un « Houps ! » suivi d'un petit rire gargouillant, se fend d'un sourire d'excuse et adresse un clin d'œil à Katie. Levant sa bouteille, il porte un toast tardif, « A la prochaine fois », colle le goulot à sa bouche et s'octroie une rasade. Sal espère qu'il ne s'écroulera pas ivre mort avant d'ouvrir le coffre pour les payer. Lui-même a tiré sur le joint toute la soirée, il est un peu dans les vapes. Pourvu que Katie ne soit pas trop fatiguée pour compter le blé.

Dans son costume de lin froissé, Charlie donne l'impression qu'il vient de passer une audition pour le rôle de Big Daddy dans *Sweet Bird.* Il mâchonne un cigare qu'il n'ôte de ses lèvres que pour écluser une autre gorgée de bière. Finalement, il pose la bouteille sur le coffre, un vieux Mosler imposant qui trône dans le bureau. Charlie a toutes les peines du monde à s'agenouiller devant parce qu'il est obèse et complètement soûl. Sal commence à penser qu'ils devront attendre le lendemain pour se faire payer : Charlie n'arrivera jamais à se rappeler la combinaison, encore moins à voir les chiffres sur le cadran. Et lui, Salvatore Roselli, il serait absolument incapable de faire la différence entre un billet d'un dollar et un billet de cent, tant il plane merveilleusement.

Il fait une chaleur insupportable dans la pièce. Le climatiseur fonctionne mais au ralenti et Charlie a ouvert les portes-fenêtres de la terrasse dans l'espoir de faire entrer un peu d'air. Dehors on entend le charivari des insectes et d'autres créatures plus féroces, des cris d'animaux dans la nuit. Seuls les alligators sont silencieux.

Sal est vautré dans l'un des gros fauteuils de cuir noir. Les jambes étendues, le T-shirt collé à la peau, il commence à somnoler. Agenouillé devant le coffre, Charlie a du mal à garder l'équilibre ; il récite la combinaison à voix haute comme s'il n'y avait personne d'autre dans la pièce, trois crans vers la droite, s'arrêter sur 20, deux crans sur la gauche, passer 20, s'arrêter sur 7. Un cran à droite, s'arrêter sur 34... mais la serrure ne s'ouvre pas. Alors, il recommence une deuxième, puis une troisième fois, jusqu'à ce qu'il tombe sur les bons chiffres, il abaisse hardiment la poignée, ouvre la porte d'un geste théâtral. Mouvements extravagants, outrés, énormes, comme Charlie lui-même.

La recette de la soirée est là. Les clients du *Dernier Carré* sont pour la plupart des adolescents et paient en liquide. Charlie commence à compter les billets, il doit s'y reprendre à *trois* fois avant d'arriver à la somme juste. Il remet le reste de l'argent dans le coffre, referme la porte d'une grande gifle, fait tourner le cadran d'un coup de poignet spectaculaire. Une liasse de billets de cent dollars dans la main gauche, il s'appuie au métal de la main droite pour se relever et se tourne vers Sal, avachi dans le fauteuil, à moitié endormi.

— Hé, Chopin, bafouille-t-il en s'approchant de lui d'un pas chancelant, tu le veux, c't'argent?

Sal ouvre les yeux.

— Tu veux être payé?

— C'est pour ça qu'on est ici, boss, dit Katie.

— Tu le veux, c't'argent? répète Charlie, agitant les billets sous le nez de Sal.

— Arrête, dit Sal, en tendant les mains devant lui pour éloigner la liasse.

— Beau-p'tit-cul, si tu veux ce fric, v'là ce que tu dois faire...

Charlie fourre les billets dans la poche droite de sa veste dont ils tendent le tissu comme une soudaine tumeur. Il ouvre sa braguette. Et tout à coup, il tient son sexe à la main.

— Allons, Charlie, rangez ça, dit Katie.

— Qu'esse tu veux que je range, petite ? Le blé ou ma queue ?

— Allons, Charlie.

— Tu veux que je mette l'argent dans le coffre ? Ou ma queue dans la bouche de la petite Sally ?

— Allons, Charlie.

— Lequel des deux ? Parce que c'est comme ça, Katie : ou il me suce la bite, ou vous êtes pas payés.

Sal ne sait pas comment réagir. C'est un gars de la ville, il n'est pas habitué aux cinglés de la campagne. Il pense un moment courir chercher les autres, un pour tous, tous pour un, mais Charlie lui a saisi le menton et il approche son ventre avec une détermination d'ivrogne, il agite son membre gonflé et violacé comme il agitait la liasse il y a quelques minutes. Petit citadin froussard qu'il est, il demeure paralysé sous l'étreinte de Charlie, incapable de réagir.

Katie le frappe par-derrière avec la bouteille qu'il a laissée sur le coffre. La bière se répand en une fine écume. Charlie vacille mais il n'est pas gravement touché, le coup de Katie n'était pas assez puissant. Mais Sal se lève d'un bond, il plaque les mains sur la poitrine de Charlie, pousse le gros abruti pété vers la terrasse, pousse, les doigts écartés sur la poitrine grasse. Un sifflement s'échappe de ses lèvres quand il le fait basculer par-dessus la balustrade. Charlie tombe à l'eau avec un grand plouf, suivi aussitôt d'un bouillonnement terrible qui leur fait comprendre que les alligators se sont jetés sur lui avant même qu'il refasse surface.

Sal est haletant. Il vient de tuer un homme.

— L'argent, dit-il.

— Sal, tu l'as tué.

— L'argent, il était dans sa poche.

— On s'en fiche, de l'argent...
— Tu te rappelles la combinaison ?
— Sainte Mère de Dieu, tu l'as *tué* !
— La combinaison. Tu t'en souviens ?

Un silence atterrant s'est abattu sur le fleuve.

Trois crans à droite, s'arrêter sur 20, deux crans à gauche, passer 20, s'arrêter sur 7. Un à droite, s'arrêter sur 34.

Katie énonce les chiffres et Sal tourne lentement le cadran, à droite, à gauche, de nouveau à droite. Il ouvre la porte. De la grosse liasse rangée dans le coffre, il prélève la somme due, remet le reste, referme la porte, fait tourner le cadran. Katie le regarde essuyer le cadran et la poignée. Elle se dandine d'un pied sur l'autre, comme une petite fille qui a envie de faire pipi. Il essuie aussi la bouteille de bière, la repose sur le coffre là où Charlie l'avait mise. Il inspecte une dernière fois la pièce puis ils sortent.

Dans la camionnette, Sal se contente d'un « On a le blé, allons-y », et Katie décolle son T-shirt de sa peau pour laisser l'air climatisé passer plus librement.

Ils avaient peur qu'il s'affole. Ils lui avaient donné connaissance de ses droits, ils l'avaient emmené au 87e, et maintenant ils avaient peur qu'il n'ouvre plus la bouche. Roselli pleurait toujours. De crainte qu'il ne craque complètement, ils décidèrent de laisser Carella s'occuper seul de lui, ce serait moins impressionnant. Ils étaient à présent dans la salle d'interrogatoire. Derrière la glace sans tain, dans la pièce voisine, les autres inspecteurs observaient, écoutaient, osant à peine respirer. Carella mit en marche la caméra vidéo, donna de nouveau lecture de ses droits à Roselli.

Il arrivait parfois que les suspects prennent peur en

entendant pour la seconde fois un énoncé qui semblait rendre irrévocable ce qui allait suivre. Il les conduisait à penser : Hé, je ferais peut-être mieux de réclamer un avocat... Avec les pros, la question ne se posait même pas : ils réclamaient *toujours* un avocat. Les amateurs comme Roselli, soit ils se croyaient plus malins que la police, soit ils ployaient sous un sentiment de culpabilité qui les rendait intarissables. Carella attendit. Roselli hocha la tête : oui, il avait compris quels étaient ses droits et il était prêt à répondre aux questions sans le secours d'un avocat. Carella avait besoin que cet accord soit formulé en mots.

— On peut donc continuer, monsieur Roselli ?

— Oui.

Plus de Sal. Ils étaient redevenus égaux. Mr Roselli et Mr Carella, deux vieux amis sirotant un cappuccino en discutant de politique autour d'une table ronde, dehors, au soleil. Mais la lumière était artificielle, la table rectangulaire, balafrée de brûlures de cigarette ; le café avait été préparé au secrétariat, au bout du couloir, servi dans des gobelets en carton, et l'objet de la discussion était un meurtre.

— Vous voulez me raconter ce qui s'est passé, monsieur Roselli ?

Le musicien fixait ses mains en silence.

— Monsieur Roselli ?

— Oui.

— Vous pouvez me raconter ?

— Oui.

Carella attendit.

— Je suis tombé sur elle par hasard.

— Katie ?

— Oui.

— Katie Cochran ?

— Oui. Je ne l'avais pas vue depuis quatre ans, elle

avait beaucoup changé, dit Roselli. (Il se tut, perdu dans ses souvenirs.) Avant, elle avait l'air d'une ado ; maintenant, elle faisait... je sais pas. Plus mûre ?

Carella attendit.

— Elle avait l'air si... *sérieuse*. Je ne savais pas qu'elle était religieuse, bien sûr. Pas à ce moment-là. Pas quand je l'ai revue, la première fois...

Roselli éclata de nouveau en sanglots, Carella poussa vers lui une boîte de mouchoirs en papier. Les larmes ruisselaient. Carella attendit. On n'entendait dans la pièce que les hoquets de Roselli et le faible ronron de la caméra. Carella hésita à l'inciter à parler, attendit encore.

— Où l'avez-vous rencontrée ? finit-il par demander.

D'un ton doux. Gentil. Détaché. Deux messieurs bien élevés prenant le café. Eclat du soleil sur le lin blanc.

— Monsieur Roselli ?

— A St Margaret.

Le pianiste prit un autre mouchoir dans la boîte, se tamponna les yeux, se moucha.

— L'hôpital, poursuivit-il.

Il se moucha de nouveau, soupira. Carella espérait qu'il n'allait pas se braquer d'un seul coup. Terminé, assez de questions. Il continua à attendre.

— Je pensais qu'un de mes amis faisait une OD, je l'ai emmené aux urgences. Finalement, il s'en est tiré mais il était devenu tout bleu ! Katie est passée dans le couloir, j'en revenais pas. Je m'occupais de mon ami, je croyais qu'il allait y rester. Cette femme ressemblait à Katie et, en même temps, elle était différente. Il fallait la voir, à l'époque. Quand elle chantait. Un million de kilowatts, je vous jure. Alors que cette femme avait l'air si... je sais pas, sereine ? Elle s'est avancée. Calme. Surgie du passé. Elle s'est arrêtée pour dire quelques mots à l'une des infirmières, et *pfft*, elle a disparu. J'ai demandé à l'infirmière qui c'était. « Sœur Mary Vincent », elle m'a répondu. *Quoi*? « Sœur Mary Vincent, elle est religieuse, elle travaille au-dessus, en Soins intensifs. » Une bonne sœur? J'ai pensé que je m'étais trompé.

Roselli se tut de nouveau, secoua la tête.

Carella jeta un coup d'œil à la caméra : le voyant rouge était allumé, l'appareil continuait à filmer. Me laisse pas tomber maintenant, pensa-t-il. Continue, Sal.

— Je suis retourné à l'hôpital. Il fallait que je sois sûr que ce n'était pas Katie. Parce que si c'était elle, je voulais l'interroger sur ce qui s'était passé quatre ans plus tôt. Comme on pose à sa mère des questions sur l'enfant qu'on a été, vous voyez? Je voulais être sûr que c'était *vraiment* arrivé. Que nous avions tué Charlie Custer.

Carella se fit la réflexion que le seul qui avait tué Custer, c'était Roselli. C'était *lui* qui l'avait poussé vers la mort, par-dessus la balustrade. Juridiquement, ils avaient agi ensemble, Katie frappant Charlie avec la bouteille, Roselli le balançant aux alligators. Juridiquement, un procureur aurait pu les poursuivre tous les deux. Mais Katie n'avait pas eu l'intention de tuer, et Roselli avait agi en état de légitime défense. Un avocat aurait pu plaider dans ce sens. Il y avait des jours où Carella se félicitait de n'être qu'un flic.

— J'ai attendu devant la porte des Urgences, continua Roselli. Dans le parking, là où arrivent les ambulances. C'était deux ou trois jours plus tard. Les infirmières entraient et sortaient. C'était bien Katie, aucun doute. Je ne me suis pas approché parce que j'ignorais comment elle réagirait. Elle avait quitté le groupe, elle était devenue bonne sœur, elle avait changé de nom. Parce qu'elle avait peur de la police? Ou de *moi*?

Il hocha de nouveau la tête, se tordit les mains au-dessus de la table comme s'il ne parvenait pas à comprendre.

— J'ai cherché son nom dans tous les annuaires de la ville, mais je n'ai pas trouvé de Mary Vincent. Alors un soir, je l'ai suivie jusque chez elle. Elle habitait un immeuble sans ascenseur de Yarrow. J'ai lu les noms des boîtes aux lettres, j'ai trouvé une Mary Vincent. Je savais maintenant comment la joindre si je le voulais, mais pourquoi je l'aurais voulu ?

Roselli semblait maintenant se laisser dériver. D'une voix réduite à un murmure, il se confiait à Carella comme s'ils prenaient effectivement le soleil quelque part, seuls tous les deux. Oubliant la caméra, il regardait à l'intérieur de lui-même et les mots se déversaient de son cœur, comme du verre brisé.

Carella écoutait.

Je savais que les religieuses n'ont même pas un pot de chambre à elles, mais Katie venait d'une famille riche. Quelque part en Pennsylvanie. Pendant la tournée, elle parlait souvent de ses parents. Son père professeur d'université, sa mère psychiatre. Là, il y avait de l'argent. Qu'est-ce que c'était, deux mille dollars, pour eux ? Je savais pas qu'ils étaient morts, bien sûr. Je l'ai appris plus tard. Le soir où j'ai retrouvé Katie dans le parc. Je savais pas que son frère avait hérité tout le fric, je pensais que... si je demandais à Katie un peu d'argent, pour me remettre à flot, le temps que je trouve un engagement régulier... elle pourrait peut-être taper la famille, vous voyez ? Moi, si une de mes filles était religieuse, je lui donnerais le monde entier. Je les adore, mes filles. Alors, peut-être que les parents de Katie accepteraient de l'aider. C'est ce que je me disais.

Je ne pouvais pas lui téléphoner, elle n'était pas dans l'annuaire, mais je ne voulais pas non plus l'aborder dans la rue. Hé, Katie, tu te souviens de moi ? Tu te souviens du soir où on a tué Charlie Custer, toi et moi ? Tu te souviens des alligators qui l'ont boulotté ? La crise ! Tu t'en souviens, Katie ? Moi je me souviens de tout, sauf quand je suis perdu dans Dopeland.

Je lui ai écrit une lettre.

Datée du lundi 10 août. Je le sais parce que je l'ai relue après avoir pénétré dans son appartement pour la récupérer. Je l'ai déchirée aussitôt rentré chez moi. J'ai jeté les morceaux dans les toilettes. La lettre disait : *Salut, Katie, je suis content de savoir que tu vas bien. Je ne veux pas t'embêter, je sais que tu as une nouvelle vie, maintenant, mais j'ai de petits ennuis et tu pourrais peut-être m'aider. Voilà, j'ai besoin de deux mille dollars pour rembourser une dette. Je me demande si tu ne pourrais pas emprunter la somme à tes parents le temps que je retombe sur mes pieds. Est-ce que tu penses que c'est possible ? Je te serais reconnaissant de ton aide. Téléphone-moi, s'il te plaît. J'habite une petite maison à Sand's Spit, mon numéro est le 803-7256. Je ne te veux aucun mal, j'ai simplement besoin d'argent. Après ce que nous avons vécu ensemble, je suis sûr que tu m'aideras. Appelle-moi, je t'en prie.*

Elle n'a jamais appelé.

Alors, je lui ai écrit une deuxième lettre. Datée du samedi 15 août, celle-là. Elle a fini aussi dans les toilettes, après ma visite dans son appartement. Dans cette lettre, je lui expliquais que j'avais vraiment besoin de cet argent tout de suite parce que le type à qui je le devais devenait menaçant. *Je sais que tes parents sont riches, demande-leur. Tout ce qu'il me faut, c'est deux mille dollars. Retrouve-moi vendredi prochain, le 21, dans Grover Park. A 18 h 30. Je serai sur le troisième banc à droite en venant de Larson Street.*

Apporte l'argent, je t'en supplie. Je ne te ferai aucun mal. Je te le jure. Retrouve-moi là-bas. Nous sommes de vieux amis, tu ne te souviens pas, Katie ? Je t'en prie, aide-moi.

A six heures et demie, ce soir-là, je l'attendais.

Elle n'est arrivée qu'à sept heures, j'étais sur le point de partir. Elle m'a dit qu'elle avait traversé le parc à pied. Elle m'a dit qu'elle avait prié. Que Dieu approuvait la décision qu'elle avait prise.

Alors, voilà, elle a dit.

Souriante. L'air sereine... presque en béatitude.

Elle m'a dit que j'avais l'air en forme, ce qui était un mensonge, et j'ai répondu que j'étais heureux qu'elle ait accepté de me rencontrer. Je lui ai dit que je n'en revenais pas, qu'elle soit religieuse, est-ce qu'elle avait complètement arrêté de chanter ? Tu étais si bonne chanteuse, j'ai dit.

Je chante encore quelquefois à l'hôpital, elle a dit. Pour mes malades.

Elle s'occupait surtout de patients en phase terminale. J'ai dit que j'avais du mal à imaginer ça : Katie Cochran, religieuse dans un hôpital ? Chantant pour des malades en phase terminale ? Allez, j'ai fait.

Je lui ai dit que j'étais marié, maintenant, que j'avais deux petites filles, Josie et Jenny. Ma femme est charmante, j'aimerais que tu fasses sa connaissance, Katie.

Avec plaisir, elle a répondu.

J'ai dit que je regrettais de l'importuner comme ça mais que j'étais vraiment coincé.

J'ai besoin de ce fric. Je t'assure.

Katie, je suis toxico.

Je suis navrée de l'apprendre.

Ma femme touche pas à la dope, elle. Enfin, elle en fait ce qu'on appelle un « usage récréatif », elle en prend de temps en temps pour me tenir compagnie. J'ai de gros ennuis, Katie. A cause de la cocaïne, je dois près de trois mille dollars à mon dealer. Si je peux lui en filer deux maintenant, il attendra que j'aie trouvé un bon engagement pour palper le reste.

Tu as apporté l'argent, Katie?

J'ai trouvé tes lettres si menaçantes...

Non, non, je ne te veux aucun mal.

Ces mots, justement : « Je ne te veux aucun mal. » Pourquoi tu me voudrais du mal?

Absolument.

Et aussi, « Après ce que nous avons vécu ensemble ». Et dans la deuxième lettre : « Tu ne te souviens pas, Katie? » Des mots menaçants.

Non, non, je n'ai pas voulu dire ça.

Ils m'ont fait peur, ces mots, Sal. J'ai prié Dieu qu'Il te pardonne de les avoir écrits. C'était étrange, recevoir tes lettres après avoir déjà pris ma décision.

Katie, tu as le blé?

J'ai essayé.

Essayé?

J'ai téléphoné à mon frère, à Philadelphie. Il a hérité beaucoup d'argent quand mes parents sont morts. Ils ont été tués dans un accident de voiture, en juillet dernier.

Je suis navré, mais...

Le 4 juillet. Il a hérité tous leurs biens. J'étais sûre qu'il m'aiderait. Il l'avait déjà fait. Cette fois, il a refusé. Désolée, Sal. J'ai essayé.

Non! Rappelle-le!

Il refusera encore. Tu sais, Dieu avait déjà...

Me parle pas de Dieu, s'il te plaît! Rappelle ton frère...

C'est Dieu qui m'a montré la voie. J'ai prié si fort pour qu'Il m'éclaire. Et Il a fini par me pardonner. Avant même de recevoir tes lettres...

Katie, arrête.

... je savais que je pouvais me pardonner. La volonté de Dieu était devenue la mienne.

Elle avait ce sourire troublant... Il était près de sept heures et demie, les réverbères s'étaient allumés dans le parc ; le ciel commençait à s'assombrir mais Katie semblait fixer une lumière aveuglante et souriait.

J'ai oublié le passé, Sal. Totalement. Dieu m'y a aidée.

Personne ne peut oublier le passé.

Moi, si. J'ai réussi. Prie Dieu qu'Il te pardonne. Qu'Il t'aide aussi à oublier.

Mais moi, je me *souvenais.*

Pendant qu'elle débitait ses bondieuseries, je me rappelais tout ce qui était arrivé quatre ans plus tôt, ce soir étouffant de début septembre. Les bruits de la nuit de l'autre côté des portes-fenêtres ouvertes sur le fleuve. Nous deux dans le bureau de Custer, seuls avec lui. Les avances obscènes de Charlie. Il ouvre sa braguette, il s'exhibe. Devant une gamine comme Katie.

« Tu le veux, c't'argent ? » répète Charlie, agitant les billets sous le nez de Katie.

Il a deux mille dollars, Dieu ? Pour payer le type qui est prêt à casser mes doigts ? Mes *doigts* ! j'ai crié, et je les ai approchés de son visage pour les lui montrer.

« Arrêtez », fait Katie et elle tend les mains devant elle pour éloigner la liasse.

Mon gagne-pain. Ma musique, Katie ! Ma *vie* !

Je suis désolée.

« Parce que c'est comme ça. Ou la petite me suce la bite, ou vous êtes pas payés. »

Ecoute-moi, Katie.

Oublie cette nuit. Prie Dieu et Il te pardonnera. Comme Il m'a pardonné.

Dieu, je l'emmerde !

Elle a poussé un petit cri indigné en portant une main à ses lèvres.

Rappelle ton frère. Dis-lui que j'irai à la police. Dis-lui que je me souviens de tout, Katie. De *tout*! Tu frappes Charlie avec la bouteille, tu le pousses dans le fleuve! Dis-lui! Débrouille-toi pour avoir ce fric!

Je ne peux pas le rappeler.

Alors, adresse-toi à quelqu'un d'autre! N'importe qui, je m'en fous, mais...

Sal, je t'en prie, je suis religieuse.

Demande à la mère supérieure, ou au *pape*, si tu veux, mais trouve-moi cet argent. Sinon, je vais à la police, je te préviens.

Si *quelqu'un* doit aller à la police...

J'irai, je te le jure.

... ce sera *moi*, elle a dit.

Je l'ai regardée.

Je suis religieuse, elle a dit.

Il faisait très sombre dans l'allée. Le soleil avait disparu, il n'y avait pas un souffle de vent.

Religieuse, elle a dit.

Les feuilles des arbres ne bruissaient pas, la nuit était silencieuse.

Ne me force pas à le faire. C'est toi qui l'as tué, Sal. Toi.

Non.

Toi tout seul. Moi, je suis religieuse.

Non!

Tu l'as tué parce qu'il voulait...

Tais-toi, j'ai murmuré.

... t'obliger à...

Tais-toi! j'ai crié, et je l'ai saisie à la gorge.

16

— Au bout du compte, il a cru à sa propre histoire, dit Brown.

— Exactement, approuva Carella. Elle aussi.

— Elle a cru à l'histoire de Roselli?

— Non, à la sienne propre.

Les deux hommes étaient un peu soûls.

— Chacun d'eux a réécrit ce qui s'est passé, dit Carella.

— En essayant de changer le passé.

— *Il* a poussé Charlie à la flotte, *elle* a poussé Charlie à la flotte.

— *Personne* a poussé Charlie.

— Il a sauté tout seul!

Ils éclatèrent de rire.

— Chh, fit Carella.

Teddy dormait en haut, les jumeaux au bout du couloir. Sur le manteau de la cheminée, l'horloge indiquait dix heures dix. Les inspecteurs étaient debout depuis six heures et demie du matin, au boulot depuis huit heures moins le quart. La journée avait été longue, très longue.

— Tu penses qu'elle serait vraiment allée à la police? demanda Carella.

— Bien sûr. Dieu était de son côté.

— Ça ne l'a pas beaucoup aidée, dans le parc.

— Parce qu'elle avait oublié de dire : « Doux Jésus, aidez-moi », argua Brown.

Et il s'esclaffa.

— Chh, fit Carella, avant de céder au rire lui aussi.

Brown porta une main à sa bouche comme un gosse qui vient de dire un gros mot; Carella tourna les yeux vers le couloir. Ils gardèrent un moment le silence puis se remirent à pouffer.

— Chh, fit Carella.

— Chh, fit Brown.

— Il te reste du carburant, là? Attends, je te ressers une giclée.

— Une goutte. Faut que je me sauve, Caroline va commencer à s'inquiéter.

Carella alla à la cuisine remplir les verres, scotch pour celui de Brown, Canadian Club pour le sien. Un peu de soda dans chaque. Des glaçons. En retournant dans le séjour, il vit son collègue debout devant les rayonnages de livres, examinant les titres.

— T'as le temps de lire?

— Pas beaucoup. Sauf en vacances.

— Tu les prends quand?

— Dans deux semaines.

— Tu vas où?

— Sur la côte.

— Doit faire bon, là-bas.

Carella leva son verre, porta un toast :

— Aux jours dorés.

— Et aux nuits violettes, acheva Brown.

Quand ils eurent bu, Carella reprit :

— Comment ils ont pu imaginer qu'ils oublieraient le passé, tous les deux? Tu veux que je te dise un truc?

— Quoi ? demanda Brown en se laissant tomber dans le fauteuil en cuir, sous la fausse lampe Tiffany.

— J'aurai quarante ans en octobre.

— Mince.

— Quarante.

— J'avais entendu.

— Tu te rappelles quand on allait picoler après une affaire importante ?

— C'est ce qu'on fait en ce moment, Steve.

— Dans un *bar*, je veux dire. Quand on était jeunes. Quand aucun de nous n'était marié. Tu te souviens de ce troquet, près du pont ? Derrière Culver ? Tous les gars allaient s'y noircir. Tu te rappelles ? Après un gros coup ? Kling était encore simple flic, à l'époque. Hawes ne faisait même pas partie de la brigade. Tu te souviens ?

Carella alla s'asseoir dans l'autre fauteuil en face de Brown, but une longue gorgée et demeura un moment à fixer son verre.

— Y avait un collègue nommé Hernandez que j'aimais beaucoup, poursuivit-il. Il s'est fait tuer par un petit voleur planqué au 87e, tu t'en souviens ? Tu te souviens de Havilland ? Roger Havilland ? Il était pire que Parker. Quelquefois, je crois que Parker est la réincarnation de Havilland. Tu te rappelles la fois où un gosse de riche s'était fait enlever à Smoke Rise ? King. Douglas King. C'est drôle comme on retient les noms. Et la fois où Virginia Dodge s'est pointée au poste avec une fiole de nitro dans son sac ? Pour me faire sauter ? Parce que j'avais bouclé son mari ? Tu te souviens ? Tu te souviens du jour où Claire s'est fait descendre dans une librairie ? La copine de Kling, Claire Townsend. Et le tunnel que le Sourd avait creusé sous une banque ? Je parie qu'il ne vieillit pas, lui. Pas son genre, au Sourd. Bon Dieu, Artie, je me souviens de tout. De *tout*. De chaque minute. Ça passe trop vite. J'aurai quarante ans en octobre. Où est passé le temps, Artie?

Sonny arriva à Riverhead avant l'aube. Il laissa la voiture volée dans un garage ouvert la nuit, à quatre rues de chez Carella, puis descendit à pied Dover Plains Avenue en direction de la station du métro aérien, en s'efforçant d'avoir l'air d'un Noir quelconque se traînant au boulot un mercredi matin comme n'importe quel autre mercredi matin. Il passa devant les marches menant au quai, tourna à droite dans la rue de Carella, homme noir marchant dans un quartier blanc avant le lever du soleil. Il espérait qu'il ne passerait aucune voiture de flic, qu'aucun voisin, épiant la rue de sa fenêtre, ne le prendrait pour un cambrioleur alors qu'il n'était qu'un brave gars s'apprêtant à tuer un inspecteur de police. Amusé, il éclata de rire, pressa le pas.

La Chevrolet qu'il avait filée ces derniers jours se trouvait devant le garage de Carella. Cela l'étonna. Il regarda la maison : pas de lumière. Il traversa le carré de gazon jouxtant l'allée, s'approcha doucement de la porte latérale du garage. C'était la partie la plus dangereuse. Le moment où il risquait d'être vu de la maison. Mais il faisait encore nuit, et Sonny était encore noir — amusant, ça aussi —, et il força la serrure bidon en un rien de temps, top chrono. Vite, il ouvrit la porte et la referma derrière lui, tout aussi vite. Il y avait déjà deux caisses dans le garage, ce qui expliquait pourquoi Carella avait laissé la Chevrolet banalisée dans l'allée.

Sonny saisit la crosse du Desert Eagle passé sous sa ceinture.

Il jeta un coup d'œil à sa montre. Six heures moins dix.

Selon ses estimations, dans une heure environ Carella serait un flic mort.

Ils buvaient le café à la table de la cuisine quand Ollie Weeks le Gros téléphona. Teddy et les jumeaux dormaient encore. La pendule accrochée au mur affichait six heures trente-cinq.
— Je pensais bien que tu serais déjà levé.
— Debout depuis six heures, confirma Carella.
— J'ai une blague de bonne sœur pour toi.
— Trop tard. On a déjà bouclé l'affaire.
— Qui, on?
— Artie et moi.
— Artie?
— Artie Brown.
— Ah. Ouais. Brown.
— Il est ici, d'ailleurs.
— Qu'est-ce qu'il fout chez toi?
— On a fait la fête, hier soir, répondit Carella. Comme au bon vieux temps.
— Oui, mais qu'est-ce qu'il fout chez toi?
— Il a dormi ici.
— Il a *dormi* chez toi?
Ollie jugeait inconcevable qu'un Blanc laisse un Noir dormir dans un de ses lits. Ou pisser dans ses toilettes. Ou utiliser une de ses serviettes. Inconcevable.
— Fais-lui mes amitiés, grogna le Gros, comme s'il proférait une malédiction. A part ça, t'apprécies d'avoir un Noir comme partenaire pour ton pas de deux?
— Qu'est-ce que tu veux dire?
— Parker t'a pas expliqué?
— Expliqué quoi?

— Sonny Cole. Le gars qui a descendu ton père. Il te suit.

— Si c'est une plaisanterie, Ollie...

— Je plaisante pas. Il roule dans une Honda verte, essaie de le repérer.

— Une Honda verte?

— Il est à tes basques depuis deux semaines.

— Comment tu le sais?

— Il a peut-être refroidi un dealer à Hightown, je m'occupe de l'affaire.

— Mais comment tu sais...?

— Les yeux et les oreilles du monde, mon garçon, fit Ollie. Fais-lui mes amitiés aussi.

Il y eut un *clic* sur la ligne.

— Une Honda verte? fit Brown.

— Sonny Cole au volant.

— Qu'est-ce qu'il trafique?

— Devine.

Par les panneaux vitrés de la porte latérale du garage, Sonny vit la porte de la cuisine de la maison de Carella s'ouvrir. Aussitôt il ouvrit la porte du garage et sortit en tirant le Desert Eagle de sa ceinture. Il parcourut rapidement les trois mètres séparant les deux bâtiments, prêt à flinguer Carella dès qu'il s'avancerait sur la petite véranda de derrière, mais ce fut son coéquipier, le grand mec noir, qui apparut à la place.

Brown descendait les marches quand il repéra Sonny. Il porta immédiatement la main à son arme.

Carella sortit de la maison l'instant d'après et reconnut Sonny pour l'avoir vu des journées entières assis au tribunal, tandis que Henry Lowell le laissait couper à une condamnation pour meurtre. Il dégaina lui aussi son flingue, ce qui en faisait maintenant trois en cette belle matinée de septembre, braqués, sans autre issue qu'une fusillade. Trois automatiques 9 mm composant le symbole même du diable, neuf, neuf, neuf.

— Bouge de là, négro, dit Sonny. J'ai rien contre toi.

— Moi si, répliqua Brown.

Carella ne sut pas s'il prononça les mots ou s'il les pensa seulement, mais quand il appuya sur la détente, ils étaient là :

Notre père qui êtes aux cieux...

Il tira.

Brown aussi.

Sonny Cole s'écroula.

Carella appela Byrnes chez lui et l'informa que Brown et lui avaient abattu un nommé Samson Wilbur Cole qui l'attendait devant sa maison, un Desert Eagle à la main. Il demanda au lieutenant de prévenir le poste de police local, la brigade criminelle et l'Inspection générale des services, ajoutant que Brown et lui restaient sur place à les attendre.

Les coups de feu avaient réveillé tout le quartier, et les voisins étaient dans la rue en pyjama et robe de chambre quand une première voiture de ronde puis plusieurs véhicules banalisés arrivèrent. Il était environ sept heures du matin. Quelque vingt minutes plus tard, d'autres voitures de police débarquèrent devant la maison une tripotée de pontes, tous désireux de parler aux deux inspecteurs avant que les médias s'emparent de l'affaire. Carella et Brown passèrent en fait une bonne partie de la journée au Central, où le directeur en personne, pas moins, leur indiqua ce qu'ils devraient déclarer quand les reporters des journaux et des chaînes de télévision s'abattraient en masse.

Ce soir-là, au moment où Carella et Brown commençaient à regretter leurs dix minutes de gloire télévisée, Cookie Boy se soustrayait aux feux de l'actualité et embarquait à bord d'un 747 à destination de Londres, où il avait de la famille dans la conserverie de viande. A dix-huit heures, alors que son avion accélérait dans un grondement pour décoller, un journaliste de télévision cherchant à transformer l'affaire Sonny Cole en une série télé pleine de tensions raciales et de vendettas familiales demanda à Carella ce qu'il avait éprouvé en tuant un homme accusé naguère du meurtre de son père.

Brown intervint :

— C'est ma balle qui l'a tué.

Carella se demanda ce qu'il avait éprouvé exactement.

A dire vrai, il n'en savait rien.

Il s'était senti plutôt bien, supposa-t-il.

Achevé d'imprimer en mars 1999
sur presse Cameron
par ***Bussière Camedan Imprimeries***
à Saint-Amand-Montrond (Cher)

N° d'édition : 6737. N° d'impression : 991461/1.
Dépôt légal : mars 1999.
Imprimé en France